无名锁匠

Unknown Locksmith

张海帆
……著

百花洲文艺出版社
BAIHUAZHOU LITERATURE AND ART PRESS

图书在版编目（CIP）数据

无名锁匠 / 张海帆著． — 南昌：百花洲文艺出版
社，2025．2． — ISBN 978-7-5500-5877-4

Ⅰ．Ⅰ247.5

中国国家版本馆 CIP 数据核字第 2024CL6436 号

无名锁匠
WU MING SUOJIANG

张海帆　著

出 版 人：陈　波
出 品 人：张国良
策　　划：高瑞贤
责任编辑：陈　愉
美术编辑：王毅辉
出版发行：百花洲文艺出版社
社　　址：南昌市红谷滩区世贸路 898 号博能中心Ⅰ期 A 座 20 楼
邮　　编：330038
经　　销：全国新华书店
印　　刷：三河市双升印务有限公司
开　　本：710 mm×1 000 mm　　1/16
印　　张：20
版　　次：2025 年 2 月第 1 版
印　　次：2025 年 2 月第 1 次印刷
字　　数：275 千字
书　　号：978-7-5500-5877-4
定　　价：68.00 元

赣版权登字 05-2024-399

目录

有个秘密

有一种秘密，一旦说出来就成了蛋，胡扯蛋。

派出所的灯还挺刺眼，我怎么以前没有注意到？是第一次被当成嫌疑人被人讯问，才这么觉得吗？

我对面坐着的是片警小张，他看着有些着急，但他脾气一直挺好的，所以只能看到他的脸憋得通红。

"郭子，你就承认了吧！你看这事闹得！"

"承认什么？张警官，我们都这么熟了，我什么样的人你不知道？我哪有这个胆子？"我脾气也是很好的，做小本生意的手艺人，哪敢有什么脾气？

"可是，不是你又是谁嘛！你承认了，校方和解，这事就不立案了，你看行不？"

"不是，我没干什么啊！也不能冤枉我这个老实人啊！和解什么？学校那些人，我还没找他们麻烦呢！"

"可你是个锁匠。"

"我是个锁匠又怎么了啊？我是登记注册了的锁匠，违法乱纪的事，我怎么敢干啊？！"我一脸委屈地看着片警小张。

我们两个说着这套车轱辘话，大概已经一个小时了。小张苦口婆心让我承认，动之以情，晓之以理，果然是我们这片派出所的第一个本科大学生，而我，一个开着一家小得不能再小的锁匠铺的无名锁匠，却要承认犯了罪，坦白从宽。

我肯定不会承认！

尽管……小张猜得没错，他说的事，的确是我干的！

虽然就是我干的，但一旦承认了，有些事更说不清了。

因为，我有秘密，是绝对不能让任何人知道的那种秘密。

我的秘密，很夸张，很狗血，与这个如此现实的世界格格不入，是那种说出来，会让别人先瞪大眼睛，然后嘴角一咧，看傻子一样看着我狂笑的——"胡扯蛋"。

我叫郭子，今年三十一岁，身份证上的名字叫郭腾飞，是个锁匠。什么锁匠，不敢自称"匠"，其实就是开锁配钥匙的，小区里那种写着开锁、换锁、配钥匙、换防盗门的白色小广告，上面有个特别特别好记的电话号码，那就是我的。

我是什么时候来到嘉陵市当上锁匠的？实话说，如果有人突然问我，我一下子想不起来。我出生在距离嘉陵几百公里，一个山沟沟里的小村里。父亲在我六岁时就去世了，母亲改嫁去了很远的地方，我跟着爷爷奶奶生活。妈妈从此再没有回来看我，我很想她，但我知道她再也不会回来。因为父亲死后，爷爷奶奶对她态度恶劣，连我这个孩子都明白怎么回事。于是，我的人生没有什么奇迹，非常普通，与大多数农村穷孩子一样，我初中毕业就辍学了，然后到处讨生活，打打工，赚点钱补贴家用，浑浑噩噩地过日子，从来不想什么未来。

大概在我十七岁的时候，爷爷奶奶前后脚离开了人间，我没哭。一年之后，我离开了家乡，一点都没有留恋，独自一人。

我决心再不回来，死也死在外面。

这个我出生的小山村里，只有痛苦和压抑，以及我秘密的开始。

应该是二十岁的时候，我到了嘉陵，本来想着在嘉陵打打零工，赚点钱，就去广州、深圳或者上海闯荡，后来发生了点事，就留在嘉陵了。

因为她怀孕了。

她是我现在的老婆——马静。

初次见到马静，是在发廊里，二〇〇几年的某些挂红灯笼的发廊，你懂的。工头请客，让我今天必须来个"大活"，我死活赖着不干，磨蹭了半个小时后才遇到一个女孩，是发廊老板从其他店叫过来的，她就是马静。然后她把我连拉带拽地骗进了里面的一间小黑屋，上来直接扒了我的裤子……

两个月后，我正打算离开嘉陵，马静来工地找到我，很直白地告诉我，她怀孕了，是我的。

"你诳我呢！"我当时很好奇，这个女的哪来的勇气，用怀孕这种手段，来诳我这样一个穷得有上顿没下顿的民工。

"你就说你要不要吧。"马静当时很平静地问我。

"你说是我的就是我的？你贵人多忘事啊，我记得我戴套了！"

"我在那个避孕套上扎了眼，只能是你的。"

"你是不是有毛病啊，别整我啊，小心我打你啊！"

"你要不要这个孩子？"

"你有本事就生下来，看看是不是我的！"

"是你的呢？你养吗？"

"是我的有种你就生！"

马静点了点头就走了，我看着她的背影，突然一身冷汗，快步追了上去。

"你生下来，孩子问爸爸是谁，怎么办？"

"我会告诉他：'你没爸爸。'"

"孩子长大了呢？"

"'你爸爸死了。'"

是的，我六岁时，爸爸死了……我没爸爸。

我脑子里轰地一响，当时就明白了，遇见马静，这是命！

故事的发展和大家想的不太一样，我留在了嘉陵，一直看着马静生下了孩子，我主动问马静要不要结婚，但马静说她看不上我，她高中毕业，都考上了大学，家里穷没让她去念，于是她一怒之下，离家出走了。

按马静的说法，和我在发廊那一次，是她第一次干那种活，至于为什么要扎破避孕套，怀上我的孩子，马静问我想听真话还是假话。

"假话怎么说？"

"为什么先听假话？"

"因为，先听假话，再听真话，心里就不会太难受。"我想了很久才回答。

"假话就是，我看你顺眼，知道你好骗、善良。"

"真话呢？"

"我想当一次妈妈以后，再死，谁都行，只是刚好遇见了你。"马静看着我，说得很坦然。

她真的是一个很有主意的女人，如果命运让她上完了大学，也许她和我永远只是陌路人。

我当时就被吓蒙了，一股脑爬起来，把马静紧紧地抱在怀里说："别瞎说别瞎说！"

睡在我俩当中的小树醒了，哇哇大哭起来。

马静推开我，哄孩子。

小树，我的儿子，他很乖，马静轻轻哄了哄，他就不哭了。

马静看着一脸大汗的我，笑了，说："你说的还算数吗？"

"什么？"

"哦，你不记得那算了。"

我翻身下床，就开始找我的东西。

马静看着我翻箱倒柜找东西，说道："小树要上户口。"

我举着手里的户口本说："结，结婚！天一亮我们就去领证！"

马静撒娇道："谁和你结婚！"

我知道马静是个嘴很硬的人，我斩钉截铁地说："我要你和儿子好好的，小树不能没有爸爸，我也不能没有你。这婚结不结，你说了算！"我把户口本塞进马静的手里。

马静笑了。

那天，在一间很破很破的出租屋里，外面下着雨，屋里也下着雨。

我爱小树，也爱马静。

我知道，他们也爱我。

我终于想起来，我是怎么成为一个锁匠的了。是因为马静的介绍，一个看起来色眯眯的老锁匠答应马静教我开锁，我为此还吃了醋，马静安慰我半天，说这个老锁匠，她以前给他洗过头，他一直想睡她，她从没答应。

"摸过你没有？"

"摸了呀！要不怎么能听我的，愿意教你？"

"那我不跟他学，干点啥不好，我还养不了你们母子了？"

"我不想你天天在外面干活到晚上才回来。"马静还是一副平静的表情。

她说服了我，我这人很听劝。

于是，我抱着高度的警惕跟这个老锁匠学手艺，可能是吃醋的心理作怪，我半年就出师了，老锁匠本来还留着一手的，没想到我开锁是有天赋的。"教会了徒弟，饿死师父。"老锁匠发着牢骚，很快，他离开了嘉陵市，据说回老家盖房子养猪去了。

我顺便鸠占鹊巢，把老锁匠的店铺租了下来，这锁匠的生意一干，就一直干了下去，做得小有名气。马静从告诉我她怀孕了开始，再没有接触发廊这些地方，我和她都没钱，日子过得清苦。小树出生，我和她结婚后，她便在店里帮忙，同时学会了缝纫的手艺，我们这算是家夫妻店。

直到小树六岁时，我们也终于靠省吃俭用有了二十万的积蓄，马静有一天非常郑重地告诉我："小树要上学了，得上个好学校，你看这个，我们可以买下来。"

马静给我看的是一间老旧小区外的底商。

"虽然小了点，总共二十平方米，但是间七十年的大产权房，临街能开门，可以做生意，二十万刚好够。最关键的是，这是学区房，能落户，还有育才小学的入学指标！"

育才小学啊！整座嘉陵市最有名、教学质量最好的小学！如果能进育才小学，相当于赢在了起跑线上，几乎半只脚踏进大学的校门了！

马静的眼中亮着光，她对小树的期待非常高，她希望小树能够考上大学，如同这能让她的人生圆满一样。

我当然同意，我一丝犹豫都没有！

一切都很顺利，房子买了，手续办了，二十平方米的小屋，前屋做店；后屋住人。所有东西收拾利索后，家具床铺摆齐，崭新的床单被套窗帘，开锁小店招牌一挂，同日开张，那天晚上，我们一家三口又唱又跳，我破天荒地喝了六瓶啤酒，醉得昏天黑地。

小树的户口落下后，马静兴冲冲地去了学校，咨询入学手续，晚上很晚才回来，一脸的落寞。我很小心地问她怎么了，她突然就哭了，拉着我去了街面上，为了不让小树听到。

"学校耍赖，说今年学生爆满，我们这种面临拆迁的商住两用户，没有入学的指标。我怎么吵都没用，最后堵到了一个管招生的老师，老师说入学可以，要五万块赞助费，这还算优惠，不是我们这种情况的，正规手续要十万。"

"五万块……"我一下子哑口无言，我们全部的家当都用来买了房子，现在一千块掏出来都费劲，"多久要？"

"一个月内，马上要开学了，赶不上这一茬，就来不及了。"马静抹了抹眼泪，坚强起来，"学必须上，你不用管，我会有办法的。"

我知道我们家的经济状况，我也不想知道马静会从哪里弄这些钱，但我选择什么都不问，只是拼命地工作，把每一分钱都交给马静，剩下的事，让她自己处理。

十多天后，马静的表情舒缓了下来，她买了好酒好菜，还给小树买了一套新衣服、一双新球鞋，信誓旦旦地告诉我，小树入学的事情搞定了！

等到入学那一天，我和马静专门换了干净的衣服，带着穿着新衣服新鞋子的小树，兴高采烈地来到学校门口，打算登记入校的时候，接待我们的老师却说：

“郭小树，没有这个名字啊！”

“不对，肯定是有的，你再找找看。是不是名字弄错了？”

“确实没有啊！你看，整个新生的名单里，连姓郭的都没有啊。”

“你再看看，再看看。”

“已经看了很多次，是没有，真没有。”

小树稚嫩的脸上，满是失望和不安，他紧紧地拉着我的衣角，躲避着其他孩子和家长的目光。我只能听马静的，先把小树带回了家，小树躲在里屋，发着呆，一句话都不说，我用玩具逗他，他也毫无兴趣。

马静又是很晚才回来，进屋后一言不发，进去看了看小树，又出来，坐在椅子上发呆，我试探性地和她说话，可看她的表情，我什么都问不出来。马静站起身，快步走出了屋，我赶忙跟上，喊道：“小树，在屋里待着啊，不要出门，爸爸妈妈马上回来。”

小树是个很听话的孩子，他只是奶声奶气地应了声。

马静在前面飞快地走，我紧紧地跟着她，她一直走了几站路，在湖边停了下来，呆呆地站着。她站的位置，是我在没有租下师父的锁匠铺时，自己练摊的地方，我那辆修锁配钥匙的小推车，每天早上便推来，停在这里，地面的红砖上，已经被车轱辘磨出了深深的几道印记。

这是我开始做锁匠的地方，是我和马静梦想开始的地方。那时候，马静陪我推着小车，车上的小垫子上坐着小树。我在忙碌地给人配钥匙的时候，马静抱着小树，就坐在旁边的石墩子上，哄着小树，一直对小树说：“以后我们的小树会上大学，会当个科学家，住很大很大的房子，开很漂亮的汽车，好不好，小树？”

日子过得很难，但希望那么大，梦想那么近。尽管这个梦想，普通得如同一朵小花，我们能有个家，小树长大了有学上，有出息，不要像爸爸妈妈这样，只是世界上最不起眼的人，做着最平凡的工作。

我轻声跟上，站在她身边，还是什么都没有问。

马静看了看沉默的我，扭过头去，哭了，无声无息。我心都碎了，几乎一瞬间，我便预感到为什么会这样，可我只能贴近她，紧紧地抱住她。

"我被骗了。"马静靠在我肩头，哭了很久，才终于说话，声音颤抖着，"都怪我，都怪我，贪便宜，以为能省几万块。"

我扶住马静的肩头，她又像个孩子一样哇哇大哭起来："那个负责招生的李老师人都不见了，电话也不接。怎么办啊，五万块都是我找以前的姐妹借的！钱没了，小树学也上不了！怎么办啊！我们该怎么办啊！都怪我，都怪我！"

我任凭她在我怀中哭着，心如刀绞，我不会埋怨她，此时我的心里只有对自己的嫌弃！

郭腾飞，你就是个废物！！！你什么都做不到！！！

是的，我什么都做不到，在这样残酷而现实的世界里，我一个只能靠开锁配钥匙来谋生的人，永远是最无力的，我自己的命运如此平庸也就罢了，我还连自己的老婆孩子都帮不到！

那一刻，我尘封多年的秘密，在我心中再次蠢蠢欲动，我想试一试！

深夜两点，我悄悄地起身，看马静和小树已经睡着，下了床，来到外屋，把衣服穿好，在货架的最上方，把杂物挪开，抽出了黑色的小袋子。

我拿着小袋子，抽出了一个相框，还有一个小小的玩具，是一个变形金刚，摆在工作台上。相框里的照片，是我的父亲和我的合影，这是我唯一拥有的一张与我父亲的合影，而那个小小的变形金刚，曾经是我六岁时最喜欢但没有拥有过的玩具，还是我离开家乡后自己买的。

我借着窗外微弱的灯光，把小玩具摆正，又向相册上的父亲鞠了一躬，轻声念道："爸爸，原谅我，我这次必须试一试。爸爸，保佑我不会死，不会死，小树不能没有爸爸……"随后，我将相册和玩具收好，藏起，再也不多想什么，毫不犹豫地踏出了家门。

我绕过了学校的正门，那里有摄像头能够拍到我。我来到了学校的侧面，教学楼的拐角处，有一片花坛和树木，能够很好地藏住我的身影。

我左右张望了一下，四下无人。我抬起头，看着这面三层楼高的墙壁，慢慢地深吸了几口气，轻轻地抚摸着墙壁……墙壁如此结实而又冰凉，隔开了我和学校。

爸爸，保佑我！爸爸，原谅我！我违背了誓言，可我必须这么做，为了我的儿子小树！

然后……

第二天一早，我已经在外屋开门营业的时候，马静在内屋接到了电话。

马静几乎是蹦出来的，一边看着我，一边大声地回着电话。

"好好好，谢谢！"马静看着我，惊喜溢于言表，"我现在就带着孩子过来！好，好的，我会带好的。谢谢陈老师！嗯嗯，一会儿见，一会儿见！"

我装作什么都不知道，问："怎么了？是小树能上学了吗？"

马静给我一个熊抱，大声地喊起来："小树！快起床！去上学！"

我跟着兴奋起来，问："真的又能上学了吗？"

"是的，是他们弄漏了一个！今天早上检查应到名单，发现遗漏了我家的孩子！事办成了！我说昨天李老师怎么不接电话呢，是还没办成吧，吓我一跳，还以为她真是骗子呢！"说着，马静已经赶进内屋，催小树起床去了，"哎呀！快快快，小树，快起床，要迟到了啊！"

看着急匆匆带着小树离开的马静，我的心情既忐忑又愉悦！

我重重地跌坐在椅子上，长长地松了一口气。

我知道，我成功了！

门口有人重重地咳嗽了一声，哐哐哐砸了几下房门："哟，郭子，忙着呢！"

别逼老子

别逼老实人，老实人也穿底裤，而且是最后一条。

这熟悉的声音如雷贯耳，我顿时起了一身的鸡皮疙瘩，越是不想见的人偏偏越是躲不过！

门口那人穿着一件花衬衫，梳着大油头，戴大金链小手表，胳肢窝下夹着一个商标巨大的"驴"包，露出一副标志性的不怀好意的歪嘴笑容，嬉皮笑脸地盯着我。在他身后，还跟着两个流里流气、头发染成彩色的小弟，一人叼着一根烟，站没个站样地斜视着我。

这个油头男，名叫牛二，这一带有名的混子。关于牛二的传说很多，什么杀过人、坐过牢、一把菜刀追砍十几个人，反正就是古惑仔那一套，我看牛二白白嫩嫩的，真不信他单打独斗能有多厉害。话虽这么说，我可不敢惹他这主儿，这只绿头苍蝇，我躲他都躲不及。

牛二出来混这么多年，也有三十多岁了，听说前两年拜了个黑白通吃的大哥，金盆洗手，不再在街上混，干打打杀杀的事情了。他现在有份正经的工作——拆迁项目经理！跟着大哥混，果然有"钱途"！

我和牛二本不该有什么交集，可我不找他，他也会来找我，因为我眼下住的这间小门面，正是牛二负责的拆迁项目！

马静之所以被骗，有点病急乱投医，也是因为我们买的这间门面房属于拆迁范围，而且政府确定拆迁的事情，也不过是在半年前。马静本以为就算要拆迁，也不是一天两天的事，没想到被学校摆了一道，说这批要拆迁的门面房不属于学区房，没有名额。

然而拆迁的事情，从半年前被确定下来，节奏便很快，陆陆续续有门面被拆。一旦拆迁完成，小树可能就真的没有机会上这个学区的小学了。

牛二半年前在拆迁确定的时候，便来"拜访"了我们，他那个劲头，尽管说话还算客气，但话里话外全藏着威胁："哎呀，你们赶紧找找新地方，要不最后强拆就得不偿失了。现在赶紧接受赔偿，现在条件好，想当钉子户小心竹篮打水一场空啊。"

其实我和马静知道，一旦这里拆迁，我们这种小店是胳膊拧不过大腿的，一般老老实实地听从政策安排就行了，别惹事。所以，我和马静的态度就是，小树上了这里的小学，我们就搬，不然坚决不搬。

眼看着开学了，牛二这种狗腿子肯定记得清清楚楚，他的出现，一点都不意外。

牛二晃晃悠悠地走进来，点了一根烟，笑得居然有些谄媚："小树上学去了吧，啊？我看马静带着孩子走了，我才进来。你老婆啊，脾气冲。"他一边说，一边在店里东摸西摸，根本不把自己当个外人。

我不敢惹他，说话硬不起来，好言好语地应道："是……牛经理，你有啥事？"

牛二哼了哼，在我的工作台前停下来，贱兮兮地摆弄着桌上的东西，冲我吐了一口烟，干笑了一声："哈哈，我能有啥事，还不是一点公事，你好我好大家好。你说是吧？"

我没接茬儿，我脑子里转了千百句骂他的话，当然骂不出，只是沉默不语。

牛二干脆一屁股坐在我的工作台上，问道："打算啥时候去拆迁办签字啊？孩子都上学了。"

"最近几天。"我闷声回答。

"最近几天啊？两天也是几天，十天也是几天。郭子，我和你说，现在没签字的，就你、你隔壁的老朱、拐角的那个老太婆，嗯，没几个人了。哎呀，工期紧啊，可没啥时间了。郭子，大家都是讨生活的，工作难做，你可别让我为难啊，为难我，我这人脾气怪，说不定会干点啥。你说是不是？"

"我知道，等马静回来了，我们商量一下，尽快！"

"好嘞！我的电话号码你有吧？今天记得给我打电话啊！"牛二跳下地，吐掉烟头，在地上用脚踩了踩，"先走了啊郭子！等你电话！走走走啦！"牛二招呼着，双手往裤兜一插，夹紧了屁股，大摇大摆地出了门。他那脚步很特别，公鸡步，脑袋往前伸，脚在后面拖拉着，赖兮兮地迈动，好像是被脑袋拖着往前走一样，又欠打又嚣张。

牛二根本不把我当回事，他知道我老实，比较难对付的是我老婆马静，马静发起飙来，真的会拿菜刀追人三条街的。我见过，她告诉我怀孕的事情后，我去找她的第一次，见她提着菜刀追一个秃顶老头，从我眼前跑过，吓得我当时裤裆里一凉，好像那把菜刀会切掉我命根一样。后来想起来，她当时追的那个老头，是后来教我开锁的师父。

马静中午才回来，看起来很高兴，她办好了小树的入学手续，看着小树坐进了教室。兴奋之下，她一直在学校外站着不肯走，直到中午学校午休，她问了问小树的情况，叮嘱儿子好好吃午饭、千万不要浪费、不能挑食后才依依不舍地离开。

我和马静说了牛二又来催我们搬迁的事，马静心情好，倒是没啥犹豫地说道："搬就搬吧，按拆迁的政策，我们这房子怎么也能卖二十万，我们也找到几间附近离小树学校近的能住人的铺面了，郭子你直接给牛二打电话，说我们明天上午过去签字，拿钱搬家。"

晚上我俩一起去接小树放学，小树特别兴奋，一直在和我们讲，他特别喜欢上学，很喜欢这所学校，他已经有了好朋友，还自告奋勇当上了小组长。看着小树这么满意，我们之前无论受过什么委屈都能烟消云散。

第二天，我和马静送小树上学后，便直接去拆迁办找了牛二，牛二看起来精神抖擞，估计我们这一带的拆迁进行得还算顺利。牛二见我和马静来了，很是殷勤，又递烟又拿水的，可是等他把拆迁的补偿合同书放到我们眼前时，我们傻了眼。

赔偿面积测算为八平方米，按规定的一平方米补偿一万来算，赔偿我们八万。

这房子我们花了二十万买的！！！当时是按照二十平方米计算的！！！

马静当场就炸了："八平方米？我们房产证上都写着二十平方米呢！你们这不是明着抢嘛！"

牛二唰地一下也翻脸了："喊什么喊！就你嗓门大啊！你们不知道你们那房子，一半多都是违建的啊！"

"违建那房产证上怎么认的？"

牛二显然有准备，啪地把一份文件直接甩给马静，说："你自己看啊！自己看！红头文件怎么说的，你们家整体就是违建的！能给算八平方米不错了！"

"我不看！你们就是流氓！二十平方米，少一寸都不行！"马静的嗓门提高了，震得屋顶都嗡嗡作响。

"马静！吵什么吵，你很厉害是不是，啊？当我怕你啊！我够给你面子了，你儿子上学，我给你时间了！你自己想清楚，一间学区房，抢手啊，怎么就让你们两口子买上了，啊？因为这房子本来就有问题！专门骗你们这种农村出来的！"

我的脑子里也嗡地一响，我曾经担心过这件事，凭什么让我们买到这间商铺？天开眼了吗？走狗屎运了？

马静已经有些歇斯底里，说话语无伦次，也没有逻辑："牛二，你骗我！你别想骗我！"

他们在吵什么我已经听不清楚了，只知道很快一片混乱。马静彻底发飙了，如同一头饥饿了很久的母狮子，整间办公室里只要是她搬得动的，基本被她给掀了砸了丢了，牛二那边乌泱泱的十来号人几乎没有什么办法收拾这个女性，甚至被她的气场给镇住了，没几个敢上前的。我呢，开始还劝马静冷静，后来被她当头一喝："拉我干什么，你是不是我老公！"我立即也脑子炸了，成了马静的打手……

牛二尖叫着："你这个泼妇，你还讲不讲道理！"

"讲个屁！"马静咆哮着，声震云霄。

我有时候想，如果马静是个男的，去当街头混混打打杀杀，是不是会混成大哥？

是牛二报的警，因为他的一个马仔的脑袋，被马静丢过去的烟灰缸给砸开瓢了，弄得满脸是血。

满脸通红的片警小张，像个委屈的小媳妇一样，站在我和马静与牛二他们一群人中间劝道："不要打了，不要打，打赢了坐牢，打输了住院。"小张多少是厌恶牛二那些流氓的，"牛二，你好好办你的事，不要搞手段！"

"啊？"牛二恨不得蹦三尺高，"警察同志，是这个疯婆娘先动的手！你看，我们的人都被她打开瓢了！"

"你们抢我家房子，我不得和你们拼了！"马静毫不退让，要不是我死死抱着她，她估计又冲过去了。

警察小张声音都颤抖了："总之，不要再打了！"

最终大事化小小事化无，我们都没有去警察局，牛二也不要求验伤和赔偿，大路朝天各走一边，没事了，和解了，就这么算了。

最后走时，牛二不知道是威胁还是出于无奈，远远地丢给了我们一句话："喂！打破我兄弟脑袋的事情，我可是没和你们计较啊！记清楚啊！你们闹有用吗？跟你们说没用！新时代了，要遵纪守法，违建就是违建，当钉子户，没有好下场的！法律会惩罚你们！"

我和马静回家不久，正商量怎么应对牛二这边，学校电话来了，让我们家长尽快去学校一趟。马静有点慌，连忙问是不是孩子有什么事了，打电话的老师说："孩子没事，好着呢，你们家长尽快来就行。"

顾不上牛二这些事了，孩子的事才是第一位的，我和马静锁紧了门窗，给店门加了锁，以防我们不在牛二搞偷袭。手疾脚快地收拾停当后，我们立即赶往了学校。

进了学校后，我们被人领到会议室，便觉得气氛不太对。

我们对面，上到学校校长，下到学校保安，足足坐了小十号人。一番客气话之后，校长开门见山了："嗯嗯！郭小树同学的家长，两位啊，都到了啊。叫你们来，嗯嗯，是有些事，嗯嗯，得和你们商量一下，嗯。首先，我要感谢你们对我们学校的信任……"

校长旁边的一个胖女人，是财务科的科长，直接打断了校长的哼哼哈哈，声音一高，接过话来："校长，我来说吧。"胖女人表情严肃地瞪着我和马静，"我是学校的财务人员，我们这两天查账，再三确认，没有你们家缴费记录！也就是说，没有收到你们的借读费！"

我心中一紧，坏了，这一茬我确实没想到，笨啊！

我身边的马静哈哈一笑，她非常轻松地回答："收没收到费，是你们学校自己的事，没收到费，我家孩子怎么入学的呢？"

胖女人看样子也做了准备："郭小树妈妈，我知道你说的是什么意思，你是说我们学校里有人私自收钱，把郭小树的名字偷偷加上了呗！"

马静嗤之以鼻："我可没这么说。"

胖女人声音又高了八度："我们育才学校建校几十年，是省属重点实验小学！不是没遇过这种想走后门的事情，但是这一套在我们学校行不通！如果你家没有缴费，就算已经开学分班了，一样得办理退学！"

马静唰地一下站直了身子，滚滚声浪直接盖过了胖女人："你敢！你们学校的失误，后果凭什么让我家孩子来承担！谁敢动我家孩子，我和谁玩命！"

别看对面这么多人，他们顿时都被马静的气势给镇住了，谁能想到瘦瘦小小的一个漂亮妈妈，能瞬间爆发出这么强烈的"杀气"。要知道，马静不久前还和牛二那边十几个壮汉打过架，她不落下风，直到现在气场还没消停呢。

胖女人被噎得一句话没能说出来，躲过了马静的眼神，直接萎了。反而看着很菜的校长这时候说话了："啊，这个，嗯嗯，大家先不要吵架，事情肯定会弄明白的嘛，这里是学校，是学习的地方，喊打喊杀的，嗯嗯，多不好啊，孩子们听到了，学坏了啊。"

马静这才坐了下来，嘴里不清不楚地嘀咕着什么。

校长接着问："小树家长啊，我们学校的工作，嗯嗯，肯定有疏忽的，也要挨批评。现在财务的同事提出了意见，我呢，一校之长，哦哦对的，小树妈妈，我记得我还见过你一面，说过借读费的事。"

"是的。"马静对校长发不起脾气。

"我看到小树入学了，也挺高兴的。嗯嗯，那个，嗯嗯，小树妈妈，我说句公道话啊，我们财务的同事说不定就是弄错了，所以我，嗯嗯，我问问，你们什么时候交的借读费，在哪里交的，交给谁了啊？"

校长还是老油条，问得无懈可击，我们只能老实回答。

马静正要开口，我知道她想说交给什么李老师了，所以我立即拉住了她。

"我是小树的爸爸，是我来交的费，交给了她。"我伸手一指对面一直低着头的二十多岁扎着马尾辫的年轻女人，"交的是现金，五万。"

马静是个藏不住表情的人，她立即惊讶地看着我，心想我这个平时话不多的老公，怎么会在这个时候撒出这么大的谎？她明明是把钱交给那个骗子李老师了，怎么我郭子还有私房钱五万，来学校又交了一次费？马静的心里一定乱成了一团，我赶紧扭头冲她笑了笑，示意她不要说话。

我是个锁匠，锁匠最重要的一个技能就是观察，开一个锁，一定要先细致地观察，很细致很细致地观察，这能让你准确地找到开锁的办法。

我指的那个女人，一定是财务科的，胖女人在责怪我们的时候，在校长故意批评财务人员的时候，目光都落在这个沉默的女人身上。这个女人也像犯了错的孩子一样，连头都不敢抬一下。她想必就是负责收费和入账的人员！

我的判断一点错都没有，在我说完这些话，安抚了马静后，学校那边的人，果然都死死地盯住了马尾辫。

马尾辫当场也慌了，吞吞吐吐地辩解："没有啊！我没有收过啊！还是现金，我，我不记得我收过现金啊。"

"老师，是你收的。"我信誓旦旦地说，"那天下午，人挺多的，你看起来挺忙的，所以我都没和你说上几句话。你还问怎么是现金，能不能转账，我说我是做小生意的，现金多，你才接过去。"其实我瞎编到这里，自己都觉得编不下去，满是漏洞。

可说这么多也有作用了，马尾辫的情绪明显有点控制不住，她耳根子都红了，极力地辩解起来："我不记得啊！我没收过现金啊！"

"收过！"我强调了一遍。

"没有，我没有！"马尾辫快哭了，求助一样看着胖女人。

胖女人的脸冷冰冰的，看都不看马尾辫一眼，以胖女人的性格，只怕这个时候已经怀疑，她的部下，这个马尾辫把钱黑了。

学校一方的人都在沉默，我继续补充强调："这么大的事，我敢瞎说吗？"

马尾辫估计都怀疑自己的记忆了，她哇的一声哭了："我没有收过啊，我没有啊。"她无力辩解，只能重复这句话。

还是校长老到，他咳嗽了几声说："这样，小王啊，你先别解释了。"

马尾辫就是校长口中的小王，听了校长的话，马尾辫彻底蒙了，头一低，开始哭了。

"小树爸爸，嗯嗯，这个，你说的情况，我们确实第一次知道，可能是我们的失误。那个，嗯嗯，小树爸爸，你交了钱，收据应该是有的吧？小王，是吧，你肯定会开收据的吧？"校长果然是校长，说话办事就是不一样。

马尾辫带着哭腔回答："只要我收了钱，收据肯定是有的。"

"那小王，你再去好好找找收据的存根。"校长安排了一下，又对我说，"小树爸爸，你也肯定有收据，在吗？给我们看看，一切误会就解除了。"

"我当然有。"我只能这么回答，我总不能说我没有收据吧，那才是强词夺理了，"只是今天不知道来学校是为了这件事，没带，我得回去找找。"

"好啊，如果找到了，能不能尽快拿过来啊？"校长还是温温吞吞地说着。

"行，我一找到就拿回来。"我看了眼马静，又看了眼校长和学校的其他人，"这样吧，你们也先找找存根。明天上午，我们来学校，十点？"

"嗯嗯，也好。"校长琢磨了一下，"九点吧。"

这场会面便结束了。

直到我和马静走出校门老远，她才终于忍不住问我："你五万块怎么来的？"

我知道撒一个谎，还需要另一个谎来圆，特别对马静这种酷爱刨根问底的女人，所以我回答："你别问了！还想不想小树上学了？你先回家，我去办点事。"

我的秘密，不能让任何人知道，哪怕是我的结发妻子和我的儿子——我深爱的人，我的秘密一定会把他们也拖进不可预测的未来，会害了他们。

就如同，我害死过我的父亲。

六岁那年，因为我的秘密，因为要救我，我父亲在我眼前化成了灰……

几天前的晚上，我站在学校拐角处的墙边，冰冷的墙壁分隔着学校内和外面的世界，我轻轻摸着墙壁，在祈求了父亲的原谅之后，穿墙而过。

穿墙而过！

不需要任何的准备，只要我心念一到，身体涌出一种奇特的电流感应时，我便可以穿墙。这种感觉很难用语言形容，在那一刻，我好像变成了一种液体，而对面的墙也变成了液体，两种液体互不干扰，比如水和油，彼此融合，又随即脱离，各自完整。

从我的视觉上来看，这种彼此交融穿透，自然得如同我只是走进一面并无实质的水墙，再从另一侧走出来，连一点点的波纹都不会出现，更不会有一丝丝的光线发出，没有磁性的变化，没有空气的流动。什么都没有，仅仅是穿过去，到了另一边。

只要是我身上的物体，无论是衣服，还是我口袋里的物品，或者是我手里拿着的什么东西，哪怕是我鞋底粘着的泥土灰尘，都会随着我穿墙而过，仿佛和我是一个整体。

这就是我的秘密，一个在最现实的世界里，可能是最狗血的神技，特异的功能。

你愿意叫我的这个秘密什么都可以，穿墙术也可以，说我是个鬼也可以，只要你明白我说的是什么。

我穿越墙壁以后，抬眼一看周围，已经是学校的内部，身后我穿越的那面墙毫无变化，什么迹象也不存在，一点墙灰也没有带落。

然后我快步向学校的办公室赶去，我很小心，躲避着学校里的摄像头，只要发现有摄像头，我便穿进其他房间，绕路过去，没有什么能够阻挡我，我一侧身，便可以穿进另一间房间。

学校不像政府，偌大的一栋楼，密密麻麻的房间，要找到老师们的办公室非常简单，何况我参观过学校，更是轻车熟路。

我很快摸到了教务室，并发现了学籍卡，这些学籍卡对学校来说，不是什么贵重物品，被分门别类地摆在办公桌上。学籍卡上有着准许入学的盖章，已经办完了入学的，会放在一边，还有一部分是有入学资格，但还没有来得及报到的，放在另一边。

我的任务很简单，给我的儿子小树办一张学籍卡，盖上章。

学籍卡太好办了，空白的学籍卡到处都是，我印章花了点工夫，我要一个一个地开抽屉的锁，这对我这个锁匠来说是轻而易举之事。我掏出随身携带的开锁工具，两三秒就能开一个柜子，很快便找到了正确的印章。

咔嚓一盖，小树入学资格学籍卡便办完了。

然后，为了制造小树的学籍卡未登记的假象，我把这张学籍卡从暂未办理的那一堆学籍卡旁边，办公桌的缝隙里丢下去，让它掉在地上。掉落的位置刚刚好，不能一眼被发现但又容易被发现。

所以，早上老师们上班的时候，稍微留意，就能注意到掉落在地上的小树的学籍卡！太成功了！第二天一早马静接到学校的致歉电话，让小树赶紧去办入学，就是这么一回事！

我确实忽略了一点，学校很可能会查到小树没有交费！

我只有再次穿墙，补上这个漏洞！

从学校离开后，我借口有事要办，支开了马静，因为我不能和她解释我干了什么，以及我将要干什么。我在外面游荡了整晚，马静给我打了好几个电话，问收据到底有没有，又问我在哪儿，是否安全，我只是不停地安慰她，别管这事，我很安全，想想小树的学习，尽快哄孩子睡觉，我晚上会晚点回去。

直到深夜两点，我再次站到了学校拐角处，上次我穿过的墙壁前。

我再次穿墙而过，来到了学校内部，很顺利地找到了财务室。

我的想法是，伪造一张收据和存根！虽然我知道这不是最完美的解决方案，但眼下，我想了这么长的时间，实在没有更好的办法了，先解决目前查账没有小树的交费记录的难题再说。

既然敢做出用常理难以解释的事情，就必须承担对应的代价！不管什么代价，我都愿意自己承受，我的儿子小树，必须开开心心地上学！我知道小树喜欢这所学校，他喜欢上学，我害怕看到小树离开学校时，失望和伤心的表情。

我很快翻遍了办公室的办公桌和文件柜、抽屉，并没有找到财务收纳的存根，我注意到了角落里的保险柜，不出意外的话，应该是存放在里面的。这是个非常老式的机械保险柜，青绿色，门上有一个转盘、一个钥匙孔和一个把手。正常开启的办法很简单，按右三左二右一的先后顺序旋转到正确的数字上，转动把手，即可开启。那个钥匙孔大多数时候是摆设，也可以设定为二次解锁，即转盘转对后，拿钥匙即可开启。

我是一个锁匠，虽然不是那么高明的锁匠，但这种老式保险柜的开启，却是一门必修课。只要稍微花点时间，我完全可以打开。可是今天我不知道为什么，紧张得一直冒汗，心跳得很快，这让我选择了放弃用技术开锁，我要用我的能力尽快地打开。我把我的一根手指顶在铁门上，心念稍微一动，熟悉的电流感传来，我轻轻一捅，指尖便直接透进了铁皮，我用一根手指在机簧内摸索，很快便找到了锁卡位置，同时另一只手把扶手一握，咔啦一声，保险柜便开了。

这种只让一根手指等身体一小部分穿越的做法，我自己称呼为"半穿"。以实用性来看，半穿更有用，比如有人的门被锁了，我去开锁，众目睽睽之下，我不可能全穿进别人的屋子，但我可以只穿一只手进去，便能从里面开锁，我在外面只是做做开锁的样子便可以。我有时候在想，我之所以会心甘情愿地当一个锁匠，是不是就是因为我有穿墙的本事？穿墙、开锁，这两种技能实在搭配得太好了。

话虽如此，可我在锁匠的生涯里，却很少这么干，因为被人发现了实在太危险。

在保险柜里，一沓存根安安稳稳地摆着，另外还有几摞现金，七八万的样子。我对现金视若无睹，拿起存根坐下，用小号的电筒照着，仔细地研究起来。这和我了解到的一模一样，如果是交借读费、赞助费这样违反规定的费用，一定和正常交学费开发票不一样，只会给你一张收据。

我看了七八张交赞助费的收据，很是头疼，伪造这些收据和存根最让人头疼的不是公章，公章就在保险柜里，而是存根上的内容全部是手写，是有笔迹的。"今收到某某某赞助费五万元整。"这么一行字，包括一串数字和大写，落款处是收款人签字。

眼下，我没什么好犹豫的，我把这些已经签完的存根和一本空白的收据揣进了怀里，将保险柜锁好，快步地离开了财务室，一路穿墙而过，再次来到了学校外，我进入的地方。

我的心跳得异常快。我端详了自己的双手，感受了一下身体的存在，摸出怀里的存根看了看，完好无损，这才终于放心，快步离去。

之所以这么忐忑，是因为我发过誓，再不会让任何人知道我的秘密，更不会用这个方式拿走任何不属于我的东西。

　　六岁那年，我老家村里的一个小孩向我炫耀他从城里买到的一个小玩具，大概有半个手掌长短的小汽车，能够变身成一个变形金刚，这种玩具在当时幼小的我的眼中，简直是梦寐以求的宝贝。

　　我冲我爸爸哭了鼻子，想买一个，爸爸毫不客气地打了我一顿，这让我有了一个奇怪的念头：我一定要得到变形金刚。这种欲望如此强烈，在我走到邻居家后院面对砖墙的时候，我知道我梦想的玩具就在这面墙后的屋里，眼前那面墙逐渐变得虚空，我第一次产生了古怪的念头，我要穿过去，拿到它！

　　六岁的我，全身涌起了当时不知怎么形容的电流感，当即眼睛一闭，直冲而去，几乎没有任何感觉，等我睁开眼睛的时候，我已经在屋内站着了。

　　抬眼一看，屋里没有人，那个小变形金刚，正放在一侧的桌子上，独立而显眼。我犹豫了一下，还是一把将玩具抓起，闭紧了双眼，冲着墙又跑了过去。

　　可是，我不知道为什么，脚步一个趔趄，睁开眼的时候，我发现我被卡在墙里了，只有半个身子透出了墙面。我使劲挣扎，但是无济于事，嵌在墙内的我的半个身体涌起了无法忍受的酸痛感，好像有无数根针刺入我的皮肤一样。

　　我吓哭了，哇哇大哭！虽然我只有六岁，却很清楚，我被卡在墙壁里面，要死了……

　　我竭力地哭喊了几声后，意识渐渐地模糊，连哭也哭不出来了，我只记得，父亲向我奔跑过来，等看到我一半身子融合在墙体里，他腿都软了。

　　父亲使劲拉住我的胳膊，向外拽着，我身子好像要被撕成两半："疼！"

　　父亲不敢再使劲，颤抖地问我："娃娃，你怎么搞的？"

　　我露出墙外的那只手伸了伸，让父亲看到了我手中紧握的小变形金刚，这时候我开始恍惚，眼前的景象已经开始变得混乱而扭曲，所有的色彩似乎都拧成了一团。

　　父亲大声喊我："娃！你出来！你不要吓你爸爸！爸爸答应你，给你买个新的，这是别人的东西，你不要拿别人的东西！"

　　我应了声："真的吗？"

我紧握的手松了，手中的变形金刚掉落在地的那一刻，身体里那种电流感又似乎被激活了。

"娃！你出来！"

父亲继续使劲，我能感觉到我的身体逐渐脱离了墙壁，可就在我跌出墙体的一刻，我清清楚楚地看到父亲，唰地一下，化成了灰……

父亲化成的灰，从我面前撒下来，还没有和我的皮肤接触到，就已经散得越来越细，细小到连看都看不到了，随风飘散……

化为齑粉，无影无踪，什么都没有剩下……

这是我的噩梦，我永远无法忘记这一幕，永远，永远。

都是我的错，我不该穿墙，不该去拿不属于我的东西。

谁也不知道这件事。

我害死了我的父亲。

作为父亲的我，对着门一顿猛砸，终于把陈八万从被窝中喊醒，给我开了门。

陈八万是我的一个朋友，虽然不是一个村的，也是同乡，我来嘉陵打工，他和我在一个工地上干活，便熟悉了。陈八万骨子里喜欢偷鸡摸狗，在工地干活的时候，就伪造过出工单，愣是没被发现，直到喝多了吹牛，被其他人告发，才丢了工作。

他留在了嘉陵，不干什么正经事，因小偷小摸被关了几次，但对我还算义气，没事能联系一下。后来他干上了刻章办证的营生，听说广受好评，遇到我还忽悠我找他弄个清华大学的本科文凭，说绝对一模一样，高保真，没准以后用得上。我把他狠狠地骂了一顿！再穷也不能搞这些歪门邪道，害人害己！后来他知道我干了锁匠，有一次怂恿我去偷别人家。我坚决拒绝了，六岁那年我父亲被我害死以后，我决不拿不属于我的东西，因为我怕遭报应。

后来陈八万因为办假证，被警察抓了坐了牢，也是活该，放出来以后老实了，开了家打字复印社，和我只是偶尔有联系，至于还有没有在搞做假证的勾当，我就完全不知道了。

眼下，我只能病急乱投医，必须找他"帮个忙"。

陈八万睡眼蒙眬地问："你看这都啥时候了？"我晚上和他说过晚点也许要找他办点事，他满口答应。

"你看看这个。"我摊开收据存根，"能仿吗？"

陈八万故意把声调提高了八度："哎呦！这个我可不敢干！要坐牢的！免谈！"

我急得眼泪都要掉下来了，说道："算我求你！"

陈八万冲我坏笑，问："怎么？碰到难处，过不去了？"

我只好点了点头。

陈八万叹了声，抖擞了一下精神，拿起几张存根看了看，说道："哎哟！郭子，你这是决定和我同流合污了？"

"能不能别废话了！"我没有多少时间和他贫嘴。

陈八万举起存根，在灯光下晃了几晃，说道："倒是简单得很，这人的笔迹好仿。"

"仿一张多少钱？"

"不便宜。"

"你说。"

"怎么也得两千一张。"

"五百。"

"别逗，看你是老乡，一千八，半小时给你弄出来。"

"六百！"

"郭子，五万的收据啊，你知道弄不好，被认出来了，达到这金额属于诈骗了。我这手一抖，一个不小心，可就……"

"一千！我就这么多了！"我全部家当就这一千块，"你干不干？"

"一千……哎呀！行咧！半小时给你弄出来。你这是第一次下水，我怎么也得给你点首充福利，不能让你折进号子里去了，对不对？"陈八万耸了耸肩，松了一下筋骨，直奔工作台去了。

"郭子，我可不干做假证的事啊！你出事了可别卖我啊！实在瞒不住，你得说是你拿刀逼我干的啊！"陈八万一边干活一边嘀咕着。

"我死也不会说的！"我发着誓，真心诚意。

我知道我在犯罪，我知道我错了，换作以前，我是绝对做不出这样的事的，可是为了孩子……已经没有选择……

一个小时后，我回到了财务室，将陈八万仿造好的赞助费存根夹在一摞存根中间，还不忘微微抹了点口水，将存根和上面一张粘上。

一切收拾停当后，我把所有可能留下我的指纹的地方和证明我来过的证据都清理了一遍，连地面都用扫把抹匀了。我从来没干过这样的事，可为了我儿子能念书，我是会被逼成"犯罪天才"的。

我回到家，蹑手蹑脚地开了房门，马静没有睡，她坐在外屋等着我回来，也没有开灯，吓了我一跳。

"你到底去哪里了？"

我没接茬，笑了笑，走到马静面前，把一张收据摆在了马静面前……

"我找小树的收据去了。"

我说完这话，一弯腰，半跪在地，把头倚在马静的胸口，听着她的心跳说："老婆，别问了，会过去的，会的！"

马静的身体慢慢地软了下来，她从椅子上滑下，也紧紧地抱着我，让我依靠得更舒服一些，再没有问我任何问题。

我很累很累，每一个细胞都疲惫不堪，再使不出一点点力气，竟然就这样睡着了。

一个疯子

科学是一种信仰，这句话是不懂科学的人说的。

每个人的人生中，都会碰见几个非常重要的人，这个人也许和你压根没有交集，只是，命运会把你和他牵在一起，或者，是你在潜意识里，希望遇见这个人。

我生命里的这个人叫张子贤。

张子贤是个什么货色？他是个三十岁出头的男人，长得和电线杆差不多，全身没有二两肉，头发稀疏，好像营养不良，天天背着个黑色的单肩电脑包，丢进垃圾箱估计也没有人捡，里面塞满了各种乱七八糟的文件、书和不知哪天吃剩的东西。

但他有个响当当的身份——中国核物理研究所嘉陵市第三分所的研究员，也就是说，他是个科学家。按张子贤的说法，他是个研究量子物理的科学家，他有一个梦想，他要用自己的智慧和发现改变全世界，造福全人类。

他和我遇见过多次，因为他就住在我的锁匠铺街对面，每天早上我都能看到他非常准时地从楼上下来，蓬头垢面，不修边幅，目光里透出一股子与世界格格不入的痴傻，非常显眼，几乎让人过目不忘。我一直以为他是个卖大力丸的弱智，谁料我也在馄饨店里经常碰到他，才知道他是在物理研究所工作，大概率是个真的科学家。可我们毫无交集，哪怕我每天在他面前光膀子站着，他也记不住我这个普通人。我同时感到很奇怪，他这个看似生活不能自理的人，怎么从来没有丢过钥匙，没有需要开锁的时候？

大部分时间，大多数人，都认为他脑筋有啥问题，搭错了筋还是受了刺激，不太正常，俗称疯子，科学疯子。

这个疯子后来怎么认识我的呢？说来话长，我慢慢来说，以他的视角。

用他的视角，和我之后与他的关系有关……

张子贤的论文，《论亚原子在夸克层面的坍塌与聚合在宏观世界实现逐次穿越位势垒的量子隧穿效应的力学原理》，名字很长，可惜还未发表。张子贤说，一旦发表，会震惊世界，他会获得诺贝尔物理学奖，整个世界将为他欢呼！

路漫漫其修远兮！天将降大任于是人也！

每天早上，张子贤在老王馄饨店吃完早饭，都会在结账的时候心中默念一遍鸡汤，给自己打满鸡血，然后走出馄饨店，精神抖擞地迈入研究所的大门！

门卫老头一般会和他打招呼："张大科学家！今天又会有什么新发现啊？"

"不是新发现！是科学！加油！"

大概是我正为小树入学问题发愁的那段时间里的某一天，对张子贤来说，那是神圣的一天，因为他要第五十五次面对自己的所长，告诉他的所长他的论文是正确的！张子贤认为他这次的准备比前五十四次更加优秀！他一定能说服所长！

窗外的斜阳映在张子贤神圣的脸上，经过一天的等待，所长终于腾出来时间与他进行第五十五次交流。

三面大黑板上写满了方程式，张子贤边写边讲解，那份激情仿佛爱因斯坦发现相对论一般。张子贤终于收尾，热切地看向台下，台下是一个流着哈喇子睡着的老头儿，老头儿看着像刚在墙根晒完太阳，准备去菜市场买菜的大爷一样，但其实，这个大爷是研究所的所长。

张子贤拿着自己的论文，摇醒了所长，让他务必将这份论文提交给国家一级研究院。醒来的所长叹了口气，指了指张子贤手中名叫《论亚原子在夸克层面的坍塌与聚合在宏观世界实现逐次穿越位势垒的量子隧穿效应的力学原理》的论文封面，问他："知不知道我们所能干什么？"

"能干什么？"张子贤往往不能领悟一个突如其来的新问题，特别是与科学无关的，所以他一下子会显得手足无措并且呆若木鸡，表情动作都很矛盾。

"我们这个小分所啊，就是安置你这样搞理论物理搞魔怔了的人的，是个流放地！现在所里一帮搞弦论和超弦论的也就算了，你张子贤竟天天研究宏观世界的穿墙术？！你一个高才生，毕业时大家公认的天才，本来有更好的发展，非要研究茅山道术般的玩意！你看看你，被一级研究院踢到三所来还不够，还要带着整个三所都被人当成神棍吗？！"老所长干脆坦白了。

"只是未被发现，并不代表不存在！我们的认知还很有限，我们必须突破科学的边缘，向着更广阔的未知……"

"停停停！"老所长叹了口气，起身就走，"你每天说几十遍，我耳朵真是要聋了。张子贤啊，你说的这一套，全是你的胡思乱想，理论上荒诞，还有你那个多维弦常数，纯纯的胡编乱造啊，你要是真想证明你说的是对的，就找出个实证来！实证！否则全是扯淡！不要天天骚扰我了，好不好？我有时候真的快恍惚了，我这个三所，到底算是个精神病院呢，还是个科研机构？我到底是个所长呢，还是个管疯子的大夫？"

张子贤紧紧跟随所长走到车棚，哪怕所长骑上电动车，告诉他去接孙子了，他也一路小跑着坚定尾随。

"所长！1984年，吉林的农妇亲眼看到一个外星人穿墙而过。1996年，还是东北，一个男的被外星人绑架，他说外星人是穿墙而过，还带着他穿墙而过！这都是宏观世界量子隧穿的证据！不是忽悠！只要你帮我报上去，只要一级所能重视，国家给我一笔经费，我就能组织人去实地考察，我就一定能找到实证！所长，你想想，我的理论一旦被证实，我，还有我们所，我们所有人，不都得飞黄腾达？诺贝尔物理学奖，有我的一半也有你的一半……"

"张子贤！天天宏观世界里的量子隧穿穿穿！你都穿得离了婚，还不赶紧把单位分的房子归属落实了！你别说在我们这个'养老所'了，你在上级研究所里，都是著名的笑话！还有，立刻从我的车后座滚下来！再跟着，房子给你收回来！过分！"

张子贤只好忙不迭地从所长的电动车后座上跳下来："所长，为何你不懂？"

"别说我不懂！"

所长扬长而去，张子贤寂寞地站在车棚外，夕阳金色的光芒洒在他坚毅得如同哨兵一样的消瘦的脸上。

"所长，你慢些走！骑车小心啊！最近路上好多卡车！开得老快了！危险啊！"

直到所长消失在视野之外，张子贤才收起自己的情绪，再次振作起来。

"实证对吧！"

张子贤口中的实证，后来指的就是我，我就是他要找的实证！他是怎么众里寻实证千百遍，蓦然回首，偏偏就在灯火阑珊处，找到我的呢？

我又怎么这么熟悉他呢？说来还是话长。

起初，是我在伪造了小树入学的交费凭证之后，引发了一系列混乱的事件，让我和张子贤第一次认真地面对了彼此。

我一夜无梦，睡得很死，直到天光大亮才被马静摇醒，我一个激灵翻身而起，问马静："几点了？儿子呢？"

马静的表情很是忧虑，回答道："小树我已经送去学校了……你昨晚突然就睡着了，睡得很死，所以我早上没叫你。现在……"马静看了看墙上的表，"八点半了，九点约了校长他们继续谈……"

我慌忙下床，一边穿上鞋袜，一边叮嘱："静，我昨晚就想好了，你今天不要去了，我自己去就行，我和他们慢慢讲。"

"郭子，你那张收据到底是真的还是假的？你……"

"真的假不了，假的真不了！"我平静地看了看马静，狠狠地抱了她一下，"好多事，你不知道，你也别知道，我有我的办法，让我自己去面对，好吗？"

"我知道，我去了会给你添乱……"马静把下巴放在我的肩头，像个小女孩一样，乖乖地答应着。

马静目送我走进了校门，我挥了挥手，让她尽快离开。马静忍了又忍，满肚子的话没能说出来，猛地一转头就走。

我走进学校会议室的那一刻，便立即感觉到不对劲，拿眼一扫，立即认了出来，在座的人中，有几位穿便衣的是我们这个辖区的警察，其中一个，正是和我接触比较多的小张警官。

我想象中的与校长等人对峙的戏码立即变成了警察办案！

情况是这样的，学校昨天并没有找到存根，而今天一大早复查时，财务负责人胖女人找到了两张粘在一起的存根，其中一张正是小树的。负责收款的马尾辫一见，这就是自己的笔迹啊，当场就昏了，被人掐人中掐醒后，哭得昏天黑地，对天发誓自己绝对没有挪用公款！钱有可能是别人偷了！很多人都觉得完蛋，小树的爸爸万一拿着收据来，那么肯定得怪学校啊！教书育人的地方，总不能当无赖说没有找到对应的存根。

校长眼珠子一转，这事不对劲啊！学校内部有嫌疑，小树父母也有嫌疑啊，万一他们是通天大盗？万一他们和内部里应外合？万一……

报警吧！咱们别瞎猜了！让警察同志来处理！

校长一锤定音，报了警。警察一听，涉及育才小学，这可是培养祖国的花朵的地方，于是很快就赶到了，我进会议室的门之前，警察同志也刚来没多久。在校长的解释下，警察终于明白这里发生了什么——非常邪门的五万元失窃案。

问询持续了一个上午，分头进行，我熟悉的小张警官负责调监控视频。

我相信我无懈可击，我是一个极其认真的锁匠，考虑问题必然是事无巨细、严丝合缝、顺理成章！要不怎么开锁？

本来那张我伪造的存根是最大的漏洞，但马尾辫的精神状况很离奇，警察拿着存根给她看，她突然脑子里生长出了这段莫须有的记忆，坚决承认这就是她写的，连当时写收据时，阳光很刺眼，窗外有鸟叫这种虚构的画面和声音都"想"起来了。

　　警察应该第一时间把我排除在外了，到了中午的时候，大概率我可以先回家等消息，这件事情一时间查不清楚。然而，大学生毕竟是大学生，警察大学本科毕业的小张警官回来了，神色凝重，把其他几个警察叫走时，还不忘上下打量了一下我。

　　我心里咯噔一下，是发现什么了吗？小张警官是负责查监控的，难道？我这么小心还是没躲过摄像头？

　　等小张他们回来，几位警察应该是达成了共识，我被邀请跟着他们，去派出所一趟，喝喝茶聊聊天。

　　"什么意思啊？为什么只带我一个人去派出所啊？"

　　我的反驳无效，我坐在小张摩托车的后座上，几个人骑着小摩托突突突地回到了派出所，我也看到了小张拷贝出来的监控录像。

　　画面上一个校内远处的摄像头，离教学楼大概有两百米，拍到了一个"鬼影"从走廊上划过。我一看，心里一凉，这就是我啊！天杀的远端摄像头啊！

　　"郭子，看清了吧，你这么晚在学校里干什么？"小张把画面定格在"鬼影"划过的那一刻，开始讯问。

　　"啊？我没懂。"我指着屏幕，"你说，这是我？"我一脸苦笑，"小张警官，没有这么冤枉人的啊。"

　　其实在小张刚说完的那一刻，我一下子明白了，诈我呢！我自己是当事人，当然知道那个闪过的"鬼影"就是我，可画面里这么远，又是大晚上，你说那个"鬼影"是头狗熊都可以！

　　小张脸腾地红了，几个警察互相看了几眼，估计有人心里嘀咕："大学生也不好使啊！"

　　小张警官看着一脸委屈的我，知道问不下去了，动了动鼠标，换了另外一个视频，视频里，还是一个远端摄像头的拍摄画面。

　　画面里，我沿着大街快步走过。

　　小张警官再次切换一个画面，是个中景，我从画面里走过。

小张警官又连续放了几个不同的视频，指着视频上的时间线问："看懂了吗？"小张盯着我。

"没懂。"

"是这样。"小张警官调出了一张地图，用鼠标在上面画着红线，"你在8月29日凌晨2点一刻从这里走过，28号白天，是你儿子小树第一天开学报到，但名单里查不到你儿子的名字……"

小张警官讲了十多分钟，我听得都昏昏欲睡，但我明白了他的意思，他在用周边的证据，证明我有两个晚上都路过了育才小学，并且在29号凌晨，学校远处的监控摄像头拍到了所谓我在学校里经过的影子。

"你怎么解释呢？偶然经过育才学校？郭子，郭腾飞同志？"小张很有信心地看着我。

"小张警官，你又不是不知道，学校就在小区边上，但凡遛个弯就会经过。我晚上睡不着的时候，遛个弯，不从那里走从哪里走啊？"我脸上满是尴尬地答道。

扑哧一声，就有其他警察同志忍不住了，但这位笑场的警察同志赶忙咳嗽了两声，借口出去了。

小张警官的脸微微有些红，但很快又平静了下来，说道："对，你说的倒是没错，你怎么就那两天晚上睡不着呢？巧合吗？"

"我哪儿知道啊！"我大声起来，表示我很生气，很无奈，"我一年有两百多天睡不着，你可以调以前的录像看看嘛，看我有没有瞎说。"

"哎哎哎！咱们不说这个。"

"可你冤枉我啊，我得说啊。"

小张警官喘了两口气，继续指着地图说："你，从这里进的学校。"他指着的地方，正是我穿墙的地方，有水平，小张警官的确有水平，可惜他碰到的是我。

"这里……"我假装努力地看了看地图的指示，"这里是学校教学楼的墙啊，又没有门，我怎么进去？"

小张警官往我贴近了一步问："对啊，你怎么进去的？你可以告诉我吗？"

"我蒙了，我真的蒙了，警官，您说说看。"

"你是个锁匠。"

"我是个锁匠，对对对，我是锁匠，我能开开开，开墙啊？"

我话刚说完，除小张外的两位警察同志全都肆无忌惮地笑了起来，一位看着年纪有点大的警察，笑得侧过脸去，止都止不住。

小张警官的脸一阵红一阵白："你确实开不了墙，但你一定有你的办法。"

"我爬上去的？"

"有可能。"

"我挖了个地洞？"

"也不是没可能。"

"好好好，那我们去那里看看嘛！总有痕迹的嘛。哎哎哎，小张警官，你来我们辖区也有几年了，我开锁匠铺也是在你这里登记的，你是了解我的嘛，脑壳都被你绕昏了。"

小张似乎在自言自语："是的，你是个锁匠，你要进学校，有很多种更便捷的办法。但你为什么不从你方便开锁的地方进学校呢？"

"是的啊！"我使劲点头。

这时候那位年纪大的警察终于止住了笑，站起来说："小张，我还有点事，先走了，你继续。"另一位比小张年纪略大一点的警察赶紧站起来，也说："对对对，我也有点事，先走一步。"

两位陪同的警察先后出了门，落在后面的年轻警察抛下一句"关心"的话："差不多就行了，别太纠结，这事有得查，小心最后是个乌龙，那就难堪了。"

房间里只剩下我和小张两人，气氛变得有些尴尬。

"嗯……"小张憋了半天，才终于说，"你喝点茶，要凉了……"

于是，便有了故事开头的那一幕，车轱辘话说到太阳落山，还是驴唇不对马嘴，小张警官灰了心，登记了一下，让我离开了。

我万万没想到的是，这位小张警官，与疯子张子贤有亲戚关系，他是张子贤前妻的表弟。

张子贤闯进我的生活，据他描述，是这样的。

百思不得其解、大脑一片混乱的小张警官，在与我分开后，去了张子贤家里，因为他要帮他表姐从张子贤那里拿点东西回去。他们两人虽然随着张子贤与他表姐的婚姻的解除，不该再有什么深交，可那天偏偏张子贤为了找实证的事，脑子同样处在混乱之中，这两个人"同病相怜"，一起点了个外卖。

吃着吃着，小张警官又开始自言自语道"不可能不可能"，张子贤最讨厌别人说不可能，于是追问小张，什么不可能。小张警官张口就说，其实并不是回答："除非他会穿墙，但怎么可能？"

张子贤听到"穿墙"两字，眼睛立即闪起了光，竟扬言他代表科学，代表智慧，一定能破解小张的难题！于是小张警官半信半疑地把拷贝的视频，用手机播放给了张子贤看，一边给张子贤看，一边又如同对我讲的那样，把他觉得不可思议的地方，复述了一遍。

张子贤是个科学家，他最喜欢听这种弯弯绕绕的逻辑，他果断表态："小张，我的祖宗，仙人板板①的啊，他他他，他是谁啊？我的老天啊！实证实证，这就是实证啊！他就是穿墙了啊！小张，你这个发现太及时了！告诉我，他是谁？"

小张警官还以为能从张子贤这个"疯"的前姐夫那里听到什么惊人的推断，一下子脾气上来了，饭也不吃了，拿起表姐的东西，起身就走："什么他是谁，给你看取证资料，已经违反纪律了，我还能告诉你嫌疑人叫什么？张子贤，我表姐和你离婚，离得真对！你就是有病！"

张子贤哪里肯罢休，他的轴劲一上来，那是不达目的不罢休的。可惜的是，张子贤没有问出结果，因为他一路追赶着小张的摩托车，一直追到小张爸妈家，也就是他前妻的姨娘家，正遇见她前妻。前妻拿着铁锅，直接把张子贤搡了出来。

张子贤能屈能伸，而且见到前妻如耗子见到猫，今天不行就明天嘛！张子贤一路想着视频里那个人是谁，总觉得眼熟，可就是想不起来，甚至我和他擦

①西南地区的一种民间俚语，语气用词。

肩而过，他也茫然不觉。

这就是个开始。

我从派出所出来，肚子饿得生疼，重新打开了手机，给马静报了个平安。我在派出所的时候，马静电话没少打，但按规定，小张告知马静我在"喝茶"之后，便让我手机关机了。

我到家之后，马静给我做了面条，小树在写作业，小小年纪的他，哪里知道为了他上学，发生了这么多的事情？儿子见我回来了，挺开心，问我作业题怎么做，又讲了好几件上学的趣事，同学怎么样，老师怎么样。

可怜的小树，打小跟着我们颠沛流离，没有正规上过几天幼儿园，基本是他妈妈带着自学。所以，小树对上学会比绝大多数的孩子更加兴奋，按他幼小的心所想，他和同龄的孩子一样，再不是没有小伙伴自己一个人玩了。

小树越是开心，我的心情就越沉重。育才小学入学资格是要考试获得的，有学区房的也要考，小树参加了考试，不负众望，考了两个一百分。后来，马静和我才知道，如果我们没有这套房子，连交赞助费上学的资格都没有，即使小树考了双百，也没有资格上育才小学，理由很简单，我们家庭条件不好，育才小学入学后的各种素质教育费用，承担不起。

我边吃面边哄小树，吃完面父子俩玩了一会儿，小树也该睡觉了。趁马静给小树讲睡前故事的时候，我走出家门，漫无目的地闲逛，心却乱如麻。我不知道我还能"赖"住多少天，让小树有学上，但只要有一点点的可能，一点点的希望，我都不想放弃。

我甚至会想，如果需要我死，来换小树平平安安健健康康地上学念书长大，不要再和我一样卑微，我愿意吗？如果小树没有了我这个爸爸，也会一直开心的话，我觉得，我愿意。

混混沌沌地想着、走着，张子贤和我擦肩而过，我没有精神打量他，他倒是看了我几眼，可他什么反应也没有，扬长而去。

　　回到家，我该怎么和马静解释我今天一天的遭遇？我还能沉默不语？似乎做不到了，马静再理解我，再通情达理，我都去派出所报到了，什么都不说也只会更糟糕。可是说什么呢？怎么说呢？

　　家的灯光离我越来越近，我没有回头路了，该说的说，不该说的不说吧，还能怎么样？

　　"小树爸爸？"这时，有人喊住了我。

他们是谁

很多的人生喜剧，是没演完的悲剧。

喊我的人声音非常耳熟，我循着声音看过去，就看到那张熟悉的面孔，育才小学的校长。

校长满脸笑容，可不是我第一次见到他时，那副老学究说话温吞的样子，完全是另外一个人，几乎和我看过的谍战电视剧里，国民党反动派的情报站头目一模一样。他一个人来的，见我看向了他，他加快了脚步，伸出手来说："小树爸爸，我等你很久了。"

我绝对不会在这个节骨眼上得罪他，所以立即换上职业的小商贩笑容，握住他热乎乎的手说："啊！刘校长，您好您好！这也不早了，您找我有事？"

刘校长不肯松手，笑哈哈地说："有点事啊，和你商量一下，来来来，我们这边走，边走边聊？"说着，他已经握着我的手微微一拽，示意和我往回家的反方向走。

我没有拒绝，我哪能拒绝？这都找上门来了，可能是好事可能是坏事，但逃避肯定会是坏事。

刘校长和我并肩而行，他一路也没聊正事，只是打着哈哈：小树还好吧？太太还好吧？小树在家干什么呢？太太在家陪着小树干什么呢？你哪里人啊？哦哦哦，哈哈哈，好好好。

一直走到馄饨王门口，刘校长才说："哎哟，我这忙一天，忘记吃饭了，我饿了，你饿不？要不咱们边吃边聊？我请我请。"

行啊！反正是骡子是马，哪里都能拉出来遛遛。

两人坐定，这家破破烂烂的小店里，晚上也没别的客人。馄饨店叫馄饨王，老板就叫老王。

"老王！来两碗脆肉馄饨，一碟辣子。"刘校长熟练地叫着。

店铺虽破旧，馄饨那是货真价实的，据说是南方的手艺，我平时吃不起，打打牙祭才会来。老王这个小老板，我是低头不见抬头见，但我只是个食客，和老王没有什么交往，只感觉他人还不错，就是有点怪。

说老王怪，是他打扮比较怪，他一个人的店，早上五点开门，晚上十点关门，没有助手，按理说他应该和其他苍蝇馆子的老板一样，油腻腻的，穿得不讲究。可偏偏老王穿得很是笔挺，衣服很有格调，头发梳得光溜溜的，丝毫不乱，连袖套也是长年白色，一点污迹都没有。我听别人说，老王以前是上海那一带的人，挺有小资情调的。小资是什么玩意，我搞不太清楚，挺像洋文。

老王从厨房里精神抖擞地出来，和我及刘校长打着招呼，带着一些上海口音："郭子，今天怎么这么晚啊？第一次哦。刘校长，又来了，您可是我的贵客，总是晚上来照顾我生意哦。哎呀，两位认识的啊，倒是第一次一起吃馄饨嘛，好的好的，馄饨一会儿就好，稍等片刻，稍等片刻。"老王记性很好，只要你来过两次，他就能准确无误地叫出你的名字。

老王进厨房忙碌，刘校长还是一直笑眯眯的，只是不再与我搭话。

等馄饨上来，老王说了声"慢慢吃，你们聊"，便很自觉地回到后厨去了。刘校长把辣子倒好，先尝了一口汤，念了声"不错不错"，吃了几个馄饨，烫得吸溜吸溜，这才说话。

"小树爸爸，收据是伪造的吧？"刘校长笑眯眯地看着我，说话没有一丝磕巴，干净利落。

他这种突然袭击打得狠，连铺垫都没有，直击死穴啊。

"啊，你说什么？开什么……玩笑啊。"我承认我有点被打得反应迟钝。

"陈八万的手笔，他是你同乡。"刘校长轻描淡写地说着，舀起一个馄饨，吹了吹送进嘴里，"手艺确实不错！一流！烫烫！舒服。"

我耳根子发烫，我明白，眼前的这位刘校长，是我从未接触过也想象不到的厉害角色。我一时无言以对，而刘校长没有再说，只是一边吃馄饨一边瞟我几眼。

"你吃呀，热的时候好吃。"刘校长终于说话。

"刘校长。"我自然是吃不下去的，"你大晚上来找我，就是来编故事的啊？吓唬我啊。"

"不是不是，别误会。"刘校长放下汤勺，端坐起来，"能瞒多少天呢？警察会继续查，早晚的事，那时候小树怎么办？肯定是要离开的啊。"

"哈哈。"我也笑了，这时候我决不能露怯，"刘校长，你这个锅甩得真干净，明明是你们学校的失职，你们查去吧，我没什么好说的。"我一弯腰，就要站起来。

"小树知道了怎么办？"刘校长小声地问。

我腿软了，没能站起来，又坐回板凳："他知道什么！"

"一所学校这么多人，我可保证不了谁说谁不说。小孩子，很简单，也很容易受伤害。"

我沉默了片刻，一低头，举起汤勺，大口大口吃着馄饨。

"其实是能解决的。"刘校长身子往前移了移。

我没抬头，也不知道怎么回答。

"你不想解决就算了。"刘校长喝着汤。

我顿了顿，没有再狼吞虎咽，咀嚼的速度慢了很多，含糊道："你说。"

"我领导和我说。"

"你领导？"

"我当然有领导。"

"哦哦，对，你有上面的领导。"

"领导说，我是原话传达啊，为这个事，你还得破费一下，天知地知你知我知，谁也不会再提，警察那边，学校内部，风平浪静，什么都没有发生过，你儿子小树安安稳稳地学习，开开心心地上学，顺顺利利地毕业。"

我基本上把一碗馄饨吃完了，抹了抹嘴问："多少钱？"

"聪明！"刘校长呵呵一笑，"十万，给我，只要现金。"

"哼哼。"我没想到这样一所优秀的小学里，校长和骗子一个套路，如此贪婪。

"我知道你的担心。你太太马静被一个叫李老师的骗了是吧？那个骗子李老师，以前的确是我们学校的外勤，是个买菜的。而我不是，我是校长，货真价实的，我不打妄语。"

"我不信口头的约定。"

"我知道你会这么说，这样，我收到钱的同时，会手写一份承诺书给你，如果我办不到，你可以随意处置。你觉得我这么大的把柄落在你手上，值不值十万块钱呢？"

我心头一紧，十万如果能彻底解决，我不是完全不能接受。

"多久要？"既然刘校长摊牌了，我也很干脆。

"明天晚上十点之前，联系我。"

"我没这么多钱，凑不出来。"

"你那间铺子那儿，正要拆迁对不对？"

"明天也卖不掉。"

"给你这个。"刘校长从身侧的公文包里摸出了一张金晃晃的卡片，放在桌上，推到我面前。

我拿起来，名片上面印着：

牛占奎

嘉陵市零价商业投资集团

投资总监

我低声自语："牛占奎，牛二？"

"是他，你认识，找他借，用你的房子抵押，他会借给你的。"

"高利贷。"

"是。但你只是短期拆借，成本不会很高。"刘校长抽出桌面上的餐巾纸，仔细地擦了擦嘴和手，"我要现金。我先走了，明天晚上十点，我在这里等你，不见不散。老王，买单啊！"

老王从后厨跑出来说："这么快啊，吃得好哇？"

刘校长已经扫码支付了，起身就走，我呆呆地坐着，没有看他，更没有说话。

老王看着我说："郭子，有心事啊？刘校长和你说了什么啊？孩子上学的事啊？我看到你家小树上了育才小学的呀，没事的吧？"

我抓起牛二的名片塞进裤兜，起身就走："没事！夸我家孩子呢！"

夜幕下，"银行"两个字的招牌，散发着金钱的光芒，迷幻又现实，我站在这两个字的下面，来来回回地踱步、徘徊，不停地搓着手，直至发烫。我知道这两个字的意义，在厚重的墙体另一边，有我想要的东西。

我只要再一次违背誓言，去拿不属于我的东西，一切难题都可以迎刃而解。

信仰不是万能的，但一种叫钱的破纸片，尽管本身毫无价值，却是让人无法反驳地，万能。

我被锁在这个世界里，无法解开。

第二天晚上十点，我准时地走进了馄饨店，一眼便看到了刘校长正端坐着，笑眯眯地看着我。我走过去坐在刘校长的对面，刘校长喊着："老王，再来一碗馄饨。"

我打开黑色的塑料袋，给刘校长出示了一下整整齐齐码放着的十万元，又立即收了回来。刘校长很满意地笑了笑，从旁边的小包里抽出一张纸，并签上字，递给我看。

上面手写着：

收款证明

今收到郭腾飞十万元，用于郭小树在育才小学上学事宜。本人保证，郭小树在育才小学的学籍准确有效，直至顺利毕业。如有违反，本证明可以由郭腾飞随意处置。

刘学文

2022 年 9 月 10 日

我无话可说，刘校长做得周到，我小心翼翼地把这张用十万块换来的证明书收好，将装着钱的黑色塑料袋递给了刘校长。

刘校长把钱收好，伸出手与我握了握，说："合作愉快。"

"如果没有别的事，我先走了。"

"等一等啊，你的馄饨还没来呢。"

"不吃了。"我毫无兴趣，一刻也不想多待，正想起身，我又坐下来，看着刘校长，"我没想到的是，你会收钱办事。"

刘校长看着我，沉默了片刻才回答道："我并不缺钱，我也不爱钱，有些事，你不得已而为之。人人都有秘密，对吗？"

"这个世界，真恶心。"

"这个世界，比你想象的更残酷，也很不真实。小树爸爸，你会慢慢知道的。"

"告辞。"我听不懂他要表达什么，也不想再停留，起身离去。

走出店门，我深深地吸了一口气，望向一侧，远处的大树下，马静正等着我，我快步走向她，向她点了点头，拍了拍外套里似乎滚烫的证明书。

马静如释重负，靠近了我，把额头靠在我的肩头，无声地哭了。

我轻抚着她的肩膀说："只要小树能开开心心地上学，我们就能重新开始，一切都会好起来的。"

今天一天，警察没有来找我们，学校也没有，似乎刘校长在用行动证明他的能力，让我放心。我这几天所干的事，所经历的风波，我差不多都和马静说了，只是把穿墙这件事瞒住，改成开锁进入的学校。对于刘校长索要十万元这件事，马静先是不敢相信，却很快明白，这是救命的稻草。

我向马静道歉，要是我不自作主张干出这些事，收不了场，十万元也许不用付。但马静立即阻止了我的想法，说道："能解决小树上学的问题，哪怕一无所有又怎样？你知道有多少人花了十万、二十万、三十万甚至更多，也上不了育才小学吗？我们走到今天这一步，真是太值了！如果你当时告诉我，你要铤而走险去学校弄假的入学资格，我也一定会同意的。"

有这样的老婆，我很荣幸，她和小树，是这个世界上唯一能温暖我、点亮我的希望的人。

十万元的来源，我也坦白告诉了马静。

这十万元，是我借的高利贷。

这是真的，我没对马静撒谎，我没有违背誓言，穿进银行，拿走里面的钱。昨晚，我找到了牛二……

我在银行外站了很久，回想了我这糟糕的一生。如果我使用能力穿墙，胆敢拿出不属于我的东西，比如金钱，我应该不会落入如此平凡的境地。可我父亲之死给我的惨痛感压在我心中一刻也不能磨灭，甚至小树出生后，我从做了一个父亲开始，这种惨痛感愈加沉重，哪怕现在为了小树，我也没有勇气踏出这一步。我害怕，我一想到就会害怕得全身颤抖，能力一旦妄用，会反噬我最亲爱的家人。

不是有解决方法吗？不就是一无所有吗？受了这么多的苦，何必为了一时轻松，拿亲人的生命来赌呢？

我拨通了牛二的电话，牛二正在夜总会里喝得口齿不清，但他终于听清了我的来意，让我直接去夜总会找他。

歌舞升平的夜总会里，灯红酒绿，我闻着强烈的铜臭味，如同探索一个未知的世界一样，艰难地、局促地、战战兢兢地找到了牛二的包房。

满屋子女人光亮的大腿晃得我睁不开眼，不知道该往哪里看，倒是牛二见到我，很是高兴的样子，大喊了一声："郭子！"冲过来给了我一个熊抱，把我拉到他身边坐下，并给我倒了满满一杯洋酒，让我干了。房间里的男男女女，像看小丑一样看着我，表情中全是嘲笑和轻蔑，我没有拒绝，抓起酒杯就喝了，强烈的不适感呛得我咳嗽不止，涕泪交流。

"郭子！好好好！爽快！"牛二哈哈大笑，"唱歌，喝起！"

周围一片哄闹，我坐在其中，与他们格格不入，没人理我，我被人挤到角落，默默无语，尴尬万分地坐着。

我在这里愣愣地坐了半个小时以后，才终于逮到了机会，小心翼翼地和牛二说起借钱的事。

"啊！我知道我知道！你找我就对了！来来来，再喝一杯！"

"我，我实在不能喝了。牛，牛总，你说怎么办，我都听你的，我明天就得要。"

牛二往沙发上一靠，坏笑着看着我，看得我有些发毛，又手足无措起来。

"都听我的对吧？日息五个点！用你的房子来抵押！这是规矩！"

"嗯，行，今天能给我吗？"我是第一次借高利贷，在这乱哄哄的地方，我想不清楚这是什么代价，我只知道我既然来了，就不能空手而归。

"好啊！"牛二坐直了身子大喊，"都给我停了！别唱了！"

鬼哭狼嚎的歌声停下，房间里亮了灯，所有的陪酒小姐被赶了出去，一张合同摆在了我的面前。

牛二叼着烟，搂着我的肩膀说："签字！钱，一会儿就能给你。"

"我要现金。"

"废话，我这里只有现金！"

"我签。"我接过小弟递上来的笔，粗略地看了一眼合同，简简单单一张纸，寥寥数语，写得倒是清清楚楚，我没有再犹豫，签下自己的大名，按下了手印。知道欠高利贷不好，但为什么还是有无数的人去借？是因为被逼到了某种程度，最后一条内裤都要被人扒掉了，就别无选择。

"哈哈好！来来来，郭子，再来一杯，我们庆祝一下！"

我面前的酒杯再次被倒满，牛二举杯和我碰了一下。

"切丝！"牛二一口干掉，我也紧跟着他的节奏，一饮而尽。

一个小时后，我摇摇晃晃地抱着一个黑色塑料袋，里面装着十万元现金，走出了夜总会，天已经蒙蒙亮了。

我费力地摇晃了一下脑袋，让自己保持清醒，快步向家的方向赶去，怀中是我的希望，不容有失。

我用这笔钱，换来刘校长的证明书，小树入学的事终于尘埃落定，顺利过关。

付出的代价比想象中要小，我的秘密也保住了，虽然付出的金钱远超预期，但一切似乎都是值得的。

我梦想着生活再度恢复平静，然而，更糟糕的事情这时才算刚刚开始。

首先，是牛二偷鸡不成蚀把米。他和我签了带房屋抵押的高利贷借款合同后，自觉办了件漂亮事，第二天晚上，大概就是在我给刘校长交钱的那个时间段，他兴高采烈地去找他的老板"崩哥"请功。

这位崩哥是嘉陵市本地人，之所以叫崩哥，是因为江湖传说他用枪崩死过人。"老子的大哥，以前玩枪的，打死过人，你信不？所以叫崩哥！懂不懂？跟着崩哥混，吃香喝辣！"

不过现在的崩哥是真的有实力，是嘉陵市数一数二的房地产开发商，兼顾各种第三产业，连我这种开锁的，都听过崩哥的大名。牛二一个打打杀杀的混子，能得到崩哥的赏识，算他走了大运。

所以牛二很珍惜给崩哥当小弟的机会，干活卖力，使命必达。

我所在的店铺那儿，拆迁的事情早有传说，只是传说了七八年，也没有落实。这次拆迁玩真的，崩哥可没少下功夫、花血本，在崩哥的规划里，这一带将建成嘉陵第一娱乐中心，吃喝玩乐，健身卡拉 OK，一应俱全。

我在牛二眼里，属于钉子户，上了最难搞的名单。上次我老婆马静和牛二他们打了一架，惊动了警察，更是成了牛二的拆迁大业必须铲除的第一目标，连崩哥都知道有我这家人的存在。

牛二对崩哥眉飞色舞地邀功："有这份合同，一定能搞定锁匠铺啊，崩哥你就放心吧！一个月之内！"还没等到牛二高亢地表忠心，崩哥一个耳光就抽了上来！

"多久？一个月？牛二，亏你说得出口，你他妈的还想不想干了！你知道老子已经花了多少钱吗？一天都等不了，限你一周内，把这家开锁的，还有其他几家不肯搬的，给老子弄死！你弄不死，老子把你弄死！"

不知道崩哥是真着急还是装大哥，牛二是听进去了，顿时冷汗直冒，这事必须办到啊！不然他的饭碗不保啊！

"是是是！崩哥！您教训得对，您的手打疼了吗？要不我再自己抽自己几个？崩哥，一周内搞定，必须的！您就等我的好消息吧！"

滚！

牛二夹着尾巴鼠窜而去，等到他激烈跳动的小心脏平复下来，他根本不恨崩哥，他恨的是我。

"郭子，我看你一周内，敢不给老子搬！"

而我的目标是三个月内搬家，一是，小树上学我总担心不稳定，刘校长万一调走了呢？岂不是竹篮打水一场空？二是，我们的拆迁款，目前按牛二的核算面积，只有八万块，高利贷都还不起，我们的房产证上明明写着二十平方米，这是政府认可的，不能不要个说法，任人宰割。

所以，在小树上学后，牛二气势汹汹地带着几十号流氓上门，说出让我们三天内拿钱滚蛋这句话时，没等马静发作，我率先喊了出来："三天？凭什么！不可能！有种你就打死我！"

牛二瞪着牛眼说："郭子，你他妈的白眼狼！我才借给你钱！"

"借你的钱，我会还！无论多久，我都会还，一个子也不会差你的！可这房子是我们的！想按八平方米来算，不可能！"

"郭子，你他妈的喊什么喊！你搞钱还我啊！白纸黑字写着，你要是还不起钱，这房子可以抵押给我的！"

"一码归一码！不是一件事！你自己看清楚合同，还钱没有时限！"我寸步不让！因为那份高利贷合同，我是看得清清楚楚的，没有写还钱的时限！高利贷的贪婪恰好是个漏洞！我不是傻子，上来就喝一杯洋酒露怯，装老实人看也没看就签字，也不是白装的！

马静看着我，有点惊讶也有点佩服，居然没有站出来和牛二吵。她一直以为我是个不敢惹事的闷葫芦，没想到最近这段时间，我的许多事做得很爷们儿，让她刮目相看！

我也不知道我是怎么了，自从我决定使用秘密能力，穿墙为小树办入学以后，我变得有主意了，敢说话了。

牛二心里是恼火的，他签高利贷合同习惯占便宜了，不约定具体的时间，这样他可以收到更多的利息，他以为我喝得稀里糊涂就签字了，谁知我心里明镜似的！

牛二吃了个哑巴亏，看那嘴型估计是骂了我祖宗十八代，见我还是虎视眈眈地瞪着他，没有一丝害怕，也没有退步的意思，终于憋出了一句话。

"郭子，没想到啊……算你狠，你等着！"

牛二招呼着自己十几号小弟，嘴里发着毒誓："弄不死你，弄不死你，你等着，你等着！"然后悻悻然离去。

门口已经围了不少看热闹的街坊邻居，见牛二凶神恶煞地走了，也不好进来打听八卦，没一会儿便散了。

我正想和马静商量一下对策，一个人当不当正不正地走了进来，我头也没抬地说："对不起啊，今天有事打烊了，你改天来吧。"

"你是郭子！"那人颤抖着叫我，几乎带着哭腔。

"我是……"我想这是哪里来的新客，至于用这种找到亲生父亲一样的口气吗？我抬头看他，愣了愣，这人眼熟得很。

他是张子贤。

张子贤口中的"你",是指小张警察录像中的那个被他认定有穿墙能力的人。"你是郭子"这四个字,虽然简单,却饱含惊喜、兴奋以及肯定。张子贤找到我,确实不容易,尽管从录像里我走过学校的画面,小学生都能认出是我,但是以他量子物理的脑袋,充满了不确定性,这让他找人如同大海捞针一样困难。

张子贤执着地追逐着小张警察,不惜冒着被他前妻追打咒骂的风险,才终于从小张警察那里得到了唯一的线索——"这个人你见过,就在你家附近!"他沿着这条线索,没日没夜苦苦地挨个搜索,终于,在牛二闹出了巨大的动静,他赶来看是不是有情况的时候,认定了我就是他要寻找的人。

我正在为张子贤这种深情呼喊是什么意思而疑惑的时候,张子贤已经扑了上来,他的双手一下子抚摸上我的胸口,用脸紧紧贴住,摩挲起来,激动到双眼含泪:"天哪天哪,这就是量子化的身体啊!"我可是张子贤盼了二十年才盼来的奇迹,是他学术研究的唯一希望,那份激动是任何感情都无法比拟的。

我在愣了大约三秒之后,才终于反应过来,这就是性骚扰啊!我腾地一下脸烫得可以烧水,声音都尖锐了,"娇喝"一声:"你干什么!"赶忙打开他的手,向后退去。张子贤的魔爪紧随不舍,我如同受惊的小鹿只想着往后躲避。

是马静拦住了张子贤,护住了我,她对一个胆敢摸自己老公胸口的男人,丝毫不会手下留情,啪的一个耳光抽得张子贤转了半个圈。

"你是谁啊?!有病啊!"马静像母鸡保护小鸡一样把我护在身后。

张子贤捂着热辣辣的脸颊,没有再贸然上前,他隔空看着我,向我深情地呼唤。

"郭子!我是这个世界上,唯一懂你的人!"

马静立即虎起脸来……

我忘了张子贤是怎么飞出我这间小小的锁匠铺的,然后马静手持两把菜刀,大约追了张子贤一公里,在造成血案之前,我终于追上了他们,拉住了马静。

"郭子！他是谁？"马静怒吼着，充满了某种绝望。

我大喊着："他是个科学家！科学家！物理三所的！"

"科学家？"马静眼眶都红了，"你还和科学家搞到一起了？还是个男的！"

"小静，不是你想的那样！"

"不是什么？你听他都叫你什么！"

那边惊魂未定的张子贤爬起来，他也在试图辩解："郭子……"

马静又持双刀上前，我死死地抱住马静。

"你你你，你快走！"我无力解释，只求张子贤这块激怒马静这头牛的红布，赶紧消失。

张子贤迂腐，但他不傻，懂得生死，所以他选择听我的，先逃走，他依依不舍地人喊一声："郭子，等我！你是我的！"然后撒腿就跑。

我心里骂了一万遍，这个王八蛋啊！害死我了啊！我竭尽全力和已经疯牛化的马静纠缠着，直到两人都筋疲力尽。

马静见追不上张子贤，哇的一声哭了。

"郭腾飞，你说！你是不要我，不要这个家了吗？你开锁，结果开了个男人吗？"马静哭着。

"这都哪儿跟哪儿啊！小静，这个人，是个科学疯子，神神道道的，我真的不知道是怎么回事！你冷静一下，你想想，你见过他的，老王馄饨店，他总在那里，早上吃碗馄饨才去旁边的三所上班。他脑子有问题的，你不记得了？"

我这么一说，马静似乎想起来了："是那个脑子有问题的？叫张什么……"

情急之下，我记忆力倍增，回想起了张子贤的名字："张，张张张，张子贤！"

"对，对，张子贤……"马静回想着，突然又大声哭了起来，"你什么时候和一个疯子，还是男的，搞到一块的？"

女人不理智起来，是没有逻辑的。我好说歹说，才终于安抚住了马静，拉着她往家走，并让她认为，可能真的如我所说，只是个误会。

可我心里并不会这么认为，这个叫张子贤的，来者不善，特别是他科学家的身份……

刚和马静走到家门口附近，便看到牛二带着另外一群西装革履的人守在门口，事已至此，躲不是个办法，我只好硬着头皮上前。

"我们是大信律师事务所的，你好！我们接受委托，想再次勘测一下你的房屋面积。"一个油腻腻的西服男客客气气地出示了名片。

好啊，房地局的不来找我们，你们倒先找上门来了！解释清楚，我们的房产证上写着二十平方米，怎么在牛二口中变成八平方米的。

牛二不怀好意地看着我，虽然没说什么，但那眼神里只透着一句话："等着吧。"

勘测结果是，按照建筑原有的图纸和报备，这套房龄三十年的一楼小商铺，实际有效面积是五平方米，其余十五平方米都是违建……

"八平方米变成了五平方米！你们！你们蛇鼠一窝！这是明着抢劫啊！还有没有天理，还有没有王法！"

"郭腾飞同志，我们理解你的心情，但这就是法律，如果你不能配合拆迁工作，那么我们得遗憾地通知你，你这违章房屋，我们要强制拆除。"

我被彻底逼急了，我之所以一直过得很怂，是因为还有那么一点属于自己的东西，但如果这一点点东西都要被剥夺了，那我只能玩命了！

"想拆？除非你们让推土机从我身上轧过去！"

马静也彻底不管不顾了，她尖叫着："来啊！压死我们啊！"

一个更加激昂的男声响起："你们这些社会败类！想强拆郭子的家，除非也从我身上轧过去！"

张子贤如同一个敢死队战士一般，拨开人群冲了出来，站到了我的身边，他向我重重地点头，并伸出手要和马静握手。

在最孤立无援、被世界抛弃的那一刻，围观的人群里，只有张子贤这个男人站了出来力挺我们，一时间，我居然无力再责怪他的任何事情。

"您是郭子先生的太太吧？正式介绍一下，我叫张子贤，你们的事，就是我的事！郭子就是我的信仰！请你们相信我，我没有恶意！"张子贤看着马静，友好地伸着手，等着她的回应。

马静慢慢地握了握张子贤的手，无话可说。

张子贤双手叉腰，上前一步，拦在我们面前，如正义的使者一般，闪耀着光辉："我张子贤在，你们谁敢拆！你们要是敢伤害郭子先生一根毫毛，整个人类都会唾弃你们！因为郭子先生，是人类的未来，人类的希望！"

牛二估计被张子贤的慷慨胡言气得肚子能撑爆了，他扶着自己的腰，指着张子贤叫骂着："你是个什么东西！关你什么事！给老子滚开！上上上，你们上，把这个疯子给老子拖走。"

十来个小弟便扑了上来，要将张子贤拽走，张子贤硬气无比，我和马静哪里肯依，场面一下子混乱了起来……

无论如何，今天，我、马静和张子贤的三人战队，取得了胜利。牛二的大部队随着下班时刻的到来，陆陆续续散去，牛二抛下了狠话，大意是"我看你们能横几天，到时候别后悔"，说完便点起一根烟，撅着屁股，迈着公鸡步，扬长而去。

我们轻微受伤，张子贤最严重，他的一只眼睛被打肿了，肿得和一个猕猴桃一样大，他本来眼睛就又细又长，现在更是只能看到一条缝了。

张子贤斗志昂扬，毫不在意自己这副惨样，我觉得又好气又好笑还挺愧疚。马静也不再针对他，女人的直觉告诉她，这位张子贤是真的有求于我，只是他表达的方式有点极端，太容易造成误会。

马静问他："张老师，你是有什么事情需要我们帮忙吗？"

张子贤点了点头说："马静太太，你的先生郭子是某个科学领域的实证！我需要他，他现在可以算是我的信仰。"

"实证？什么实证？"

张子贤看了看我，我回避着他的目光，装作毫不在意。他慢慢回答道："很难解释，也不方便解释，涉及世界级的重大事件，马静太太你可以理解为，郭子是熊猫血。"

"哦哦！我明白了。"马静是高中毕业能考上大学的知识分子，确实懂得比较多。

我松了一口气，张子贤虽然疯，也不是毫无保留地乱说的。

"郭子是基因突变的熊猫血？你是搞生物科学的吗？"马静还是太好学，有深入学习的态度。

"我是搞量子物理的。"张子贤对自己从事的科学领域，有着不可隐瞒的责任。

"嗯？量子物理？这和熊猫血有什么关系？"马静开始刨根问底。

"小静，你先把小树接回来吧，他留校时间太长了不好。我和子贤老师单独聊几句。"我赶紧打断了好学生和老师的学术交流。

马静看了看时间说："哎！不早了，那我去了。你们……好好聊。"马静意味深长地看了我一眼，简单收拾了一下妆容，快步离去。

马静一走，我和张子贤相对而坐，他用一只眼睛赤诚而灼热地注视着我，脸上都是满足感和期待。

"张子贤！"我开口问他，语气不客气了起来，"谢谢你归谢谢你，但你是不是搞错人了？什么熊猫血，我哪有什么熊猫血？"

"哎！"张子贤摇晃着手指，很有信心地说，"别装了，郭子。"他站起身走了几步，到处观察了一番。

"你干吗？"

"我要看看是否安全，因为，你太有价值了！是我的私人发现！世界级的，诺贝尔奖。你作为一个实证，在我完全证实之前，你的秘密绝对不能再让第三人知道，我一定保密！"张子贤看了一圈，才放心坐下。

"开什么玩笑？你就直说吧。"

"郭子，我问你，你是不是能够直接穿透其他物体？"

"啊？"我嘴上表示不懂，心头却微微一震。

"茅山道士你知道吧？穿墙术！你会穿墙术，对不对？"张子贤认真地，一字一句清晰地问我。

我猛地哈哈大笑，虽然我知道我这个作态有点假："啥？你说啥？穿墙术？哈哈哈，你疯了吧，我要是会什么穿墙术，我早发财了，还待在这里受这种气？"

"懂懂懂，我懂，你现在不承认没关系。"

"我说，你懂什么啊？我承认什么啊？"

"穿墙术。"

"不会！"

"你会！"张子贤看着我，"为了全人类，为了未来！我会说服你在我面前展现一次的。"

我沉默了片刻，不知道该怎么与他对话。

张子贤又说："你看起来已经想通了，那现在就来一次吧！我来拍！"

我啪地站起来，低声喝道："什么我还想通了！张子贤，你出去，你爱去哪儿发疯，就去哪儿疯，别折腾我好吗？我这够烦的了。"

"郭子，你这种紧守秘密的态度好啊！不要有心理负担，我和你是同一条战线的……"

"出去出去。"我拽住张子贤的衣服，把他直接往门外拖。

"哎哎哎，别啊。"

我用了蛮力，张子贤这个树枝一样消瘦的家伙不是我的对手，我将他拽出了屋，重重地关上了门。

张子贤拍了拍门："郭子，你开开门，我们多聊聊，你有啥担心的，咱们聊透。"

"爬！"我在屋内大骂这个张子贤。

张子贤没有再敲门，我听到他的脚步声远去。

刹那间，我失态了，蜷缩在角落，重重地喘着气，抱着自己的脑袋。我的秘密第一次被人如此准确地说了出来，就好像自己苦苦守护了二十多年的堡垒，一下子被人攻破，恐慌、无助、茫然、后悔、不知所措等复杂的情感席卷而来，让我没有任何承受之力。

"我要完了。"我大口大口地呼吸着，胸口仍然堵得厉害，"如果被他公布了，我是不是完了？我是个怪物，要被关起来，一辈子被人研究，扒我的皮抽我的血割我的肉，还要对小树这样做，一定会的，他们一定会的。妈的！为什么会这样！"

许久以后，我听到了门外小树欢快的呼喊声，这才如同被注入了一针强心剂，恢复了正常。那一刻，我心中有了决定。

我能瞒住张子贤！我不会承认的！

"小静，你明天和小树去住宾馆，别回来了。"小树已经睡着，我和马静离开了家，在路边长椅上坐着，低声商量着。

"啊？为什么啊？"马静倒不是很惊讶。

"牛二他们不会罢休的，小树在，我怕他们会伤到孩子，把小树吓到了，也不好。"

"嗯，我知道。我送小树上学后，白天来陪你一起。"

"也不用，我能处理好。你和小树尽量住得远一点，过江去新区那边住，离这里越远越好！别回来，有事我们随时打电话。"

"不行就算了吧，五平方米就五平方米，我们认了，别和牛二他们斗了，我害怕。"马静靠上我的肩膀，默默地垂泪。她并不是一个爱哭的女人，但她只在我面前如此脆弱。

"还不到那个时候呢。"我搂着马静，"人争一口气，树活一张皮，我们受了二三十年窝囊气，好不容易有了自己的家，不能就这样算了，哪怕是按十平方米算，给我们十万拆迁款，也比只有五万好。努努力吧。"

"我怕……"

"只要你们母子平安，我不会有事的，我发誓。就按我说的办吧，小静！"

"嗯。"马静抬头看了看我，"那个张子贤，会帮你吗？"

"他也许会。只可惜，他脑子有问题，搞错目标了，他要找的人，不是我……我只是一个锁匠。"

我看着天空，天空中没有月亮，只有几颗若隐若现的星星。

第二天，我站在我唯一拥有的资产——锁匠铺的门口，手里举着打火机，一个煤气罐正摆在我脚边。对面，是接近一百号人的强拆队伍，有戴红袖章的，有穿保安服的，有穿西服的，还有牛二这种戴大金链子小手表的。

我高声大叫："敢过来试试！再上前一步我就把煤气罐点了！大家同归于尽！"

牛二似乎有点怕把事情闹大，举着喇叭叫嚷："郭子，强制拆迁通知书都下达了！你还有什么不服气的！你这样做是对抗法律！是反社会！想想你的老婆孩子！别把事闹大了，谁都不好看！"

"我就不想让谁好看！我二十平方米的房子，说只有五平方米！想拆我家房子，做梦！"

"郭子，我佩服你是条汉子！怎么以前没看出来呢？把打火机放下，我们好好谈谈吧！"牛二放下喇叭，问身边的小弟，"煤气罐会炸吗？"

"不会吧？听过煤气罐爆炸，没听说是打火机点的，又不是炮仗。"一个名叫屁麻的小弟进献妙计，"要不找两个麻利点的兄弟，从他身侧一拥而上，拿棍子把他手给打断？"

"那你去？"

"二哥，您别逗我，我这快两百斤的体重，上个楼都喘，万一真炸了……呢？"

"那你扯什么犊子！"牛二一巴掌抽在屁麻肥厚的后脑勺上，再次举起了喇叭，"郭子！放下武器，别冲动啊！"

我横下一条心，谁敢过来，我就点燃打火机！我不知道会不会炸，点燃是肯定没问题的。

这时候额头扎着白色布条的张子贤冲了出来，大叫道："都别过来！"我见这瘟神又来了，只好低声骂他："张子贤，你给我滚！这里没你的事！"

"兄弟齐心，其利断金，我要为你两肋插刀！"张子贤大义凛然地看着我说，随即按下了手上的打火机……

人群迅速后退，牛二退得快了点，直接一个贴地驴打滚，飞机头直接改为迫降式，狼狈异常。

"哎哟，打不着。"张子贤看着自己手里的打火机喃喃自语。我已经一个箭步过去，把打火机抢到手，吓得也是脸色发白，掐住张子贤小鸡崽一般粗细的脖子说："你他妈的是真的想我死！"

"不是，不，你松松手，掐死了。"张子贤挣扎着。

牛二扶正了自己的飞机油头，举着喇叭又吼起来："郭子，还有你身边那个，叫张子贤的疯子！把人吓死也要偿命的！"

整整一天的对峙便这么过去了，我始终没有让牛二的人和挖掘机前进一步，牛二他们毫无进展，乌泱泱的人掐着点一样，吃完晚餐逐渐走了个干净。

这样的日子，我又坚持了两天，牛二的脸色也越来越难看。

张子贤整天陪着我看守锁匠铺，也负责给我买饭。说实话，如果不是他觊觎我的秘密，我倒是愿意把他当个生死兄弟。我每天会给马静打电话报一下平安，问一下小树的情况。她们母子在江北新区安顿了下来，一切都好，小树也没有多问什么，只是觉得早上起太早去上学，有点困。我略略宽心，这样的日子我不知道还能坚持多久，但我相信，这种坚持会得到回报。

锁匠铺保卫战的第四天晚上，我和马静失联了，她电话是通的，但是一直不接，发信息也不回。我意识到事情有点不对劲，叮嘱牛皮糖一样粘着我的张子贤去看看我老婆孩子，张子贤没有二话就出发了，但在两个小时以后，我接到了张子贤的电话。

"郭子，我问到了，马静和你儿子小树，跟一伙人上了一辆面包车走了。"张子贤急匆匆地告诉我。

我脑袋嗡地一响，又问了一些细节后，把电话挂断，给牛二打了一个电话。

"牛二，我老婆孩子在哪儿？"

"哎哟，郭子，干吗啊？你找不到老婆孩子问我干吗？我哪儿知道啊！"

"牛二，你别乱来啊！"

"我可不敢乱来，我是遵纪守法的好公民，不像你！"牛二那边挂了电话，我再打，他关机了。

"我去你个仙人板板！"我恨不得砸了手中的手机，可那种强烈的不安感笼罩了我，我没有任何犹豫，夺门而出。

我冲进牛二常去的夜总会，已经是晚上十点左右，正是夜总会人满为患的时候。我一脸杀气冲进大门，立即被保安拦住了，我大声喊着牛二的名字，让他滚出来见我。

我在被暴揍一顿之前，没等到牛二出现，却等到了崩哥。

崩哥带着他的妍头雨虹，这个雨虹我见过，因为我给她家开过锁。雨虹属于那种叫人过目不忘的女子，清纯的脸蛋，像个大学生似的，可一旦她急眼了骂人，说话那个脏，和刚吃了屎似的。我给她家开了锁，挺费劲的复合型锁，她不仅不给我约定的开锁费，还怪我弄坏了她的门锁，最后不仅一分钱没给我，还要我倒赔她几百块钱。

我没想到她是崩哥的女人。

崩哥我没见过，但在崩哥出场时，山呼海啸的"崩哥崩哥"的问好声，让我明白了，这个穿着超级大商标外套的胖子，就是传说中的嘉陵大人物。

"你谁啊？吵什么吵！"崩哥一开腔，整个夜总会大堂都安静了下来。

我挣脱了两个流氓，大声吼着："我找牛二！牛占奎！他绑架了我老婆孩子！"

"绑架？"崩哥指着我鼻子，"说话要有证据的啊，造谣诬陷得坐牢的。"

"你让牛二出来，他亲口和我说。"

"哎，你谁啊？知道这是哪儿吗？知道我是谁吗？"

"我管你是谁！"我恶向胆边生，一发力，直接拉翻了我身侧的花篮，用以壮胆。

很不幸的是，花篮倒了，也把一边的大瓷瓶带倒了，碎裂的声音让我这个穷光蛋突然冷静了下来。几个流氓神色大变，就要将我按倒在地。

雨虹似乎对我有点印象，在崩哥耳边低语了两句，崩哥哈哈大笑："让他砸，让他砸！砸得好！一个锁匠嘛！"

警察来了，不是我报的警。

崩哥遵纪守法，克制冲动避免了冲突，并第一时间报警。

他是好人。

我大闹公共场所，意图殴打他人，并毁坏私人物品。

我是坏人。

在羁押室内，我被告知，崩哥那边说可以私了，不追究我打人闹事的责任，但毁坏的物品，那个瓷瓶，得赔，十万元，有发票为证。

负责看守和讯问我的还是小张警察，他很同情地看着我，听我一遍又一遍地强调："我老婆孩子失踪了，一定是牛二他们干的。"

"郭子，你说的这些都是你的猜测。没有任何证据和迹象能证明你老婆孩子被牛二绑架了。"

"那他们去哪儿了？小张警官，人呢？有人亲眼看见，我老婆孩子被一群人带上面包车走了！"

"啊？谁和你说的？"

"张子贤，物理三所的科学家。"我脱口而出，但立即觉得不妥。

小张警察的脸色变得有点难看，说道："哦，他啊。他这个人我认识，他有脸盲症和幻想症，很严重的那种。他能把张曼玉也认成你的太太。"

小张警察再没有和我废话，对我找老婆孩子的要求，也打起了官腔，什么完全行为责任人，失联时间不满二十四小时，等等。

我无话可说，我只觉得愤怒！这种愤怒，让我什么都不管不顾了。

在小张警察走后，我独自坐在羁押室内，冰冷的铁框将我囚禁在一个狭小的空间里。

我要找我的老婆孩子，这里能关住我吗？别做梦了！

羁押室外空荡荡的，我看了看墙上的时钟，指向了凌晨一点，我抓着铁栏杆高喊了两声警察同志，无人应答。

我又等了一会儿，竖起耳朵也没有听到任何脚步声，我轻哼了一下，转过身，只是心中念头一起，便从羁押室临街的一面墙壁穿过，如同那面墙只是空气一般。

我来到了大街上，夜已经很深了，路上一个人也没有，我撒腿就跑。

锁匠之怒

谁说世界上没有公平？比如死亡。废话，你都死了，还在乎什么公平？

老婆孩子的安危让我失去了理智，我来到了夜总会的侧面，当着一个神志不清的醉汉的面，直接穿墙而过。

然后，我很快找到了一顶帽子、一个口罩，换了一身服务员的衣服，这一切准备停当，确定没有人能够一眼认出我，我便开始疯狂地一间间房间穿过去，也不管房间里到底有没有人。

我要找到我老婆孩子！这个夜总会是牛二的庇护所、常驻地，如果是他绑架了我老婆孩子，他们大概率是被关押在这里。

一间房又一间房，最开始我还是很小心的，但一直没有结果，我便更加狂躁起来。我从各种房间的电视机前跑过，有人注意到了我，有人没有。我甚至在穿越墙壁时，顺便穿越了靠在墙上的一个女子。

我能清楚地感觉到我的身体透过女子的内脏，甚至感觉到女子高高耸起的乳房里的隆胸假体。我第一次穿越人体，只是短暂的不适后，再没有多想。

我听到了女子的尖叫声："鬼啊！"

我也听到我跑过许多房间时，在我身后的各种声音。

"你谁啊？"

"你看到没？有个服务员穿墙过去了！"

"你喝多了吧？"

"哪有人过去啊？"

"啊！你看到没？"

"见鬼了！"

没有人可以阻挡我，在那一刻，我就是个鬼，是个幽灵！

我会穿墙，我可以穿越一切！

混乱不堪的一通快速穿行后，丝毫没有马静和小树的下落，我没有碰见牛二，没有碰见崩哥，甚至没有碰见牛二身边那些小弟。

我本想离开，在决定从一楼卫生间穿墙而过，离开夜总会的时候，我遇见了屁麻，他这个胖子经常跟随在牛二身边，几乎形影不离。

屁麻喝得烂醉，在洗手间的水池边叼着烟晃来晃去，时不时地口吐飞沫。我一把揪住了他问："马三，牛二在哪儿？"

屁麻见我这副打扮，加上喝了酒，浑劲发作，一巴掌打在我脑袋上说："你他妈谁呀，想死！"

这一巴掌打得我脑袋嗡嗡作响，我立即还手，狠狠一拳砸在屁麻的肥脸上，屁麻没想到我会还手，一个趔趄撞到墙上，我从身后把屁麻顶在墙上，闷声大喝："牛二在哪儿？我老婆孩子在哪儿？"

"你妈的！"屁麻肥大的身躯挣扎着，我很快吃不住力，要被他挣脱。

我不知道我是怎么涌起这个念头的，我右手一伸，直接穿过屁麻的衣服和皮肤，一把抓住了胸膛里的某个器官，也许是心脏吧！只听屁麻哎呀一声，整个人都软了，再也使不出一点力气。

"我问你，牛二在哪儿？"

"在，在家。"屁麻筛糠一样颤抖着，"别杀我！"

"他家在哪儿？！"

"玉林小区，5号楼03。兄弟，别杀我！"屁麻的感受我不知道，但他极为难受是真的，他也许认为，我用一把刀捅进了他的后背。

我"抓"着屁麻的内脏，这种"抓"并不是实体的抓，我的手停留在屁麻的身体里，以某种形态显形了，却并不是真的完全的手，我无法解释这种状况，我的手能够感觉到他血液的流动，但我的力量确实是以手掌的形态在释放。这和我开学校保险柜，半穿状态下，手指可以停留在夹层里拨动机簧是同样的道理。

我本想再问我老婆孩子在哪里，但我忍住了，如果我再问一遍，屁麻也许会猜到我是谁。眼下屁麻不重要，他没跟着牛二，不见得知道太多信息，而牛二最重要，他清楚一切。

我把手从屁麻身体里抽出来，他轰隆一声翻倒在地，口吐白沫，看样子是昏了。他的手机也跌落在地，我一把抓了起来在屏幕上滑动了几下，屏幕亮了，没有上锁！很好！我的手机在警察局按规矩被没收了，所以我需要一个手机以备不时之需。

洗手间里估计还有其他人，只不过听到外面的打斗声，躲在隔间里没敢出来，我管不了这么多，直接穿过洗手间的墙壁，再次来到了夜总会外的小路上。

玉林小区，5号楼03！很近，我知道在哪儿，作为一个锁匠，我知道所有小区的位置，以及大多数住户的门锁型号。

我没有走小区正门，这时的我只走直线，见到什么便穿过什么。

毫无阻碍地，我穿进了牛二的家，牛二乱七八糟的家里，散发着浓浓的酒味，他只穿着一条裤衩酣睡在床上，鼾声如雷，睡得死沉。

我本来想先把牛二控制住，用皮带绑起来，但我犹豫了一下，为什么牛二在家？如果是他绑架了我老婆孩子，他为什么在家？

我脑子里闪过了许多不好的念头，这让我停下手，躲进了厨房，给马静打了一个电话。

电话通了，马静很快接起来，声音发着颤："喂！"

"是我！"我说出这句话时，差点哭了，平日里如此习惯的马静声音，在这时却如同天籁。

"郭子！是你吗？你在哪儿？"马静明显带着哭腔。

"你还好吗？"

"我还好！我一直联系不上你！你关机了！你没事吧？"

"我没事！小树呢？"

"他睡着了，我抱着他。"

"你们没事吧？到底发生什么了？"

"没事，但吓坏了。晚上的时候，来了一伙人，强行把我和小树带走了。"

马静颠三倒四地把整件事情说了一遍，我听明白了。晚上的时候，马静接小树放学，回到江北暂住地时，被一伙没见过的人给架走了，关到了一间厂房里。这伙人不是牛二的人，里面有一个大哥，叫余哥。余哥没有伤害马静和小树，相反很客气，给吃给喝，马静带着小树，不敢反抗。余哥说明了来意，让马静答应尽快把锁匠铺拆迁的事情搞定，不准再闹，否则他下次不会这么客客气气地对待小树了。余哥说，按八平方米来签，就这么办了，能拿到八万块！马静答应了，双方签字画押，把拆迁合同签了。后来他又关了他们一阵子，才用车把马静和小树运到江北，让他们下了车，还给了马静手机。马静手机刚开，打了我几遍电话都是关机，随后我的电话就打进来了。现在，他们母子俩很安全，正要回暂住地，让小树先睡下。

我听到了小树的声音："妈妈，是爸爸的电话吗？"

"是爸爸。"

"爸爸还好吗？"

"爸爸很好，爸爸让小树不要担心。"

"爸爸爸爸，我很乖，那些叔叔没欺负我和妈妈。"

我如释重负！眼泪一下子就流了下来。

"我也很好！小静，你先照顾好小树，不要担心我。小树，乖，和妈妈回家，睡一觉，明天天亮了，爸爸就来接你们。"

安慰了马静几句后，我没有和马静再多说，挂断了电话。

我回到牛二的卧室，看着睡死的牛二，本想转身离去，可不知道为何，我胸口的一股子怒火又腾腾而起。我抓起烟灰缸，向牛二的脑袋砸了过去。

早上六点，天蒙蒙亮，早班的小张警察已经到岗了。

小张打开了羁押室外屋的房门，当然是看看我的情况。这里不是看守所，不会二十四小时严格看守。

小张当时就愣住了，两间羁押室内空无一人，就在小张大吼着"人呢"，要跑出房间示警的时候，我喊了起来："在呢！"

小张回头一看，我正从羁押室的长板凳下方爬出来。

"你……你怎么睡凳子底下？"

"啊？睡上面不舒服，地下宽敞舒服。"

小张明明记得他刚才没有看到我，怎么真的走眼了，我躺在凳子下没发现？可他看到我在面前的事实，又无话可说。

差一点点，小张便能看到我穿墙而入，藏到凳子底下。

我总算松了一口气，不幸中的万幸，我的运气还是起了一点作用。

"有人等了你一晚上。"小张告知我。

"啊？谁啊？"

"张子贤。"

"他？他来干什么？"

"他说你是他的命！这人，神神道道的。"小张明显厌恶这个张子贤，他走上来，给我开了锁，"出来吧。"

"可以走了？没事了？"

"可以了。"小张示意我出来，"你砸坏别人的贵重物品，张子贤帮你赔了款，别人不追究了。"

"啊？？？"我真是有点吃惊。

我很快镇定下来，一边跟着小张走出羁押室，一边明知故问："我老婆孩子呢？"

小张无奈地摇了摇头："没事，联系上了，安全得很。"

"他们怎么……"

65

小张打断了我："郭子，以后啊，遇事别冲动啊！"小张把手机还给我，"你出去后自己打电话问吧。说点别的，你当钉子户这事，拿煤气罐搞自杀，拉横幅，已经闹得挺大了，我都被你折腾得够呛了！郭子，我说你啊，刚认识你的时候，人不是挺老实本分的嘛，没想到你这么能闹，哎！现在还拉上一个张子贤。"

我没说什么，走到警察局大厅，就看到张子贤跳起来，向我冲了过来。

"郭子啊！！！"

我无处可躲，张子贤钻进我怀里，小媳妇似的死死地抱着我。我这辈子，没有被哪个女人这样抱过，没想到第一次体验竟然是和一个男人！

"你吓死我了！"张子贤涕泪交流，把鼻涕都抹到我衣服上了。

小张嫌弃万分地看着我们。

"你们出去！！！赶紧地！！！"小张呵斥着。

我和张子贤慢腾腾地向着锁匠铺走着。

"嗯，那个，子贤兄弟，你帮我赔的十万块，我会还给你的。"

"说这个干吗！钱财乃身外之物。不用还了。"

"那怎么行？"

"谁叫你是我的信仰，我的一切呢！这点钱算什么啊，我的命都可以给你。只要你信任我！"张子贤停下脚步，痴痴地看着我，那种纯真无邪的眼神，简直让我无法直视。

我全身一激灵。

"别别别这样，咱们走着说。"

"我对你无所求。"张子贤拉住我的衣袖，"为了人类！为了世界！你演示一次你的穿墙术吧！天知地知你知我知！"

我狠狠地甩开他，快步离去："我不会啊！"

"就是你，就是你，求你了！"张子贤紧追不舍。

我几乎跑了起来："怎么就是我？"

"录像……不，这个不重要，是我的直觉，我科学的直觉！绝对没有错！"

我不得不承认，张子贤所谓科学的直觉，是对的。

我连跌带撞地挤进了锁匠铺的大门，把张子贤关在了屋外。张子贤拍打着房门说："郭子！相信我！"

"我不是不相信你！我感谢你！但我不会就是不会啊！"我抵着门大叫着。

"我会说服你的。"张子贤口气一软，慢慢地离去。

在那一刻，我确实有点心软了，让他知道又怎么样呢？但我的心又很快坚硬起来。

"十万块！我会还给你的！我不欠你的！张子贤！"我冲着门喊着，他一定能听见。

张子贤走后不久，我本以为今天又会是大队强拆的人马准时在我的门口扎堆，谁料一个熟悉的人影都看不到。我猜这可能与昨天晚上马静母子俩被余哥请去"坐了坐"，签了拆迁合同有关。

我联系了马静，刚好是马静送小树上学的时候，我赶去校门口见到了她和小树，风波过后，一家人重聚，别有一番滋味在心头，酸甜苦辣咸，一应俱全。

小树真的是个很乖的孩子，而且很省心很懂事，我相信他昨晚也被吓坏了，但今天能看到他努力地克制着，做出一副毫不在意的表情。

"我才不怕呢！"小树吃着我给他买的棒棒糖，像个小大人一样拍着胸膛。

我哈哈笑了起来，把他抱起举高："我儿子真勇敢，是个大英雄！"

小树咯咯咯地笑着说："爸爸，放下放下，我上学要迟到了！"

"好好好，快去吧！"

小树从我怀中跳下来，把没吃完的棒棒糖从嘴里拔出来，依依不舍地把糖递给我说："爸爸，学校里不能吃，你把它包起来给妈妈，我放学以后再吃！"

"哎！"我心里又甜又苦，"收好收好，我给你收好！"

看着小树欢快地跑进校门，我心里只有一个念头，能看到小树快快乐乐地长大，我吃什么苦都值了。

我和马静慢慢地走了一路，把昨晚的事情复盘了一遍，干这些事的余哥，肯定与牛二有关系，牛二是拆迁的负责人，他怎么会来横插一杠子呢？是帮牛二出头的？想不明白，他们这些人龙蛇混杂，江湖关系复杂。

在要不要报警这件事上，我和马静比较默契地选择了不报，眼下既然签了拆迁合同，再怎么也比五万多了三万。报警的话，余哥是不是犯了罪，目前说不好，但报警一定会激怒余哥一伙人，我们一家三口，实在害怕与他们真刀真枪地对打，真伤了小树，我们会后悔一辈子，惹不起躲得起。

我让马静不要跟我回锁匠铺，回江北新区，换一个地方住，这几天还是和之前一样，不要过来，我一个人能应付。余哥这些人来者不善，兴师动众，目的应该是逼着我们尽快搬走，所以大概率不会耽搁。昨晚马静签的合同应该到拆迁办那里了，她随身携带的这一份，给我速战速决，拿了拆迁款就走人，远离是非之地。

可是，牛二会来吗？今天凌晨我干的事，牛二估计……

我一烟灰缸砸在了牛二脑袋上，他在睡梦中哼了一声，昏了过去，一时半会儿是醒不了了。我越想越气，牛二啊牛二，余哥一定是你的人对不对？绑我老婆孩子，你在这里睡大觉？不行，我不能这么饶了你。

我将牛二捆了个结实，用被单将他裹紧，扛出了房间。反正我穿着夜总会的服务生衣服，戴着口罩帽子，没有人认得出我。所以我肆无忌惮地扛着牛二横行在深夜的小区里，很快来到了这个小区联排别墅的A6。

A6是雨虹的住所，房子百分之百不是她的，是崩哥的，没承想牛二也住在这个小区！

A6的门锁我开过，还是以前那个，当时雨虹非说我把她的锁弄坏了，不给开锁费用，还讹我钱，这种羞辱我铭记在心。我侧着身子，避开门口的摄像头，以免被拍到我具体在干什么。我用随身携带的"万能钥匙"，其实是我自己研究的一套各种形状的小钢钎，麻溜地开了锁，无声无息。我开过一遍的锁，开起来基本和开自家门一样简单。

联排别墅的布局很简单，二楼就是主卧，我上了二楼，听到洗浴间有洗澡的声音，雨虹在洗澡！天助我也！我把昏迷不醒的牛二松了绑，塞进卧室的大衣柜里，拍了拍他的脸，他毫无知觉。

我做好这一切后，快速地离开了A6，向警察局赶去。我在外面花了太多时间，再不回去，只怕警察会发现我消失了，那可就真的说不清了。

好在及时赶回，有惊无险！

牛二的命运会怎么样，我真的猜不到，但我知道我这样整他，是当时能想到的最解气的方式。

我回到锁匠铺，等了一个上午，没人来找我。到了下午两点多，还是没有人来找，如果三点再没有人来，我就直接拿着马静签好的合同去拆迁办。

"郭子！"牛二的声音夹杂着千般仇怨之情，从我的门口传来。

我抬眼一看，正是牛二，心中暗自一乐，因为他头上缠着绷带，脸上鼻青眼肿，走路一瘸一拐的，看起来要多狼狈有多狼狈。可我看到了牛二的眼神，心里猛地一紧。

牛二这个人虽然不是什么好人，但我见过他这么多次，无论什么时候，他最多都只是一副吊儿郎当的样子，可是今天，他的眼神中透着杀气！

牛二喊着我的名字，直愣愣地向我走来，我很是紧张，他这是知道我把他弄到A6去了？牛二见我躲避他的眼神，冲身后的两个小弟沉声道："你们都给我出去，看着门口，谁也不准进来！"

两个小弟赶忙退出去，一个黄毛嘴碎，追问一句："要是大大大哥崩哥哥哥来来来……"

"你妈的！说什么废话！出去！"牛二以前出场都是十来个小弟前呼后拥

的，今天很是落寞，只带着两个上不得台面的小弟。

两个小弟连滚带爬退出了锁匠铺，牛二哐啷一下关了门，还不忘拉了拉锁，确认锁上了之后，才唰地转过身，直勾勾地盯着我，向我一步步走来。

"牛二，你是什么意思啊？"那一刻，牛二的杀气之强，的确让我后背发凉。

牛二看着我，走到我工作台前，从怀里掏出一个透明文件夹，啪地一下摔在桌面上。

"你老婆签的！"牛二目眦尽裂。

我一看便知，合同一式两份，牛二拿出来的便是余哥逼着马静签的另外一份。

"是！"我很坦然，手已经向桌角的铁钳子摸了过去，以防牛二对我动手，"今天付拆迁款，我今天就可以搬！"

"你昨天说我绑架了你老婆孩子！"牛二作势欲扑。

我一把抓起铁钳子，后退了两步说："你干吗？"

我话刚出口，就见牛二眼中的杀气骤然消失，五官拧在一起，然后用痛失亲人一般的悲哀腔调，张着大嘴呼喊道："郭子！"

牛二扑通一下坐在了桌前，人顿时就蔫了，手撑住脑袋，像个大男孩一般痛哭了起来。

"牛二……"牛二的情感转变，比过山车还迅猛，我一下子反应不过来，"你，没事吧？"

"我脏了……"牛二涕泪交流，几乎说不清话语。

"你脏了？"

"我脏了……郭子……我他妈的脏了……"牛二哭得鼻涕泡炸出了鼻孔。

"牛二，你先冷静，深呼吸，冷静一下。"这种突变，搞得我开始手足无措，只好拿纸递上去。

牛二抓起纸，狠狠地擤了下鼻子，总算不哭了。

"牛二，你有什么想说的，说说，说说呗，憋着难受。你看，我是个锁匠，能开锁，你说说你这是怎么回事，我说不定能给你开开锁呢。"我也不知道我在说啥，毫无逻辑，毕竟哄一个痛哭流涕的流氓头子，我这辈子都不敢想。

牛二抽了抽鼻子，摸了摸鼻涕，眼神空洞而茫然地望向远方，讲述了一个他的故事："我牛占奎吧，知道你们都不喜欢我，我也无所谓。我吧，打打杀杀的，能混到现在不容易，靠的是什么？是忠！是义！是江湖的规矩！郭子，绑架你老婆孩子，我牛二再坏，也干不出来这种生儿子没屁眼的缺德事！我不是黑社会！我最讨厌黑社会！可我，可我为什么脏了呢……"牛二悲从中来，又要哭。

虽然我觉得牛二嘴里说的忠义规矩，和放个响屁差不多，听着都想骂，信不了一点，但他现在这种情绪，我还是礼貌点比较好："牛二，牛经理！你冷静，冷静。"

"呃！"牛二算是把悲伤咽了回去，但是带着哭腔，"昨晚，本来睡得好好的，一睁眼，脑袋疼啊，我直接从一个大衣柜里滚出来，眼前有两人，那两人，是我大哥崩哥，还有他的女人雨虹。我只穿着条内裤！呜呜呜，我说不清，我当时都是蒙的，真是蒙的。崩哥说我敢睡大嫂，打了我一顿，就要把老子沉河！我他妈的百口，百口啥来着？百口也说不清。最后差点死了的时候，有人拿了监控视频来，看到我是被人用被单裹着，搬进大嫂别墅的。我这才没死，但是大哥，我崩哥就不信任我了，对我有膈应了，换谁不膈应啊，因为我脏了。"

我愤怒地"声讨"："这是有人害你啊！有人害你脏了！"

"是啊，有人害我！有人在对付我！"牛二转过头，眼神中慢慢又涌出杀气，"这拆迁合同，是姓余的让你老婆签的吧？"

"是。"

"大高个，小平头，穿着一身板正的黑西装是吧？眼角有个小刀疤？"

"是，马静说就是这样一人，叫余哥。"

"余哥，什么余哥？余三，你他妈的真狠！一边向大哥邀功道我牛二解决不了的钉子户你一天解决，还一边害老子，让老子睡大嫂。行啊，余三，你他妈不想做人，老子也不想再把你当人，我看你能怎么蹦跶。"牛二没再看我，低着头，自言自语一般。

牛二一直在自言自语，我也不好插话，直到他嘀咕完，我才说："那，那现在怎么办？"我知道这纯粹是废话，可眼下这情况，废话就是最好的话了。

牛二抬起头，唰地一下伸出手，死死地拉住我的手，不让我挣脱。

"郭子！你帮帮我！看在多年街坊邻居的分上！你不帮我，我真的完了！"

"你先松松手，好好说话。"

"郭子！拆迁的事，我是对不住你，但那是崩哥的事，我也是个当差的。我打过你吗？没有。你老婆倒是差点打破我的头！你困难的时候，要找我借钱，我一个磕巴都没打，立即放款！江湖规矩，我仁至义尽。刚才，我受了什么罪，有多惨，我都和你掏心掏肺地说了，现在我牛二有难，你不帮我，我只能死了去了。"

"不不不，我不是不想帮你。"

"余三不是给你八万拆迁款吗？我再加一万，九万！我自己付给你！"

我很是吃惊，牛二是真的要拼一把了，我脑海中本有一个想法浮起，这时候我得多要点是不是？可是，我没有这么龌龊，坐地起价的事情，我做不到，哪怕是对牛二这种流氓。

"再加两万，整十万！"牛二看我不言语，立即坐地起价，"不能再多了啊！我也困难啊，就这个钱，你必须要了啊。"

"行行行，我知道了，我怎么帮你？"

"赖两天，别急着搬，帮我做点戏。你懂的？"牛二恳切地看着我。

"好像有点懂。"我支吾着。

牛二所谓的做戏，很简单，我去拆迁办，以只有马静签字，而我没有签字为由，坚决不履行拆迁合同。

牛二给我准备了各种各样的横幅，在我的锁匠铺门口贴得满满当当，我只需要坐在门口不走，其他的他来安排。

晚上呢，牛二带着几个人在锁匠铺里打地铺睡觉，按牛二的说法，做戏要做全套！张子贤倒也是风雨无阻，天天作陪，可牛二二十四小时贴身照顾我，他也没有什么机会和我聊天。

就这样演了三天之后，牛二兴高采烈地告诉我，这事成了！让我赶紧在拆迁合同上签字，领款。老实说，我被牛二安排得实在是够呛，马静又开始担心是不是有意外，我还不好意思把我帮牛二演戏的事情说得太明白，只能含糊过去，心里早期待着这场闹剧赶紧结束。我甚至有一种错觉，牛二这些江湖人，是不是都是演员出身，还是专业的？或者说，江湖人都很适合去当演员？

签字以后，总算心里一块石头落了地，我回到锁匠铺，收拾好所有的行李，大包小包也有二十多个。

牛二带着十几个小弟耀武扬威地来了，看他脸色，估计是斗倒了余三。我用脚趾都能想出来，他在崩哥那里是怎么告余三状，又是怎么保证只有他能搞定我。反正，牛二赢了，从他带的小弟数量就能看出来。

牛二把所有人赶了出来，包括张子贤，因为他要单独和我说话："八万收到了吧？"

"收到了。"我闷声回答。

"我催着办的，不是感谢你嘛。郭子啊，来来来，八万，现在转给我。"

"啊？"我一愣。

"你不是还欠我十万块吗？你早点还省利息，我这是为你好，亲兄弟明算账。"

他说得对。我只好拿出手机，用网银把好不容易得到的八万块转给了牛二。转完之后，看着几十块的余额，我气不打一处来："当初我答应帮你，你还说给我两万呢？你现在给我啊。"

"我记得我记得，我当然记得。你还我八万，我给你两万，你再还我，费这劲干吗，直接抵了。你还欠我……"牛二拿出手机，拨拉拨拉了计算器，"还欠我三万。喏，十万的收条！妥妥的！"

"什么？还欠三万！"我接过收条，瞪大了眼睛。

"郭子，你别急啊，白纸黑字，日息五个点的，你看这都几天了，我这都少算了呢。"

我真是想再把牛二打昏，送到 A6 雨虹的床上去，连内裤都不给他留，看他怎么个脏法。现如今，我是哑巴吃黄连，有苦说不出。

牛二拍了拍我的肩膀说："郭子，利息高，你最近多赚点钱，有一点还一点，争取早点还完。我是为你着想啊。"说罢，牛二叼起烟，开了房门，冲外面吆喝："你们几个过来，帮我们的郭老板把行李拿出去。另外，那个谁，屁麻，去把拆迁办的板车弄过来，让郭老板上路。"

这些流氓手脚倒是麻利，板车来了，行李全搬上板车了，我一蹬踏板，才发现这三轮板车压根没有链条，只能推着走。

能推着走就推着吧，我闷着头，默默地离开。张子贤倒很开心，在车后帮我扶着行李，卖力地推着。

牛二幸灾乐祸似的关心着："郭子，慢走啊，不送啦！板车记得还啊！公家的！"

我心里狠狠地呸了牛二一口，再不想回头看他一眼，推了一小段路程，只听到挖掘机轰隆隆的声音，不禁回头一看，我的锁匠铺已经被拆，挖掘机轻轻一铲子下去，小小的门脸已经淹没在烟尘中。

这是我曾经的家啊，没了。

我从这时才明白，我，再次无家可归了。

看着远处吆五喝六的牛二，我冷哼了一声，江湖啊，都是戏啊，人生啊，也是一场戏啊，你们的江湖，你们的戏，再也不见了。

我万万没想到，以后的生活中，会有一个光怪陆离、超出想象的江湖，正在等着我的到来，令人疯狂的大戏才刚刚拉开帷幕……

这算啥事

小人物是怎么产生的？别人放个屁，你当野花香。

我推着堆满了行李的板车，路过张子贤的住所时，他拉住了车。

"哎哎哎，到了啊！"

"什么到了？"

"我家到了啊。"

"你家？什么意思？"

"你们住我家啊，不是都说好了的嘛。"

"啊？什么时候说的？不行不行，开什么玩笑。"我使劲要推板车走，张子贤玩命地拉着，"哎哎哎，你怎么这么犟啊。"

我只好停下，看着张子贤颇为无奈地说："张子贤，说心里话我真是挺感谢你的。但是……咱们住一块，不合适……"

"行了行了，郭子，别逗能了。"张子贤打断了我的话，"你身上还剩多少钱？二十八块三，几乎一无所有了。"

我心中一惊，一分一毫不差啊，看着他炯炯有神的小眼睛，莫非他也有什么秘密？"你怎么知道？"我觉得说话声音都有点发颤了。

"我没你那种能力，收东西的时候，我偷看了你的账本，嘿嘿嘿，对不住啊。"张子贤打着哈哈，幸灾乐祸似的笑。

我气不打一处来，刚才还以为他是我同伴，我怎么这么天真。

我推着车执意要走，张子贤死活不让，还在不停地把我的行李搬下车，我差点急眼了，两人又黏黏糊糊地纠缠到了一起。

没想到阻止我们继续拉拉扯扯的是马静，她是从张子贤楼道里跑出来的，这让我又狠狠吃了一惊，她怎么在这儿？马静的意思很明白，张子贤人好，这段时间，都是他关照母子俩、报的平安，所以张子贤说暂住他家，她也觉得可以，离小树学校近，还不收房钱，但怕我不答应，所以才没有告诉我。

我看着马静，明白了张子贤这家伙为了接近我，搞了内部统战！真行啊张子贤，不择手段啊！

"可他是男的啊。"我嘀咕着，带着一丝醋意。

"就是因为他是男的啊！"马静张口就来，"是女的我可不答应。"

这话噎得我直翻白眼，她说得对而且无法反驳，我再解释只能是鸡同鸭讲。

既然如此，那就住下了，实话说，要不是张子贤，我们也没地住，而且囊中羞涩，吃下顿饭都觉得困难。

张子贤的家，在一栋二十世纪六七十年代修建的小板楼里，这样的楼，在嘉陵有不少，基本上是搞"大三线"时建起来的，大小房型高矮都是一个样。嘉陵本地人叫这种楼为公办楼。

公办楼建筑质量很好，一个单元六层十来户，毕竟是四五十年前的楼了，破是破了点，在嘉陵二手房也不值钱，但对我来说，张子贤住的可是豪宅了。

张子贤家在三楼，三楼有三户，他是最小的那一户，一室一厅，四十平方米。我进门一看，心里便感慨："真宽敞啊！这么大的客厅！"张子贤虽然不修边幅，但他家里倒是一反常态地整洁，地面光洁，桌椅干净，养着不少盆栽的植物，都是活的，只是有点乱糟糟的，因为到处都堆着书刊报纸，墙上贴满了各种手写的公式，密密麻麻地排列着，墙面上唯一没被贴上公式的地方，是伟大的科学家爱因斯坦的肖像画。

按张子贤的安排，马静和小树住卧室，我和他住客厅。

我看着张子贤那副痴迷的表情就想吐，和他住客厅，凭什么！我害怕！我大声建议："我和马静和小树一家三口住客厅就可以！怎么能让主人住客厅呢！"

马静也不知道得了张子贤什么好处，竟同意了张子贤的安排！

整个晚上，在客厅里，我都没有睡，我知道张子贤也没有睡，他那双小眼睛正牢牢地盯着我的背！恶心！我生怕我一睡着，张子贤研究我这副身体。

直到快天亮了，我翻了个身，想看看张子贤到底睡了没，一扭头，就看见这伙计正痴痴地盯着我。

我暗中狂骂一声，赶紧转过身。

"郭子，快睡吧！我这是观察，不会影响你睡觉！"张子贤悠悠的声音带着关切飘入我的耳朵。

我服了，我认了，我一定要离开这里！带着马静和小树！离张子贤这个精神病人越远越好！

我早早起床，张子贤也起床，拉着我去买早餐，我困得难受，他还精神抖擞！

小树很喜欢这个"新家"，他甚至很喜欢张子贤，吃完早餐，还冲张子贤笑了又笑，叫张叔叔叫得那个亲热，指着墙上的公式问东问西。张子贤对小树一通夸之后，我儿子这小机灵鬼才让马静带着上学去。

生活还要继续，我用了一天时间，再次组装起我的小推车，又能推着车去江边摆摊赚钱了。马静如同最初那样，陪在我的小摊旁，帮人缝补衣服改裤脚。

生活又回到了起点，只是，多了一个张子贤，他像个大儿子一样，寸步不离。当然我也不能赶走他，更准确地说，我对赶走他根本无能为力，因为他不仅是我的房东，还是我最大的债主，寄人篱下的是我。

一天的收入不多，五十多块钱，但已经很让人高兴了，觉得一切都在好转。马静为了感谢张子贤收留，买了肉买了菜，在张子贤万年不开一次伙的厨房里，给大家做了一桌子菜。

马静做菜的本事相当好，张子贤埋头猛吃。他这个人的生活就是三点一线：单位、食堂、家。按他的说法，他除了结婚摆酒席进了一次餐馆，之后再没有去过。

"我的天，那你得有多么，孤独啊！"我对损他有很大的兴趣。

"混得不好，老婆也不要我了。"张子贤有些沮丧，但又很快昂扬了起来，"我是个科学家，我的使命是人类的未来！"

我对他这种高度乐观的精神有点感慨，问他："喝一杯不？"

"不不不，不喝酒，我不能喝酒，有点酒精过敏。"

"喝一口吧！啤酒！"

"那……好！郭子、嫂子、小树，今天高兴，我喝一口。"张子贤拿起我给他倒的半杯啤酒一饮而尽。

然后，我睡了个好觉。

因为他喝完这杯啤酒后，在十秒内，脑袋直接砸在桌面上，醉得不省人事，昏睡到第二天中午还没有醒来……

今天的生意格外好，一些老顾客都找上门来了，还接了两单换防盗门的活，去掉成本，满打满算今天的收入达到一个小高峰，252元。

天近黄昏的时候，马静去买菜，顺便接小树放学，张子贤大醉未醒，依旧坚持在我身后的石墩子上坐着，醉眼蒙眬地观察我。我本打算收摊回家时，一个熟悉的人来到我的锁匠摊前，是牛二。

牛二嗑着瓜子，带着两个小弟，笑哈哈地来到我面前。我对他没有任何好感，也不想和他说话，只是闷头收拾东西。

牛二先开口了："哎哟，郭子，这不是你以前没锁匠铺时，练摊的地方吗？重新开始了？"

"托您的福，我收摊了。"

"嗑点瓜子不？"

"不了，手脏。"

"郭子，哎呀，今天生意怎么样啊？"

"还行。"

"那能还我多少钱啊？"

　　我一下子愣住，是啊，我还欠牛二高利贷呢！怎么把这茬给忘了，我支吾起来："也就一两百块钱。"

　　"唉！"牛二一副特别惋惜的表情，"郭子，你得努努力多赚钱啊，你这样怎么还？啥时候还清啊？利息很高的。"

　　"我知道……明天有两个大活，我抓紧凑一凑钱。"

　　"那你先还两百吧。"牛二把手一摊，不耐烦地勾着手。

　　我恨不得把牙根都咬断了，却无法抗拒，乖乖地把两百元转给了牛二，牛二摸出小本子，一边念一边记下："今收到郭腾飞两百元还款。喏，给你，收条！"

　　我默不作声地接过收条，牛二手一挥："那明天见啊郭子！"又招呼身边的两个小弟，"去，买几包黄鹤楼，1916那种。"

　　我看着牛二带着手下扬长而去，胸口堵得厉害，可这就是现实，你没法逃脱。

　　张子贤昏昏沉沉地挤到我身边问："那人谁啊？"

　　我是完全领教过张子贤的脸盲症，他认不出牛二我一点都不感到意外。

　　"以前一街坊，没事了，收拾东西呢，你要么帮忙要么自己回去。"

　　"我帮你收拾吧。"张子贤嘀嘀咕咕地上来帮忙，"郭子，你只要向我展示一下你的穿墙术，让我录下实证，上报给国家，哪用在路边摆摊啊，国家把你当金疙瘩一样养着啊。"

　　我停下手，等着张子贤："然后呢？你出名了，我呢？小白鼠啊！"

　　"你你你你，你你你你，你你……"张子贤一长串的"你"字，只能证明他也想不到什么好理由，"你还可以成为英雄啊。"

　　"滚你的吧！"我气不打一处来，挥起手便对张子贤脑瓜三连击，张子贤吃不住痛，跑了老远："你急什么啊，别打人啊。"

　　"你再说什么让我给你展示一下，我跟你没完，我告诉你张子贤，我不会！我不会什么穿墙，只会当个锁匠！我只能在这摆摊讨生活！滚！"我低吼着。

　　张子贤确实老实了好几天，只是他虽然没有说上次激怒我的那些话，却还是天天跟着我，我尽可能远离他，尽量少和他说话，可我要生活，我无处可去，只能忍耐。

牛二每天都会来找我要一半的收入，顺便和我吹嘘几句他的成功过去，他似乎觉得刁难我这样的人非常有乐趣，有足够的成就感。

只要能摆脱张子贤，尽快还上牛二的钱，而且不用违法犯罪，不用穿墙去拿不属于我的东西，我觉得我什么活都能干。

一个月后，这个机会就出现了。

那是一个下午，一张非常素雅的名片递到了我的手里。对面站着的是彭总，万国安保公司西南大区总经理，他戴着一副金丝眼镜，和和气气，衣着笔挺。

"郭师傅，开门见山地说，我是慕名而来，因为你是这一带最好的锁匠。我们万国安保公司特别需要你这样的人才来当我们的工程师。主要是研发、测试、检验各种安保产品，简单地说，就是各种锁嘛，你懂的。"彭总说了一大堆，实际上我早就听不下去了，我关心的是一件事。

"您的意思是，我可以去你们那儿上班？"我终于插上话。

"对！"

"工资怎么算啊？"

"这个数。"彭总举起一根指头。

"一个月一千？"我心头一凉，我碰见过的专门找廉价劳动力的骗子公司实在太多了。

"是一天一千。"

我狂喜得一口吐沫差点把自己噎死，立即咳嗽起来。

"如果周末愿意加班，一天三千。有带薪假期，有五险一金，合同三年一签，如果表现特别好，我们可以签终身合同。另外，还有……"彭总掰着手指细数他们公司的福利待遇。

"彭总，彭总。"我咳嗽着。

"怎么，不满意？"彭总推了推自己的金丝眼镜，疑惑地看着我。

"不是不是！"我努力抑制着自己的咳嗽。

"你要放弃这次改变命运的机会？"

"不是！"我大吼一声，终于缓过劲来，"什么时候可以去上班？彭总！我我我，我迫不及待啊！"

我成功地成为这家我梦想中的企业的一名试用期员工，我坚信是我时来运转，否极泰来，我确定万国安保是一家极好的公司！

我上班第一天就有个小惊喜——提前拿到了周薪五千元！我穿着整齐的工服，在写着"开别人的锁，让别人无锁可开"的标志墙前，宣誓对接下来一个月的培训内容保密，并愿意通过自己的努力成为企业的一员！无数的培训材料，各种尖端的锁具机器，万国公司太伟大了，居然连飞机上的黑匣子制造也是全球第一！各大银行的保险柜等安保设备，从几纳米大小的生物锁，到足足有一个篮球场大的中央银行金库，全是万国设计生产的！

每天提供三餐，早上六点就有班车，晚上八点有末班车，如果选择加班学习，还可以报销打车费，提供夜宵！

崭新的大楼位于江北高新区。灯火通明的办公室里，到处都是友善地对你打招呼的同事，再没有人歧视我，我第一次感觉到了我是集体的一员！我被人平等地对待！

我一定要通过试用期！因为试用期员工有一百人，我必须通过考试，考到前二十名，才可以成为正式员工！

我拼了！我干劲十足！我疯狂地汲取着知识！

我早出晚归，我不再被张子贤缠着，我可以对着牛二发飙："我会尽快还上你的钱，你给我滚开！"我不再怕晚上张子贤盯着我观察，我睡得很香很沉！

一个月后，三万元的工资入账后，我还了牛二大部分的钱，给小树买了全套崭新的衣服和学习用品，还报了美术班，小树终于和其他同学一样能穿上名牌球鞋了！

考试对我来说，一百分的试卷，考九十九分都是失败！所以我考了一百分！

亮晶晶的三年合同拿在手中时，我第一次准点下班，回到家里，抱着马静和小树号啕大哭！

我可以的，我可以当一个有用的男人！我会是个好爸爸，好丈夫，我可以赢得我的人生，我可以堂堂正正地活着，衣着整洁，受人尊重。我会有一套新的房子，我会有一辆自己的汽车，我要带着马静和小树走出嘉陵，去新马泰，去欧洲，去任何想去的地方旅游！

我希望永远这样幸福下去！

我讨厌张子贤，因为他说我公司的坏话：嘉陵怎么会有这么大的安保公司？还是世界级的？怎么会选上你一个初中文凭的去上班？我懒得向张子贤说我在公司的经历，以及我看到了什么，我暗暗下定决心，等我把张子贤给我垫付的十万块还清，我就立即搬出张子贤家，和他互不相欠，再不相见！

可能是因为我优秀的考试成绩，我被分配到了公司里最核心的部门之一，测试部。测试部的工作很简单，但也很有挑战性，就是研究各种各样的锁，用各种方式，在各种环境下，选择出最优的方案来开锁。测试的锁具，不仅有公司研发出来的，也有各种竞争对手公司的产品。我属于机械组，所以从一个指甲盖大小的锁头，到七八米高的大型保险柜，都是我测试的目标。

如果你的开锁方案最终被证明为最优，还能再得到五万元奖励！

最开始的一个月，我是非常小心翼翼的，生怕出错，到了第三个月，所测试的大型保险柜越来越多，我看着不少同事拿到了五万元，有些心动。其实，我只需要偷偷运用一些能力，半穿进铁板里，摸清内部的构造，便能找到最佳的方案，五万块奖励唾手可得！

但我不敢，我怕被人发现！

到了第四个月，我已经拿到了前三个月的工资，还上欠张子贤的十万块后，还富余几千元！马静看上了一套临街的小商铺，既可以开锁匠铺，还能住人，不能买只能租，租金一年起付，只需要三万块，这样我们便可以从张子贤家里搬走了。

我必须继续努力,保住这份工作!一个月后,我就有新生活了!

恰好有一套大型保险装置被运来,据说是德国生产的最新设备,已经测试了一周,始终没有解锁的方案。关键在于这个设备的核心机关室,外壳是一种铅金属制造的,所有射线无法穿透!如果不能弄清铅金属下的随机转轮密码盘,就只能用暴力破坏的方式来打开这套保险装置。

提出全新的解锁方案,奖金十万元!有这十万元,我的新生活便可以真正开始了!

我怦然心动!

那天晚上,我等所有的同事都走了,自己一个人面对这套足足有一间卧室大的保险装置,我知道那个装有随机转轮密码盘的铅金属盒子,就在里面躺着。

我观察了房间里所有的摄像头,终于锁定了一个死角,从这个死角穿进保险装置,不会有任何人看到!我反复检查了我的思路,认定可行,慢慢走到死角,只是心念一动,便直接穿过了保险装置厚重的金属外壳,来到了内部!

内部果然如我们小组这段时间推测的一样,空间颇大!我要找的铅金属盒子,在正中央的地板下!我拿着细小的电筒,从地面上把这个铅金属盒子升起。盒子大约有半个人高,两个人宽,是密闭的,浑然一体,除了破坏,根本无法开启。

这对我来说,并不是难题,我活动了一下手腕,右手直接贴住外壳,心念一动,要把手穿进去。可是,我居然如同摸到了凝胶一样,一股反弹力将我的手反弹了回来!

是因为铅吗?我不能穿越铅金属?

我慢慢地试探了几次,按平时的办法确实无法穿过去,次次都被反弹回来。我琢磨了十来分钟,还是无解,本想着放弃,这时一个念头闪过:我是不是可以让自己的穿透状态变得更细小呢?按我在公司培训时学到的纳米级呢?

这个灵感让我如淋甘露,我闭上眼睛,摆脱自己之前简单的穿越念头,让思想更加集中,更小更小更小……只感到手指传来一丝丝电流刺痛,我再一使劲,整个右手像从水面穿过一样，直接透入铅盒！

我大喜过望，保持着自己的注意力，将右手"聚合"起来，慢慢地摸索里面的结构。

太复杂了，只靠一只手摸，如同盲人摸象！

我必须来点更狠的，我干脆把我的整张脸贴在金属外壳上，心跳异常激烈，我闭上眼，默念了一声："我可以的！"

大脑里无数光线扭曲着闪过，如同一条条发亮的发带，密集得如同一个崭新的宇宙在我脑海中绽放！

等我睁开眼，我半个身子已经穿进了铅金属的盒子。跟随我左手穿越进来的手电筒灯光，照亮了里面狭小的空间，空间里的精密复杂程度，几乎不像人类工艺可以创造出的，一套多层嵌套轮盘清晰地展现在我的眼前。

啊，真是旷世杰作！

我感慨了一番，再不敢耽搁，一点一点地拨动着轮盘，记忆着整套机械的运动规律……

一个星期后，我提出了一种解决方案，非常简单，却也非常不可思议，任何人看来都只会觉得那是我的一种胡思乱想。事实打败了一切，我如同开窗户一样，把这个接近一个月都没有办法打开的巨型保险装置，轻而易举地打开了。

等待我的是雷鸣一般的掌声，还有欢呼声！

我见到了许久没有见过的彭总，彭总热情地把我请到他办公室的大沙发上坐下，并给我拿了饮料。

"郭师傅。"彭总亲切地叫我。

"彭总，您叫我郭子就可以。"

"啊？郭子……"彭总坐在我对面，"你知道为什么来我这里吧？"

"我不知道。"其实我心里猜的是得到表扬和奖金，但怎么能厚颜无耻地说出来呢？我得谦虚。

"你用你的方法打开了M980，伟大的成绩！我本应该现在就给你发奖金，但是我很好奇，你能告诉我，你是怎么想到这个方案的吗？如此简单，如此完美？"

"是这样，彭总，我有时候一些小直觉还挺准的，没什么道理，可能我天生就喜欢开锁吧。"我想过一千遍我该怎么回答这个问题，这个回答应该是合适的。

"哦，这样啊。看来是你的小秘密哟。"彭总笑了起来。

"算是吧，唉，算是吧！"

彭总从沙发一侧的桌面上拿起一沓资料，一翻开，我便看到了封面上有我的头像，看来彭总在看我的个人资料。彭总抬头问我："郭子，你考虑成为我们公司的永久员工吗？"

"啊？永久员工？是终身合同吗？"

"不仅仅是终身合同。"彭总站起来，走到我身边拍了拍我的肩膀，"是成为一家人，你终身为我们服务，分享所有的秘密，执行我们的所有任务。"

"所，所有任务？"我还是有些惊讶。

"是的，所有。"彭总坐下来，认真地看着我，"成为一家人，分享我们的秘密，你的秘密，我们永远永远替你保密，保护你让你不受任何人的打扰。你不用再生活在嘉陵这个小地方，全世界任何地方，你都可以去，你再也不会为金钱烦恼。但我们也会要求你，为我们保密。"

"我……彭总……啊……"我一下子无法明白他到底说的是什么意思，结巴起来，"我很荣幸，但我，但我不懂这是什么意思。"

"没关系！"彭总把手边另一沓资料递给我，"你带回去看看，我会再联系你。记得，一定保密哟。"

我接过这沓资料，资料很轻，区区几页纸而已，但我却觉得非常沉重，几乎无法拿住。

马静和我坐在夜宵摊上，心事重重，因为我们都看过了那份彭总给我的永久员工说明。

"不能签，这是个卖身契。"马静喝了一口啤酒，给了我她的想法。

"但他们是家正规公司。"我在犹豫，自从加入了万国安保公司，我的生活获得了巨大的改善。

"他们专门生产各种锁，也会开各种锁，万一他们让你去偷银行呢？"

"可是怎么可能啊？银行的保险柜也是他们生产的。"

"或者别的，我们想不到的事情呢？"

"可是会有什么事情呢？"我真的头疼。

"我们是老实人，不求大富大贵，你签这种合同，命就被人攥在手里，你看那个文件上说了，如果你泄露公司秘密，后果会非常严重。我看过一些小视频，说美国军方的一些人，终身保密，有人说了什么，最后莫名其妙死了。"

"哪有那么多阴谋？他们也许只是看上我的开锁技术，想和我终身合作呢？我给谁干不是干？"

"我反正不同意你签，为了咱们家，哪怕一无所有，只要一家人平平安安的，不好吗？"马静握住我的手。

是啊，一家人平平安安的，不好吗？

我端起桌子上的啤酒，一饮而尽："对……小静，我再想想，给我点时间，走吧，先回家。"

可在回去的路上，我们迎面就碰见张子贤急匆匆地跑来。

我本想掉头就走，马静拉住了我说："不用躲着他，他没有坏心眼，就是脑子疯，有幻想症。"

张子贤赶到我面前，拉住我亮出手机说："郭子，你看你看，我查了好几天，根本没有万国安保公司！嘉陵没有，中国没有，世界上也没有！他们不是你说的世界上最大的锁业公司，飞机黑匣子这些和他们也毫无关系！他们在骗你！他们对你有别的企图！"

我对他没有一点信任，因此我和张子贤讲万国安保公司和我工作的内容，都是只言片语，我倒是和马静说得比较多。我本想反唇相讥，但我看了一眼马静，马静似乎知道我的想法："我和张子贤说了一些你的工作，我担心……"

"你和他说什么！我有保密协议的！你怎么会担心这些乱七八糟的事情？哪有那么多阴谋啊！"我有点生马静的气，迈开步子就要离去。

"什么事情都来得太快了，太不真实了，太美好了，我有点不相信，我担心你的安全。"马静喊着。

我停下脚步，狠狠地搓揉自己的脸，是的，美好来得太快，天上掉下了馅饼正好砸中了我一样，如果真的是梦，那让我醒过来啊！可是，这不是梦啊！

"他们万一也在觊觎你的能力，那可不得了！"张子贤追过来，很严肃地说。

"我说过一万遍了，我没有你说的那种能力。张子贤，我求求你了，别烦我了好吗？"我斥责着张子贤，可心底里一个恐惧的念头闪现。

我在公司里，为了奖金，穿过铅金属的盒子。

那套保险装置，就像是为我准备的。

…………

我很忐忑地拒绝了彭总，彭总笑哈哈的，很平静地安慰我："啊，没事，不同意就算了。当我没说过，你回去上班吧，没事了。"

我有些紧张，小心地询问："我，我就是正常上班啊。"

"对啊！正常上班。"彭总走过来拍了拍我的肩，"好好干！你啊，大有前途！我没看错你，等你想明白了，我还是欢迎你成为永久员工。"

我略略松了一口气，向外走去。彭总叫住我："郭子！"

"哎！"我赶忙站住。

"记住保密啊！我们安保公司，最重要的一条就是，保密。"彭总没有抬头看我，自顾自地说着。

我连忙答应，退出了他的办公室，在我转身离开的那一刻，我感觉到彭总看向了我的后背，像一把刀似的，冷冰冰地顶在我的脊柱上。

我头昏脑涨地结束了一天的工作，坐着班车回到老城区，下车点离张子贤家并不远，我一边琢磨着彭总今天的话，回想着他的表情，一边过马路。

"郭子！"张子贤突然出现在马路对面！

我一个哆嗦，越不想见谁越是来谁！我习惯性地连连后退，可就在这时候，一辆大货车贴着我的身体飞驰而过！卷起的气浪，差点把我裹倒在地。

我吓得心里一片空白，只是呆呆地往后退了几步，才缓过神来，冲着远去的大卡车狂骂："会不会开车！"我转头看向张子贤，他正三步并作两步地过马路，向我奔来。我突然感到一股子寒意从脚底板蔓延到全身，如果不是张子贤喊了我，我一定会被这辆大卡车撞个正着！！！

张子贤救了我一命！

我呆若木鸡地站着，张子贤跑上来拉住我说："你没事吧？"

"没事！"

"吓死我了！我刚才以为你被撞上了呢！"张子贤关心地说了一句，转身冲着早就不见踪影的大货车方向跺着脚叫骂，"你会不会开车！这么窄的路，你开这么快干什么！"

"行了吧。"我看他一顿折腾，反而平静下来，"早没影了。"

张子贤意难平地停止了当街撒泼，看向我。

我突然说了一句："谢谢你啊。"

"啊？你说，谢谢我？"

"刚才要不是躲……啊嗯，你刚才喊我一声，我就被撞上了。"

然后，我发现张子贤眼睛红了，他哭了。

"你第一次说谢谢我。"

"我以前没说过吗？"

"没有。"张子贤像个小媳妇一样转过身，抹起了眼泪。

好吧，我欠他的，这次是命。

老王馄饨店里，我请他吃馄饨，算是报答救命之恩。

张子贤吧唧吧唧地吃着馄饨，把他来找我的原因说了。原来最近这段时间，他所在的物理三所接到了上级的重要通知，所有下属科研单位需集中人力物力财力，在三个月内研究关于击穿或穿透极致密物质的可行方案。具有可行性的论文和成果一旦被认可，研究者将立即被选调入中国科学院，还将获得千万级研究经费。

这份红头文件下发接近三个月了，张子贤今天才知道！明天，老所长就要带着几份论文，亲自赶赴省里提交并汇报了。张子贤在单位里闹了半天，说凭什么都截稿了才让他知道，最后老所长说了实话，说张子贤那套神棍理论——"宏观世界的量子隧穿，现代的穿墙术是存在的"，还是不要拿出去丢人了。

张子贤说得很复杂，各种专业名字，我听不懂也记不住，大概就是这个意思。

"可是，你提交论文，关我屁事啊？我又不会！"我一听到这些穿墙术什么的，就恼火。

"行，我知道，你不会，我多说你也生气。这不是我得求你帮个忙。"

"你说。"

"把我的论文，放进我们老所长的办公室，混进上报资料里。"

"你这不是偷吗？"

"你小声点，什么叫偷啊？哪里偷了？我是放进去，不是拿出来。"

"我帮不了。"

"你是个锁匠你怎么帮不了？"

"我帮你撬门去啊？犯法的。"

"犯什么法？我最多算毛遂自荐。"

"你还是别动这歪心思吧。"

"郭子！"张子贤又要哭起来，"你有难的时候，我又帮你还钱，又和你同生共死守卫家园，还把家都让出来给你们住！你这人怎么就这么绝情！你说的，我今天还救了你一命！我要你还我一条命了吗？"

张子贤说得声泪俱下，我听得百爪挠心，我是真觉得欠他的。

"好好好，子贤你别哭了！帮帮帮，我帮你这一次可以了吧。"

"哎！那可说定了啊，不能反悔的啊，拉个钩。"

"别了！老大人了，拉什么钩啊。"

"必须！"

我只好和张子贤拉钩，算是发了个誓。

"什么时候去？"我问张子贤。

"今天晚上，十点以后，天知地知，你知我知。"张子贤信誓旦旦地说着，一看时间也快到了，"你和嫂子请个假，我们一会儿就出发。"

张子贤又要了一碗馄饨，吃得兴高采烈，满脸憨笑，反正今天无论他吃多少，都是我请。

眼看十点快到了，吃了三碗馄饨的张子贤终于决定动身，店里面也没有其他人了，正当我们要起身的时候，卷帘门哗啦一下被人拉上了……

急转直下

伟大的理想，是送葬路上的丰碑。

我一看是馄饨店的老板老王关的卷帘门，张口便说："哎，老王，还有人呢！"

老王做了一个手势："嘘，小声点。"

我心里犯了嘀咕："老王，我们现在要走。"

"有事找你们，坐下坐下。"老王二话不说，来到我们面前，拉着凳子让我们坐下。

张子贤做贼心虚似的哼唧着："干吗这是？我们又没干吗，还没干呢。"

老王苦口婆心地拉着我们坐下："不管你们去干吗，今天我的事，是大事！必须关上门，和你们谈谈。"

我苦笑不已："老王，平时没见过你这样神神秘秘的啊。"

"哎！我今天要和你们说的，关乎你们的生死！"

我只好凑过脸去，倒想听听他嘴里能蹦出什么来："行，你说。"

张子贤也神神秘秘地问老王："你改行算命了？"

"什么呀！"老王压低了声音，"郭子，你今天差点被车撞死是不是啊？"

我微微一惊，老王怎么知道？他当时不在场啊，我好奇心顿起，问："你怎么知道？"

"屁大的嘉陵，我啥事能不知道？郭子、子贤，你们两个惹上大麻烦了。"

"老王，你痛快点说吧。"老王笃定是踏入街头算命大仙的行当了。

"你们知道我是谁？"老王眼中闪烁着异样的光芒。

"卖馄饨的啊。"张子贤接腔，而我不想吭声。

"表面上，我是个卖馄饨的，实际上，我有另外一个身份，不装了，摊牌了！"老王的眼睛炯炯有神地看着我们，"我是，FPI 的。"

张子贤纠正："应该是 FBI 吧？"

"不，就是 FPI，Friend Partner Integrity。"老王的南方普通话加上英文，让他的口音听起来像是唱戏。

我听不懂英文，问道："这是啥子，张子贤？"

张子贤摇了摇头说："我英文也不好，考英文全选 C。"

"那你怎么考上大学的？"

"免试啊，全国物理竞赛金牌、数学竞赛金牌、化学……"

"老王，你说。"我只好让老王来打断他。

"Friend Partner Integrity，FPI，换成中文就是，明心社！我乃明心社嘉陵分社的社长！"老王的头顶上好像腾起了荣耀的光环。

"明星社？"我一字一顿地重复了一遍，"啥玩意？"

"就是一个团体！"

"不懂，啥性质？追星的？"

"你怎么和出版社编辑一样较真啊！现在一个开锁的，政治觉悟也这么高的吗？就是明心社啊！一个名字而已！就好像你叫郭子一样！"

我睁大无辜的眼睛傻乎乎地看着老王，不是我不懂，是从老王嘴里说出来的东西我都不懂。

"好吧！"老王叹了口气，"以前的旧社会吧，但凡兄弟几个关系不错，志同道合，想干点事，就成立一个啥啥社、啥啥会，多如牛毛，数不胜数，旧社会的政府也不管。其中当然有好的也有坏的，明心社就是好的，始创于 1933 年的上海，目的是网罗天下奇人，斗日寇，战恶徒，救中华。"

"这么牛？"我问道。

"必须牛！明心社是正派，就必然有反派，你们现在惹上的，就是与明心社缠斗百年的华运会！这个组织吧，也是几个奇人建立的，但他们居心巨测啊，野心滔天。第一任会长叫沈昀浩，口号是以异能救中华，去开香巴拉之门未果，落得穷途末路的下场，于是归隐而去，不知生死。华运会呢，交给了一个有七窍玲珑心的奇女子苏梓文管理，苏梓文解散了华运会，新成立明心社，把原来华运会里的那些邪恶之人全部剔出。谁料，有一个坏人叫张其明，他得到了香巴拉之力，重建了华运会！从此啊，这个华运会作恶多端，与日寇同流合污，意图称霸中华呀！明心社和华运会，一正一邪，斗了近百年啊。"

"挺复杂，我怎么觉得你说的像个故事呢？"我按捺不住心中的疑问，"你确定不是看了什么小说？"

"我反正说的都是真的。"老王也很无奈。

张子贤听得津津有味："那你一个分社长，怎么会卖馄饨呢？"

"这可说来话长，占用你们一点时间，容我清清嗓子，细细道来。"老王于是开始了一段让我瞠目结舌的快板书表演：

"原先的明心社，斗日寇，战恶徒，救中华，狼子野心，一一消除！新中国成立前，鼎盛期，猛将如云，奇人无数！1948年，有大战，大雪山、南海宗、明心社、华运会，四方会师，东海大战，打得是，龙蛇起陆，星辰坠落，翻江倒海，水倒流！大战终了，损失惨重，各自休整。1949年，明心社见新中国、马列主义反鬼神，退出江湖，这一退，几十年啊！1974年，钱学森建立了，749局，研究人体的奥秘，明心社短暂复出，由社长凉墨领衔，对国家，多帮助！然而，历史浪潮，滚滚东去，科学为重，异能衰落，那凉墨，便又归隐，不知道，何处去了。

"我老王，明心社初代英豪洪富贵、卓热巴之孙，爷爷奶奶，东海大战，双双殉命，留下我父，让人收养，改姓了王。我那父亲，二十岁时，异能启蒙，深感不安，竭力隐瞒，生我之后，驾鹤西去。而我在，十岁时，受社长，凉墨的点拨，和照顾，才终于，明白了，明心社，的存在。

"我为了，找凉墨，踏遍河山，游历四方，终于在，这嘉陵，又寻到了他，凉墨他，不老也不死，年轻依旧，他见我，我心诚，便命我，留嘉陵，藏于市，等良机，再聚首。我一等，便呀呀呀这十五年，为隐藏，做馄饨！这便是，我老王，天王盖地虎，宝塔镇河妖！"

我不由自主地叫了声好，只差再给点赞打赏了。老王的身世我算是听清楚了，不管是不是真，也算是一段传奇，只是他这么一讲，我真觉得他和我所在的世界格格不入，像走错了时空，换了一个频道似的。

张子贤喘了一口气，连连点头，问："老王，你老提什么异能，敢问，什么是异能？"

"哼哼！"老王摸了摸他满是胡楂的青皮下巴，露出颇有深意的表情，说："郭子穿墙就是异能。"

我当即像吃了坨狗屎一样难受，说道："老王，我当你要说个什么，你别胡说八道啊。"

"哎！郭子，做得好，不承认没事。"

"我为什么要承认啊？不是，你，你……"我居然不知道该说什么，只好拍了一下桌子，转过脸去。

张子贤兴趣盎然地问："老王，那你有什么异能？让我见识一下呗，我是个科学家，为了全人类的未来，你让我看看。"

"知道了！"老王爽快地打断了张子贤，"该说的我都说了，让你见识一下，不是不可以！"老王站起身，"等着。"

老王很快拿出了一个案板、一块五花肉，将案板摆好，五花肉往上一摆，撸起了袖子，喝道："你们看好了！"

于是，老王开始疯狂地手打五花肉，速度越来越快，越来越快，看得我和张子贤眼睛都直了。

"我的异能，就是手速极快！快到我能把这块五花肉，打得比谁都精细，所以我的馄饨才能这么好吃！"

啪的一声，案板和五花肉统统掉地。

老王颇为尴尬，赶忙捡起地上的案板和五花肉，自嘲道："哎哎哎，失误，失误，今天讲得有点激动，状态不太好。我继续！"

张子贤尴尬地笑了两声："手速好像是，是是是还挺快的啊。"

"老王，领教了！确实是异能！刚才手都打出残影了！快，真是快！不用演示了，看到了！厉害厉害！"我觉得还是不要为难老王了，他的手感觉都要打肿了，再让他打下去，万一给打断了可毁了人家吃饭的家伙。

"这这这，我再来。"老王很不甘心的样子。

这时候老王兜里的手机叽里呱啦唱着"你就像那冬天里的一把火"，来电话了，老王不耐烦地用油乎乎的手把手机拿起来，一看来电号码，立即换上一副恭维的表情，迅速抽身躲到角落，接了电话。他电话里的声音立即蹦了出来。

"老王！房租呢？说了今天交房租的！又赖着不交是不是？"一个泼妇的声音如雷贯耳。

"别别别生气，今天确实忘了，你宽限两日，不，七日，你的幸运数字，多吉利。"

"吉利你奶奶！每次都说宽限宽限！你赖房租好几个月了！告诉你，老王，要不是看你从我爸爸那时候起，一直在这里开店，我明天就把你打出去！让你赖房租！让你赖！"

"息怒息怒！抱歉抱歉！给个机会，给个机会！"

"最后再给你三天！见不到房租，你就给我滚！"

"好好好！妥妥的，妥妥的！感谢感谢！"

电话便这么挂了，老王愣了半晌，回头冲我们一笑："啊，没事没事，这个房东啊，脑子不好的，泼妇！"

我忍不住损了老王一句："老王，你都是明心社嘉陵分社的社长，怎么这么窘迫啊。"

老王静静地看着远方，那只是一个屋角，用略带沧桑的语气说道："拯救世界简单，交房租难啊！"

我看事情已经发展到这个地步了，还是早脱身为佳，以免老王发作起来，呼风唤雨，叫玉皇大帝上身，可惹不起，我说："老王，我们真的还有其他事，改天听你细聊。"

"改天也好！今天我说多了，既痛快吧，也有点难过！你们先走吧！我冷静冷静。"老王说着，就要去拉卷帘门。

我正打算拉着张子贤赶紧离开，老王拉了一半卷帘门，又放下了，伸手一挥，阻止我们离开，用非常严肃的表情，但非常不严肃的南方普通话警告我们："郭子、张子贤，今天我说的，你们打死也不要说出去哟！你们的对手是华运会，你们当什么都不知道！回去以后，过你们的日子，该干什么干什么，千万不要去打听华运会，想都不要想！明白了吗？"

"明白明白！可以走了吗？"

"最后一句，你们可以信任的人，只有我！我保证，我代表明心社，代表嘉陵分社，会竭尽全力，保你们安全。有事第一时间来找我，你们快走吧！"老王拉起卷帘门，示意我们离开。

我和张子贤赶忙出去，卷帘门在身后重重地落下。

我看了一眼张子贤，长长地吁了一口气，表示我今晚惊诧到了无语的程度。

张子贤低声自语："疯子年年有，最近特别多。现在这个网文啊，短视频，还有那些垃圾电视剧，太害人了。"

我敲了张子贤肩头一记："走吧走吧！别感慨了！"

张子贤低头看了看手表，惊叫一声："十点一刻了！值班室要关了！快走快走！"他慌慌张张往前赶，我诧异不已，我们去干"坏事"，和值班室有啥关系？先通知门卫我们要来干坏事啊？我不想再浪费脑筋琢磨张子贤的逻辑，走一步看一步，于是快步跟上了他。

张子贤闷头冲到门卫室，门卫大爷正要锁门，他当即呼喊："师傅师傅，别关门。"

门卫大爷看着张子贤："哎哟，这么晚了，还有事啊。所长他们都下班了！"

"我我我，我忘拿东西了！一会儿就出来！"

"行行行，那你快点啊。"

门卫大爷开了门，张子贤拉着我就冲进去。

门卫大爷问："这是谁啊？哎，这不是郭子吗？"

其实门卫大爷和我挺熟，他老是忘记带家门钥匙，经常来找我开门，他居然是门卫，我也挺佩服张子贤单位用人的标准。

张子贤瞬间直立，一副被识破的筛糠样。

"哎！王叔好！"我只好站定和门卫大爷打了声招呼。

"帮子贤拿东西啊？"

"是，是哦！"

"快去快去！"门卫大爷恭迎我们入内。

我感觉又好气又好笑，拍了一把还在罚站的张子贤说："走啦！"这才唤回了他受惊的灵魂。

"你啊，这辈子别干什么坏事！"我在路上叮嘱张子贤，"有点坏心见到警察，估计你都要吓昏。"

张子贤带我来到一栋两层的小楼，像个电视剧里的江洋大盗一般，贴着墙行走，我为了他的自尊，只好尾随着他。

他来到二楼拐角的一间办公室门前，压低着嗓音告诉我："这就是所长办公室！我们现在从那边上天台，然后从屋顶拉根绳索，下到窗户前，你想办法把窗户撬开，我们就进去了。"

他正周密地计划着，我已经把门打开了。

"开了。"我推开房门示意他进去。

"啊！不可思议！你怎么开的？太神奇了！太快了吧！这么复杂的锁！"

"这扇门我用小指头就能捅开。"虽然我说得夸张了点，但所长办公室的门实在太好开了，"你进来吧你！"我狠狠把张子贤一拉，拽着他进了门，我再把门锁上。

张子贤惊魂未定地看着我："你怎么开的？用手穿过门了？我刚才没注意，要不你再演示一遍？"

"干你的活！"我警告张子贤。

张子贤无奈之下，只好遗憾地赶到所长的办公室前，开始翻找。

我负手而立，一边看他乱翻，一边问："你们单位这样不怕闹贼？"

"闹过，贼留了一张纸条，说我们最值钱的是厕所的卫生纸，说终于理解科学家的伟大了！还挺让人感动的！"

"哦，也是。"我看着一贫如洗的所长办公室，发出了相同的感慨。

"找到了！"张子贤抽出一个厚厚的牛皮纸袋，抽出里面的文件，看了看，然后狠狠地骂道，"呸啊！这是什么水平的论文，还有脸交上去，真低俗！"

"你们就不要互相瞧不起了啊！"我叮嘱，"你的论文呢？放进去啊！"

"嗯……"张子贤拍了拍自己的身上，痴傻地抬起头看着我，"我忘了……带。"

"我……我真不该答应来帮你，感觉蠢到家了。赶紧回去拿吧，再回来一趟！"

"可可可是，回去拿，门卫会锁门，怎么办啊？"

"锁门就锁门吧！不能翻墙啊？"

"翻墙？我我我翻不过去怎么办？"

"别废话了！你们单位的围墙和没有也差不多了！"

我拉起张子贤掉头就走。

最终，我们来了第二趟，翻了墙，并把张子贤的论文塞进了所长的文件袋，至于所长会不会发现，我懒得管了，我答应张子贤的都做到了。

整个晚上愚蠢的经历，只能证明一件事：张子贤肯定不是坏人，他也绝对当不了坏人。

等我回到张子贤家，小树早就睡了，马静还在等我。张子贤做贼心虚一般，赶忙去客厅睡下了，马静拉着我去了楼下，问起今天我和彭总关于永久员工的事情。

我如实相告，我拒绝了，彭总没有不高兴，一切都很正常，工作好好的。我没有告诉马静今天我差点被卡车撞的事情，也没有说馄饨店老王的传奇，更没有说我帮张子贤干坏事的经历。我不想马静再为我担心，她现在觉得生活在好转，她害怕一切都太短暂，我作为一个男人、全家的希望，必须选择善意地隐瞒。

哪怕这份希望的背后，是荒诞和离奇。

马静虽说半信半疑，但总算是松了一口气，踏实地去睡了，我反而失眠了。彭总目送我离开时那种刀尖一样锋利的眼神、大货车、老王说的离谱的江湖和对我生死攸关的警告，无论是真是假，是巧合还是必然，这一大堆的信息，天花乱坠，让我毫无困意。

我设想了一万种应对的办法……

可惜，完全用不上。随后的一周，生活正常得不能再正常，连去老王那里吃馄饨时老王看我的眼神，也和之前一模一样，好像他从来没有和我讲过那些故事一样。我甚至怀疑自己意识错乱了，幻想出了一些情景和故事。

唯有张子贤，他几乎没有出过门，他在狭小的客厅里兜圈，一兜就是一天，也不知道他那颗被科学占领的小脑瓜里，在琢磨什么高深的问题。

一周后的晚上，张子贤当着我的面，接到了一个电话。

"张子贤先生吗？"电话那头是个甜甜的女声。

"我是！你是？"

"我是深蓝公司科斯伯格先生的中国区助理林娜，我们是想邀请你……"

"不感兴趣。"张子贤挂了电话，"现在诈骗电话怎么这么多！还说是我的偶像科斯伯格的助理……哦，科斯伯格……的助理……哦……"

张子贤瞬间拨回了电话："喂喂喂，你说你是谁？你不是骗子吧？"

"你好，张子贤先生，我是深蓝公司科斯伯格先生的中国区助理林娜，我非常理解您，我之所以打电话给您，是因为科斯伯格先生看到了您的论文，他觉得非常有见地！他想邀请您来上海，参加深空实验室的年度发布会，并和您共进晚餐。喂，张先生，喂，张子贤先生，您在听吗？"

张子贤已经兴奋得昏迷了。

不管怎样，张子贤的梦想成真了，他去了上海，并在与科斯伯格进餐前，给我打了个视频电话，让我看了看科斯伯格的中国豪宅大门口的那对石狮子，总耗时五秒。

"我进去了！郭子！我预感到我要成功了！郭子！"这是他留给我的最后一句话，等再见到他的时候，已经是两个星期后了。

见面的场所让人非常尴尬，我被关在一间吊在半空中的工地简易房里，在晃晃悠悠的空荡荡的房间里，我醒来之后，发现自己只穿着一条内裤！房门紧锁，我扑向门边的小窗户，抓着小窗口的铁栏杆向外看，看到了坐在下方的张子贤。

我顿时叫骂起来："张子贤！是不是你干的？让我出去！你疯了吧你！"

"郭子！你想离开这间屋子轻而易举，你只要穿越出来！郭子！你知道我经历了什么吗？郭子！让我看到你穿越！"张子贤满面红光，兴奋异常，"我会成功！你也会成功的！穿越吧！让我亲眼看到，亲自记录下量子隧穿的宏观实证！"

"放狗屁！张子贤！放我出去！"我愤怒至极。

"你不穿出来，我是不会放你出去的！我发誓！"张子贤用视死如归的眼神，直勾勾地看着我。

我咆哮了一阵子，终于放弃了用这种方式和张子贤交流，他是不会放我出去的！尽管他不是坏人，但他绝对是个偏执狂！在他的科学世界观的逻辑下，根本没有对错之分，他也根本分不清什么是对错。

我冷静下来，终于问出了张子贤去上海见到科斯伯格，这一趟旅程中发生的故事。

　　科斯伯格，世界上最年轻的首富，也被称为世界上最有才华的人，他二十岁创建深蓝公司，在十几年的时间内，几乎颠覆了大多数的传统科技！说科斯伯格是推动人类进步的人，整个科学界估计没有几个人会反对！

　　张子贤和科斯伯格同龄，张子贤视科斯伯格为自己的精神领袖和绝对偶像！他的神！

　　科斯伯格的口头禅"没有不可能！"对张子贤来说如同至理名言一样。

　　张子贤受邀去了在上海的科斯伯格年度科技发布会，发布会上科斯伯格侃侃而谈，很多全新的科学理念和研发进展，让张子贤在台下几度泪流满面。

　　晚餐如约而至，张子贤乘坐专车，来到了科斯伯格位于上海郊区的中西合璧的科技豪宅，并见到了科斯伯格本人。

　　如此近距离地见到自己的偶像，张子贤激动得几乎无法言语，握着科斯伯格的手一度不知道放开，好在科斯伯格非常和蔼，他完全理解张子贤。

　　两人的晚餐上，张子贤终于放松下来，在科斯伯格的鼓励下，完整地阐述了宏观世界存在量子隧穿的可能性，以及实现办法。科斯伯格当即表示赞同，并直接表态愿意支持张子贤的研究，第一年一千万美金！

　　一百万美金的启动经费立即到账！张子贤可以随意支配这笔钱！一个月后，剩下的九百万美金也会到账！

　　但是，科斯伯格提出了要求，理论上他绝对认可，只要张子贤能在一年内论证出乒乓球大小的宏观物质之间的穿越，提出解决方案，或者提供一个实证，那么，第二年的科研经费将不设上限！

　　"宏观物质的穿越，会改变整个世界！人类将进入一个崭新的发展阶段！征服宇宙也会在我们有生之年成为可能！张子贤，你如果能拿出实证，将比我之前所做的一切工作都更加伟大！你将是人类最伟大的英雄！"科斯伯格这样给张子贤打鸡血。

"如果我现在身边就有实证呢？"张子贤这时候脑子里根本不把我当成一个人，我只是他眼中那个触手可及的实证！

"是吗？"科斯伯格不知道是在激将还是认为张子贤在吹牛，"希望如此！我相信你！你用你的方式证明给我看。"

"我会的！"张子贤心里暗暗发誓，不成功便成仁！

晚餐愉快地结束，科斯伯格送张子贤上了车，并叮嘱林娜，无论张子贤有什么需要，只要深蓝公司办得到，都用最快的速度去办。

张子贤回到酒店，激动得彻夜难眠，第二天一大早，他便给林娜打了一个电话。

"有那种对人没有伤害，但会让人立即昏迷的药物吗？"

"有的。立即昏迷，是指多久呢？"

"越快越好！但千万不能有副作用。"

"好的，张子贤先生，我记住了。一会儿请查阅手机，我把几种药物及其使用方法发给了您。您选择一下，或者全部使用都可以。"林娜给了张子贤满意的答复。

张子贤拿着一种标号为 WNG2 的药物回到了嘉陵，紧接着，他布置了一处囚禁我的场所——一间大型的废弃厂房，还准备了一辆老头乐电动三轮车、工地简易房、重型吊机。

他布置好这一切后，没有回家，而是在他家楼下等了我一晚上。直到我早上走出房门，他便在楼门口用药物自带的高科技发射器给我打了三针，两针打偏，一针正中我的屁股。我昏迷后，张子贤把我架到三轮车上，拖着我直奔目的地。

我压根没有看见张子贤，我甚至没有任何感觉，眼睛一闭再一睁，便被关在悬空的简易房里了。

回到当下，张子贤用一个小时把自己在上海的经历和怎么把我绑架到这里来的给我讲清楚了。

我也用这段时间研究清楚了我目前的处境，简易房吊在离地一米高的地方，上下左右都隔空，并有多个摄像装置，全方位拍摄着简易房的一切。如果我身上有工具，想打开房门轻而易举！可是，我只穿了一条内裤！这个该死的张子贤！

简易房虽然简陋，但也不可能用蛮力砸穿，况且房间里空无一物，干净得连灰尘都没有。

逃离这里最简单的办法，当然是我一动念头，直接穿越简易房的墙壁，出去狠狠揍张子贤一顿。可我不能这么做，摄像头无死角地记录着，我的穿越会被准确无误地记录下来，那我就完了，直接被抓了现行！

不得不承认，虽然张子贤连偷塞一篇论文都弄得狼狈不堪，笨拙万分，可他在对付我这件事上可谓天衣无缝，逻辑严密到无懈可击！白痴和天才对于张子贤而言，只是一线之间！

我在明白了我的处境之后，开始苦口婆心请求张子贤放过自己："我真的不会，是你弄错了，想想我们最近的相处，想想我的儿子小树，还有对你非常友好的马静。"为了说服他，我甚至努力地挤出了眼泪。

张子贤毫不动心，跟着我流泪，说的却是人类命运的大道理。

你和他讲情感，他和你讲哲学！

我又开始威胁警告他，从"我出来就打死你"说到"我要报警，你这是犯罪！"张子贤却开始讲感情，讲他对我多好，我怎么忍心。

你和他讲现实，他和你讲感情！

对牛弹琴！我之前不明白，如今终于明白了！

局面僵持下来……

从早上我走出房门到现在，看阳光，大概快八个小时了。

先耗着吧，看看能耗多久，肯定有一人输。

张子贤居然开始在简易房窗口吃自助火锅！并用一个小风扇，把香味往我的方向吹。

"饿了吧，郭子？你穿出来！咱们一起吃！"张子贤贱兮兮地笑着。

我早餐没有吃，整整饿了一天，实话说，火锅的香味刺激得我直流口水，胃部难受。

"香不香？出来吃！"

我又坚持了半个小时，张子贤开始吃臭豆腐，因为我最爱吃臭豆腐！痛苦啊！吃完臭豆腐，张子贤又开始吃五毛钱一包的方便面！这是我的第二主食！

我不知道还能撑多久，我再也不敢看张子贤，难受地蜷缩在窗口下，可是，香味止不住地从简易房的各个角落涌进来，我的身体都要被馋虫给掏空了！

"我要饿死了，张子贤！"

"不，你不会死的，你还有老婆孩子！"

"你这样很卑鄙，你知道吗？"

"啊？这叫卑鄙啊，这难道不是一起奔赴伟大前程吗？郭子，你不相信我可以，你要相信科斯伯格啊！"

我又无语了。

"张子贤，那你给马静打个电话，告诉她今天晚上我加班，不回家了。"

"不打，我不想让嫂子担心。"

我愤怒地站起来，紧贴在窗口，把手伸出去，想揪住张子贤："你还知道你嫂子会担心！过来，让我抽死你！"我愤怒不已，那一刻，我真的差一点穿墙而过！

"你穿过来，我让你抽个够！"

"你做梦吧！你死了这条心！"我嘴里硬，心里却越发绝望。

就在这时，轰隆隆的声音传来！地面明显微微震动！

这间老厂房的斑驳墙皮开始簌簌下落，吊在半空的简易房也轻微地摇晃了起来。我抓着窗口，看向外面，只听轰隆一声巨响，半面厂房的墙壁，直接被一个黑乎乎的巨物击倒！竟然是一个大摆锤！

这个大摆锤一击干倒了墙，后面更是肆无忌惮，像头黑色大野猪一样乱撞一番，直接把厂房给毁掉四分之一才退了出去。张子贤自认为固若金汤的堡垒，被攻破了！

乌泱泱的人从灰尘里鱼贯而入。

我被关的简易房已经如同秋千一样，上下摆得老高。我死死抓着窗口不松手，身子已经飘了起来，这时我念头一起，这正是逃出去的好机会啊！我瞬间穿过了简易房的墙壁，跌落在地。还没等我站起来，张子贤已经不要命地扑过来，按住了我！

"郭子！你穿出来了！我就知道你一定会穿出来的！"

我一翻身把张子贤推倒在地："快跑！"

张子贤激动得痛哭流涕，死死拽着我的裤衩："郭子，谢谢你！让我说声谢谢你！"

话音刚落，两把关公刀架在了我的脖颈处，呼啦啦，烟尘中奔出的人已经把我和张子贤团团围住。

崩哥挺着自己的大肚子，咳嗽着，扇着脸前的灰尘，极为不悦地站到我面前。

张子贤看到周围已经围满了人，尖叫起来："啊？你们是谁啊？给我出去！这是我租的实验室！"他马上被崩哥的人按倒在地，吃着地上的灰，继续义正词严道，"别动我的摄像机，别动我的电脑，我的私人财产神圣不可侵犯，你们在犯罪……"

我无奈长叹："怕犯罪他们就不会来了……"

张子贤被扒得也只剩一条内裤，和我面对面，我们被人用胶带紧紧地绑在一起。

崩哥上前啪啪给了我们一人一个耳光："你们好难找啊！躲这里耍什么呢？费我老大劲！"

张子贤尖叫："你谁啊？怎么说打人就打人啊！你们要干什么？要干什么？"

崩哥没理张子贤，下令道："把他们两个弄一边跪倒，看好！"

我和张子贤被半推半抬地弄到墙边，半靠在墙上。

"郭子，他们是谁啊？"张子贤终于把声音压低了。

"刚才说话的那个胖子，叫崩哥。"

"我们没惹他们啊！"

"我砸过崩哥的场子，可这事早过去了，不至于啊。"我也心生疑惑。

不远处的崩哥拿起了电话，拨通。

然后我听到了一个熟悉的名字。

"彭总！哎哟彭总彭总！好消息，人找到了，老机械三厂厂房里！对对对！宁江那边的机械三厂！人控制住了！您放心！嘉陵没我办不了的事啊！是是是，我亲自在这里看着他们！是是是！好好好！等您等您！您放心！OK！OK！OK！挂了挂了挂了！是是是！啊您挂您挂！我现在就去大门口接您！您挂您挂！"崩哥在那边口沫横飞地炫耀着自己的成绩，看样子他在彭总面前很卑微，小弟的表情毫不掩饰，展现得淋漓尽致。他电话一挂，赶忙就向外面赶去，迎接他口中的彭总去了。

彭总！崩哥口中的彭总，一定是我公司的彭总！我的直觉告诉我就是他！

我今天被张子贤绑走，没上班，也联系不上，是他动用崩哥找我？为了救我？

我低头看了看自己这待宰羔羊般的模样，鬼才信彭总是为了救我啊！

这明明是要杀了我啊！

如果只有崩哥，我还不觉得我会怎么样，可彭总这个名字一出现，我不由自主地从心底涌出一种恐惧，彭总会杀了我。

张子贤并没有留意到我的表情变化，我俩贴得这么近，除了吃鼻涕和闻口臭，完全看不到整张脸，他在我耳边，也不得不在我耳边说："郭子，你看到没有，他们只是围着我们，都不怎么看我们！你带着我，穿过这面墙，咱们不就跑了吗？"

"我不能带着你穿墙……"我在对彭总的恐惧的干扰下，一下子说漏嘴了。

"郭子，你承认了，你终于承认了！"张子贤一下子就兴奋了起来。

"你闭嘴！让别人听到了！好好好，都这份上了，我承认行了吧！我求你闭嘴！"我压低声音制止他，既然说出来了，破罐子破摔，我也不管了，于是我很认真地说："我不能带你穿墙，听明白了吗？"

"怎么不能？你不是穿着内裤穿出屋子了吗？你把我当你的内裤不就可以了吗？"

"你是个人，我不能带活物穿墙！你万一嵌在墙里，就死定了！"

"明白了！那，那郭子，你自己走吧！"

"也不行！你贴我这么近，皮肤都贴在一块，我怕我穿墙的时候，把你半身的皮都给带走了！"

"哦……"张子贤难过了一下，但他马上又振作起来，"我不能让你落在他们手里，你是我的命！他们只会害你！所以，郭子，你别管我，我死就死了，你如果逃脱，一定告诉科斯伯格先生！我，我为了科学，不要这身皮了！！我为科学献身了！！以后的路，你替我走。"张子贤悲伤至极，眼泪混着鼻涕和汗，直接往我嘴里灌。

我真有点感动。

"子贤！你不能死，我也不能死！我们再等等，再看看机会！现在，我要想办法把我们两个先解开。"我说着，用一侧没有和张子贤接触的那只手穿透了胶带，稍微轻松了一点，努力地去撕扯胶带。

很快，我放弃了，我终于明白为什么坏人喜欢用胶带绑人了，因为根本撕不开！

正在一筹莫展之时，一个流氓晃晃悠悠走过来，在我们面前一蹲，用南方普通话说了句："说你们要喝水！"

我和张子贤侧头一看，张子贤噗地一下喷了我一脸，当然我也看清楚了，蹲着的这个流氓，是老王。

老王穿了一身花衣裳，打扮得倒是和崩哥的手下们无异，他飞快地递了个眼神给我："别看了！说你们要喝水，要死了！"

我立即大喊起来："我要喝水！水！"

有个小头目一样的人骂道："喝喝喝喝什么水！"

"我要渴死了！"我也撒泼耍赖，"张子贤脱水，人要死了！"

张子贤想明白了，很配合地头一低，枕在我的肩膀上，翻起了白眼。

"行行行，给他们喝口水！"小头目吩咐着。

老王起身，不知道从哪里搞了瓶矿泉水，快步而来，拧开瓶盖给我和张子贤喂水。

"老王，想个办法救我们！"

"知道知道！我来这里干吗？不就是为了救你们吗？"

"割开，快快，把胶带割开。"

"抱歉，没带刀。"

"你来救人，连把刀都不带？"

"我一个卖馄饨的又不是杀猪的，天天带把刀在身上干吗！你知道我为了找你们，多费劲吗？"

"老王，你别说了，想想办法，先分开我们！"

"我有打火机。"老王瞬间变出一只打火机在手。

"烧啊？"

"不烧，那还能怎么办？"

"那就烧吧！"

老王于是咳嗽一声，把打火机打着，开始烧胶带。

我急得恨不得能喷火："老王，你不是说你是社长吗？你的能力呢？"

老王很耐心地烧着："那你的能力呢？你会穿墙，挣脱胶带不是很简单？"

"哎呀，现在和你说不清，快烧，烫烫烫。"

眼看着老王烧开了胶带的一个边，有人就喊起来："你你你，你干吗呢？喂个水又不是喂蚱蜢！哎，什么味啊？你干吗呢你！"

老王赶忙停手，把打火机藏进袖子里，看守我们的小头目已经带着人围了过来。

老王步步后退,一直退到墙边,还在极力辩解:"各位兄弟,误会啊,误会啊!"

可就在这个时候,所有人都听到了一种频率非常高的振动音,嗡嗡嗡嗡嗡,似乎地面上的灰尘也跳动起来,紧接着,只听嘎嘎嘎金属的摩擦声,屋顶上吊着简易屋的钢梁不住颤抖着,还没有被放下来的简易屋,开始小幅度地晃动。

"怎么回事啊这是?"小头目顾不得抓老王,连退了几步。这时,简易屋的钢索从钢梁上脱开,整座简易屋重重地砸向了地面!

灰尘四起!一片混乱!

老王抓起目瞪口呆的我和张子贤,大喝道:"跟我走!"

就看到老王的手按在墙面上,双手在急剧地震动,那可真的是快得手都带上重影了,轰的一声,整面墙被震出了一个大洞!

我和张子贤蹦蹦跳跳的,被老王拽着往外跑,可这实在是太慢了,老王只好吩咐:"你们谁抱着谁跑!"

张子贤一收腿,直接用腿钩在我的腰上,缠得那个紧啊,我虽自觉丢脸,可这时候还有什么心思想丢不丢脸啊,我拖住张子贤,以这种很不雅的姿势向前跑去。

还没能跑几十米,后面的追兵已经像一群老鼠似的,涌了出来,举着各种刀斧棍棒,穷追不舍。

老王对这一带破败的厂房,显然比崩哥的爪牙们熟悉,他在前带路,我抱着张子贤紧跟,虽说速度很慢,但还是利用废弃厂房里被随意丢弃、弄得像迷宫似的机械设备和管道,把流氓们给甩掉了。

我抱着张子贤和老王躲在角落,四处都能听到流氓寻找未果的叫骂声。老王带我们两个藏好,向外观望,等待继续逃跑的机会。

很快,我听到了崩哥的叫骂声:"郭腾飞,你们跑不掉的!我数到三,你给老子出来!我保证不会打死你!你要是不出来,让我们逮到了,我保证打死你!"

张子贤很心急地压低声音说:"我们出去吧,至少不会被打死。"

老王和我怒视着他，张子贤不敢再说，很委屈地喃喃道："也没有第三个选项啊。"

"三！"崩哥开始报数，但他马上停下了，"彭总，彭总，你说，是是是，我不会再说了。错了错了，我错了。"

我耳边响起了那个熟悉的声音，正是彭总："郭腾飞！我是彭总！你是不是有什么误会啊？你是我们公司的技术骨干，好不容易培养出来的，今天你没有来上班，也联系不上你，所以我很担心，便找了各种渠道的人，来寻找你的下落，怕你出什么事，惹上什么麻烦！崩哥是我的好友，对嘉陵很熟悉，是我请的他帮忙找你，崩哥应该是误会了，以为是江湖上的什么事情，所以搞得有些隆重，一惊一乍的！腾飞啊，我都来了，误会也就没有了，你出来吧！没事了！"

我们三个一对视，老王低声便骂："他是华运会的，大名叫彭宇晏，是我的老对头了！别信他的！"

彭总说完，见我们还是没有回应，便又换了一种语气大声告知："老王，是不是你干的好事啊？这档口上绑走我的人，是想骗别人的信任吧，是为了干那些下三滥的勾当吧？老王，说了井水不犯河水的，你好好做个人吧。"

老王恨恨地骂道："彭宇晏，你这个孙子！"又看向我，"别信他，我是好人！"

我点头认同："他想离间我们。"

张子贤插嘴："老王，你凭什么说你是好人呢？郭子，老王隐藏得这么深，我不觉得他一定是好人！"

老王一把掐住张子贤的后脖颈："你信不信我手一震，把你颈椎给震成几段？要不是你俩被绑成这样解不开，我根本不想带你走！"

张子贤有些不服气，他这人平时胆小如鼠，某些时候又不怕死："你要敢利用郭子干坏事，我和你拼了！"

我正想阻止他们拌嘴，只听上方有人大叫："在这里，他们在这里！"

一个流氓不知道是什么时候爬到厂房顶上去的，看我们一目了然。

"跑！"老王低喝了一声，拉起我们就跑。

我自然而然地抱着张子贤狂奔，没跑几步，老王突然一转身，把我推向一边，我眼睁睁地看见，面前的一根金属柱子上，一股无形的力量捏出了一个清晰可见的手掌印！

这是什么？是内力？

老王按着我们的头，低喝道："不要走直线！头低一点！彭宇晏这小子会隔空捏物！让他捏住了，就跑不掉了！"

居然还有人有这个本事！老王的手速能让房梁发生共振，能震碎墙，我已经够吃惊的了！还有人真的会隔空捏物！！！

我努力低下身子，奈何有个张子贤在身上，我腰酸背疼，体力快接近极限，心里一度想别管张子贤的死活，穿透胶带逃脱算了。可我依旧死死地抱着张子贤，不行，我不能让他死，我不能丢下他，他是我的朋友。

"我们跑不掉的吧？他们人实在太多了。"我靠在大铁罐上，气喘吁吁。

"是的，跑不掉，我们被困死了。"老王看样子也死心了。

"要不，投降吧。"张子贤也说，"被他们找到，会被打死，不如主动投降，也许还能活。"

老王紧闭了一会儿眼睛，脸慢慢憋得通红，他突然闷哼一声："我憋不住了！我要来个大的！"说着，他双手撑地，两条胳膊和手掌又变成了残影，这到底是多快的震动啊！

震动感越来越强烈，这间巨大的厂房到处开始嘎嘎作响。

五秒之后，厂房被老王震得崩塌了，是彻彻底底地，从房顶到墙壁，到地面，全部崩塌！除了我们三人所在的一片小空间，其余地方全部被震得七零八落！屋顶的坠落造成浓重的烟尘，一下子把整片厂房笼罩了起来！剧烈的撞击声和破裂声，把所有人的声音淹没！

彭总、崩哥、余三他们都被整片崩塌的厂房拦住了去路，只剩下了我们三人灰头土脸地狂奔。

"郭子你别废话了，我憋了七八年的大的，没了！现在一点劲都使不出来了，我是废了啊！"老王一瘸一拐地向前跑着。

张子贤能看到我的身后，他嗷了起来："有人爬出来了！是个戴眼镜的！哎呀，他向我们伸手了！"

我顿时感到被人用手抓了一下，刺激得我一个激灵，跳了起来。我抱着张子贤转过身，倒着奔跑，看到了远处满头都是灰尘的彭总，他向我伸出手，手指做抓挠状，刚才莫非是他用隔空捏物的本事，挠了我的屁股？

彭总满眼都是怒火！他想杀了我！

我脑海里涌起的第一个念头居然是——

完了，工作没了。

彭总又是伸手隔空一抓，张子贤哀号了声："有人抓我屁股啊！"

老王大叫："我们快跑！距离远，他隔空捏物力道就不够！"

我赶忙转过身，继续玩命奔跑，只听张子贤又大声号叫："他掏枪了！枪！"

嗵嗵嗵连续枪响，有的子弹打在地上，碎石飞溅，有的贴着我耳边掠过，空气的振动声刺得我耳膜嗡嗡作响。

我清楚地感觉到背心一痒，几乎就在一瞬间，我自我保护的心念动了，时间似乎变慢，我能感觉到一颗热乎乎的子弹穿过了我的皮肤，从我身体里透过。

我被击中了，却又可以说没有被击中，因为那一刻，我是穿透的状态，相当于我穿透了一颗子弹！我能穿过大的物体，也能让小的物体穿过我！

我毫发无损，子弹穿透了我的胸膛，却击中了和我紧紧贴着的张子贤！

张子贤应该也能感受到什么，他瞪大了眼睛，然后，昏了过去！

令人感到奇怪的是，我居然感受到了这颗子弹在张子贤体内的轨迹，好像张子贤和我是完全一体的，子弹并不是击中了张子贤，而是同样透过张子贤的身体，透过了他的心脏，然后慢慢停了下来，停留在了张子贤体内！

彭总打光了他的子弹，眼睁睁地看着我抱着张子贤，跟着老王拐了一个弯，消失在他的视野中。

事态严重

爱上一个人，其实是爱上了自己的存在感。

"表哥！来买鱼咩！今天的鱼很新鲜的啵！来两条？"一阵浓郁的广西口音叫卖打破了老城区里一个破败不堪的菜市场的宁静，一位穿着高筒水鞋的鱼贩小哥正在热情地兜揽客人。

我、张子贤呆呆地看着不远处兴高采烈卖鱼的小哥，老王在一旁压低声音，仍很兴奋地介绍："就是他！他叫鱼小欢！是嘉陵明心社，我的第一个部下！"

我看着这位叫鱼小欢的兄弟杀马特一样的发型、拉风的运动服加脏兮兮的水鞋，打心眼里不敢相信："老王，你确定他能帮我们？"

"必然！"老王信誓旦旦，"你们先认识一下！"老王不由分说地带着我和张子贤上前。

鱼小欢正把刚杀好的鱼递给一位大哥，热情不已地送客："慢走啊，表哥！"说着鱼小欢一转身便看到了老王。

"小鱼！"老王亲人般呼唤着他。

"啊……"鱼小欢看着老王和我、张子贤，脸上的热情瞬间收回，"我收摊了。"

"收摊收摊！出事了！"老王一步迈进鱼摊，就要帮忙。

"王哥，生意不好，我没钱借的。"鱼小欢愁眉苦脸。

"乱说什么呢？我借什么钱？"老王尴尬不已，偷瞟了我们一眼，对鱼小欢又摆出一副生气的表情，"先收摊，这里不方便，去你屋里，我再慢慢和你说。"

"王哥，别整我好不好？上次你说社长来，你要设宴，我把钱都借你啦，你这次又整什么啊？"鱼小欢耸了耸肩，目光落在我和张子贤身上，换上了一副热情的笑容，"两位表哥，穿得这么清凉，是要买鱼啵？"

我和张子贤之前穿着内裤逃出来，三个人坐上老王的电动小摩托，逃回了市内，一头扎进了老城区。老王见我们俩近乎赤身裸体，所以大方出手，给我和张子贤一人买了一双蓝色塑料拖鞋，还有一人一件围裙。

张子贤用手拉了拉我的衣袖："郭子，咱们还是去报警吧，跟着老王感觉好危险啊。"

我摇了摇头："别别别，等等。"

老王在鱼小欢耳边强调："小鱼，华运会出手了，这两位是我们嘉陵分社必须全力保护的对象！这位是郭子！这位是张子贤！嘉陵分社养兵千日，这次终于是来真的了！想不想当英雄？"

鱼小欢表情严肃起来："真的哇？"

"必须真的！先撤退！"老王下令。

"是是是！"鱼小欢得令，开始收摊。

老王上前帮忙，不忘叮嘱我和张子贤："帮把手！把那几块油布盖在鱼池上面！"

在菜市场内侧，有一间狗屋一样混乱不堪的房间，这里便是鱼小欢的家。

我吃着鱼小欢中午剩下的鱼汤面，津津有味，头也不抬，我饿坏了。

老王终于把目前的情况讲完了，鱼小欢听得入神，终于一拍大腿："王哥！会长！如果我们保护了他们，是不是就能离开嘉陵，成为明心社的英雄，从此为国效力，衣食无忧？"

"必然的！这是考验我们的最好机会！能不能当英雄就看这次了！"老王信誓旦旦，"有没有信心？"

"有！"

"斗志高不高？"

"高！"鱼小欢一跃而起，他激动得那头金黄的头发都竖立了起来。

张子贤很认真地插了句嘴："我建议还是先报警吧。能不能把电话借给我，我打个110？"

"不行！"老王义正词严，"不能打！如果打110，先找来的肯定是华运会！他们在嘉陵势力非常大，而且还会高科技，我们谁也不能信任，只能靠我们自己！"

"总觉得哪里不合逻辑啊。"张子贤抓抓头。

我终于把碗里的汤喝完了，喘了一口气，说："老王，我想，还是先给我老婆打个电话，我担心他们。"

老王想了想，才说："可以打。但是，你老婆的电话一定会被监听。你一定要和你老婆说，你很好，你临时要出差，因为涉及公司机密，让你老婆不要随便联系你。只有这样，你家人才是安全的。明白吗？"

我点了点头，老王把电话递给了我，并重重地点头："记住，语气也平静一点！"

我拨通了马静的电话。

"喂。"

"郭子啊，哎，电话号码怎么换了？"马静应该是在厨房做饭，因为我能听到抽油烟机的声音和炒菜声，她的语气听起来也很正常。

我松了一口气："我临时要出个公差，公司给了新号码。"

"出差？这么着急？那你晚上还回来吃饭吗？"

"不回来了，我马上要动身，大概得五六天，是个，嗯，公司的重要任务，挺，挺机密的，公司说尽量不要和家里联系，我，我会打给你。"

"嗯嗯，你们公司搞安保项目的，神神秘秘的，懂的。"

"别担心我啊，我很快回来。"

"好好干就行了。对了，张子贤什么时候回来啊？他出差也有两周了。"

"唉，不管他，谁知道他在哪里要死要活呢。"

张子贤给了我一个白眼，也不吭声。

"我怎么听你声音，有点不太舒服啊，没生病吧？"马静走出厨房，我能听到小树在喊着："妈妈，什么时候吃饭？我好饿。"

我差点落泪，但强行忍住了。

"嘻，嗓子不舒服，没事。"

"多喝点水。小树，来，和爸爸……"马静叫小树，应该是想让小树和我说句话。

"别别，别叫他了。小静，你照顾好家里，我不在的这段时间，有什么事，多找警察啊。"

老王捅了捅我，意思大概是我说多了。

"知道，还能有什么事啊。"

"先挂了先挂了，同事叫我出发了。"

"好。去忙吧，照顾好自己啊。"

我挂了电话，整个人一下子蔫了，大口喘了几下，才又平静下来。

屋里所有人安静下来，空气有一些凝滞。

这时候鱼小欢突然想起了什么，跳起来举起手机说："我差点忘了嘞！"

老王骂道："一惊一乍的干什么啊！"

"直播啊，到点啦。"鱼小欢已经打开了自己的直播软件，"今天要和人PK啊！"

鱼小欢举着手机，大概和某个东北主播互骂了五分钟之后，两人终于进入了正题。

东北小哥高声宣布："直播间我的各位老铁看着啊，这个卖鱼的说他有飞刀绝技啊！今天我们这里一百多号人见证一下，看这个卖鱼的怎么玩飞刀，能比我东北榴莲王杀猪刀法厉害！"

"好！我今天，就让你们见识一下，我飞刀削苍蝇的绝技！"鱼小欢说完，把手机塞进我手里，"帮我举着，录我啊！"

鱼小欢从裤裆里摸出一把小刀，大概有手掌那么长，手指那么粗，没有刀柄，只是一把纯铁打造的小刀，看着没有什么特殊的地方。

鱼小欢做了几个起势，看起来和耍猴也没有什么区别，毫无气势，然后他大喝一声，手一挥，飞刀飞出……

可飞刀砸在木头柜子门上，并没有一刀扎入，而是被震飞了……我差点把刚吃的鱼头汤面都给喷出来。

手机画面里的东北小哥笑成了一团："你这个卖鱼的，是专门来耍我的对吗？"

鱼小欢毫不着急："我是削苍蝇，又不是扎木板！"他走到木头柜子旁，低头在地上找了找，然后捏起了一只苍蝇，向手机镜头凑过来。

"看看，我削掉了这只苍蝇的一只翅膀的三分之一！"鱼小欢极其认真地比画着，可惜他的手机不能自动对焦，画面里的苍蝇模模糊糊一大团。

东北小哥指着镜头大骂，然后，挂断了！

"嗯……他挂了。"我示意鱼小欢。

鱼小欢愤怒不已，手里捏着苍蝇，抓过手机问："亲，你看见了吗？"这时，他的直播间里，那个"不离不弃"的唯一观众也下线了。

"唉。"鱼小欢长叹一声，退出了直播。他自我安慰了一下，便振奋起来，用手捏着苍蝇，向我和张子贤面前凑，"你们看，你们看，我是不是把苍蝇的左翅膀，削掉了三分之一啊！"

实话说，我根本看不清楚鱼小欢手指上的苍蝇到底还有没有翅膀，是死是活。

我只能点了点头："是是是，我看到了，不过，你是不是可以用些其他方式？别飞刀削苍蝇。"

张子贤插嘴："设备也能不能换一下？画面都是糊的。"

鱼小欢如梦初醒，将手指上的苍蝇弹飞，高兴地说："也对哦！我可以削蚊子呀！难度更高的哇！"

我完全无语……

老王低喝一声："你们别闹了！别出声，好像有人来了。"

四个人顿时闭紧了嘴，连屁都不敢放。

渐渐地，我也能清楚地听到，门外不远处来了不少人，吵吵闹闹的。

鱼小欢凑到门边，贴着指头宽的门缝向外看："哎呀，我当是什么人咧，是那个崩哥啊，还有牛二，带着七八个人，还拿着西瓜刀咧。"

我心里一惊，这么快，崩哥怎么找到这里来的？

"王哥，我处理一下啊！"刚说完，鱼小欢便把手机一放，一把拉开门走了出去，门都不记得关一下。

老王赶忙上前把门关上，我和张子贤跟上来，三个人高低错落地从门缝向外看。

只看到，鱼小欢手里拿着两把砍鱼刀，直愣愣地向崩哥、牛二他们一伙走了过去，拦住了他们的去路。

崩哥后退了一步，牛二强绷着凶相，上前一步说："鱼小欢，我们来找人的，不是来找碴的，你给老子让开。"

"不让咧！"鱼小欢抬着下巴，"有种砍我啊！"

再看鱼小欢身后，已经慢慢聚起了很多鱼贩和菜贩，人人手里都拿着刀。

牛二一转身："崩哥，他脑子有病，不怕死的，咱们不如先……"

崩哥一巴掌打在牛二脸上："老城区你好使？这就是你好使！你真行！"但他并没有坚持，转身就走，其他七八个人见崩哥走了，赶忙收刀尾随而出。

鱼小欢高叫着送行，回身和周围的商贩炫耀："走了啊！不送啊！"

鱼小欢正要回身，嘭的一声，整个菜市场跳闸了，漆黑一片。

老王点亮了手机，低喝一声："还有厉害的人来了，从窗户出去！快！"

停电不是菜市场这一小片，而是非常大的范围。

老王带着我和张子贤从菜市场后门跑出来，才意识到整个老城区应该都停电了。

好厉害的手段，我来嘉陵这么多年，都没见过这么大规模的停电！

菜市场后面，是大片的老城区棚户区，街道密集，曲里拐弯，高低错落，和一团乱麻似的，不熟悉这里的人，黑灯瞎火地在这里乱走，不迷路才怪！这里才是嘉陵市最原始的模样。

因为大面积停电，老城区里的居民们闹成了一团，街道上虽然站满了人，但大家都相信很快会来电，并不当一回事。我们在老王的带领下穿街过巷，大概跑了好几百米，才终于在一个拐角处停了下来。

略等片刻之后，鱼小欢气喘吁吁地赶到了。

老王有些不悦："给你打电话呢，你怎么不接？"

"我没找到我手机啊，我想你们应该在这里。"

说到这，哇啦哇啦的警车声由远及近，两辆警车闪着警灯，在我们面前疾驰而过。

"有人报警了？"老王看了看警车远去的方向，便看向了张子贤，并再次打通了鱼小欢的电话。只听到张子贤围裙下方的小口袋里嗡嗡嗡地振动了起来。

张子贤尴尬不已地把鱼小欢的手机拿出来："我借用了一下。"

"你报的警？什么时候报的？"

"我落在你们身后的时候，哎，我觉得得报警了呀。"

"手机还给他！"老王很不悦。

张子贤把手机还给鱼小欢，老王推着张子贤："你走，你走，你自己找警察去。"

"不不不，我不走，我得陪着郭子！郭子，你说句话，你还是跟我找警察去吧。"

其实他们这一番纠缠，我根本没怎么注意，因为我一直看着不远处的一个屋顶上。

屋顶上站着一个穿长斗篷的人！我起初以为是谁在屋顶上晾了件长褂子，等仔细看了以后，我终于借着夜色看清了，这是一个男人，穿着黑色的连帽长袍，露出半张脸，头发从连帽边露出，竟是银白色的！

我的举动很快吸引到了老王、鱼小欢和张子贤，他们都顺着我的目光看去。

屋顶上的男人，好像在默默地打量我们，直到发现我们四个人都向他看来，他才慢慢地抬起手腕，从衣袖里拿出了一根银亮的笛子，在嘴边轻轻地一吹，只听到咻的一声，非常细小但非常尖锐，耳朵听得真真切切！

一点光芒在黑夜里微微闪动了一下，向着我的脸直射而来。

说时迟那时快，老王狠狠地拉了我一把："低头！"我一猫腰，感觉到一个亮闪闪的尖刺状物体，大概有圆珠笔芯的一半长短粗细，贴着我的头皮上方掠了过去。

噌！

一阵金属击中墙壁的声音传来，我被老王拉倒在地，回头一看，只见我身后的墙壁上，有一个肉眼可见的小孔。物体的力量如此之大，墙体正火速开裂，摇摇欲坠。

"快跑！"老王这句话还没有喊完，就见到墙上的小孔之内，亮光再次一闪，一道光射出来，正好击中了我的胸口，速度之快，我连反应的工夫都没有。

我并没有感到疼痛，但我一低头，却见到胸口处一团银灰色的金属斑纹炸开，然后又分裂成无数个小小的会变形的小圆珠，像是很多只小蜘蛛一样，飞速地渗透进我的皮肤！

全身一阵麻木，我的每一寸皮肤，每一处骨骼，甚至每一个细胞，都好像被小爪子揪起一样，痛不欲生。我重重地摔倒在地，意识瞬间便陷入了模糊。

老王大喊一声："小鱼，射他！"

鱼小欢在老王话音刚落的时候，已经抡圆了胳膊，射出了一把飞刀。

在我模糊的视线里，鱼小欢的飞刀拉起一条古怪的弧线，在空中一个近乎九十度的转弯，准确无误地击中了百米开外那位银发斗篷男嘴边的笛子！随着清脆的叮的一声，那笛子碎裂了。

我顿时感觉一阵轻松！大部分的难受感都消失了，唯有被击中的胸口，还能清楚感觉到一个大约拇指盖大小的异物，死死地附着在我的脊柱上。

老王已经拉起来我，将我架住，低喝了一声让张子贤帮忙。张子贤几乎吓呆了，老王这一喊，才把他的魂叫回来，他和老王一起架住我，老王带着我向一侧的臭水渠钻了过去。

肮脏、恶臭、蜘蛛网，脚下一高一低，我们四个不知道跑了多久，才终于停了下来，老王拖着我爬出了臭水沟，四个人如同烂泥一样倚靠在黑暗的角落里。

"郭子！"老王扯开我胸口的围裙，看了看，"你现在怎么样？"

"很难受，但能忍住。"我努力忍受着自己胸口的火烧火燎。

"多亏小鱼把那人的笛子给毁了，要不然我们根本逃不掉。"

"那人是谁啊？"

"不知道，但我知道他打出来的东西，叫太银。"

张子贤虽说一直在喘粗气，但仍然有力气插嘴："我刚才看到了，那更像是一种活的金属，纳米级的，这种高科技，太夸张了，再让我多看几次，我一定能知道是什么。"

"是个屁的科技，是炁学！用炁炼出来的一种非金非木的东西！"

"啥？气？"

"张子贤，我告诉你啊，让你别报警，你偏报！差点就害死我们！从现在开始啊，你要么滚，要么就老老实实的。你再敢自作主张，我先弄死你。"老王指着张子贤，气得直哼哼。

张子贤很是委屈："我也不知道会这样啊，我报警怎么会引来这么个人啊？没道理的啊。"

"闭嘴！"老王掐住张子贤的脸，"你再说一句话，我现在就把你舌头揪出来，拉长了勒死你！"

张子贤连连点头。

四人稍微等了片刻，老王才探出头，招呼大家："安全，走！"

老城区的电还没有来。我们四个臭烘烘的家伙，傻乎乎地站在一条遍地都是臭水垃圾、连路灯都没有的百年小巷里，面前一家发廊的招牌上，正亮着粉红色的应急灯。这种发廊，在嘉陵市倒是多见，十多年前治安不好的时候，藏污纳垢，有不少人做些不见光的生意，经过政府多年严打，已经都很正规了。

浪浪发廊。只是卷帘门紧闭，丝毫不像有人的样子。

老王打了两个电话，应该是无人接听，他只好上前凑在卷帘门的边缘，轻轻地呼唤："浪浪，浪浪，你在家吗？浪浪，我是老王啊，我有事找你啊。"

鱼小欢垂着一只胳膊，在老王身边碎碎念："王哥，浪浪姐应该不会理你的。"

"你懂个屁啊！要你放什么屁！"老王骂了句，继续贴着门缝轻声呼唤。

我身体里难受，实在站立不住，一屁股坐在了发廊对面，一直扶着我的张子贤也气喘吁吁地坐下。

鱼小欢也自觉地坐了过来，三个人欣赏着老王的深情呼唤。

张子贤看着鱼小欢突然眼睛一亮："鱼小欢，我看看你的胳膊。"

鱼小欢也没刻意躲避什么，大大方方地一摆右胳膊，这一下连我也看呆了，他整条右胳膊和一条鱿鱼须似的，软塌塌的。

"抬不起来喽！"鱼小欢沮丧。

张子贤早已紧贴住鱼小欢，捧起他的右臂，来来回回上上下下地晃悠，真的就是无骨鱿鱼须的状态，连手指也一样。

"天啊，人体科学的奇迹啊！鱼小欢，你这是怎么弄的？我刚见到你的时候，不是这样的啊。"张子贤像捧着圣物一样小心翼翼，眼中光芒四射。

"我打屋顶上那人，用绝招喽，但一天只能使一次，用完了胳膊废一天，明天早上就好了。"鱼小欢并不太在意自己的秘密，坦白地告诉张子贤。

"奇迹，奇迹！伟大的人体奇迹！"张子贤抱着鱼小欢的胳膊爱不释手，垂涎欲滴。

"真的吗？我这样可以衣食无忧吗？可以出名吗？"鱼小欢很是兴奋。

我狠狠敲了张子贤一下："你放手吧！吓到别人啦！"

张子贤哦了一声，赶紧放手。

"没被吓到啊。"鱼小欢倒很洒脱，"随便喽，喜欢我的胳膊就抱着喽，反正都是男人嘛，没事的啦。"

"我难受！你们两个让我消停一会儿，我真要被你们整疯了。"我简直无奈到了极点，我这是什么命，碰到的都是些什么人啊！

老王的呼唤终于有了效果。

卷帘门被从里面打开了一个小窗口，一个敷着面膜、叼着烟的女人面孔出现在窗口处。

"浪浪！"老王双眼含泪，面似桃花。

"敲敲敲，敲锤子①啊敲，给老子爬！"女子用地道的重庆话，劈头盖脸地一顿骂，啪地一下，小窗口立即关上了。

老王在三秒之后，才让脸上的肌肉蠕动了一下，向我们挥了挥手："走吧。"

我们三个别无选择，起身跟着老王离开，可没有走出几步，卷帘门上的小窗口又打开了。

"等到。"刚才那女子的声音传来。

我们赶紧站住，女子从小窗口看着我们，又说："你，过来。"

我们四个几乎同时指了指自己的脸，最终证明女子口中的你，就是我。

"你叫哪个②？"

"郭子，郭腾飞。"

"把脸抹下，让我看看你啥子样。"

我胡乱把脸上的烂泥污垢抹掉，让她看清了我的脸。

"你，进来！"

卷帘门哗啦啦被拉开了半个人高，我有点受宠若惊，但没有立即进去，毕竟还有张子贤、鱼小欢、老王呢。

张子贤可不会等，蹲下身子立即介绍自己："小姐姐，我叫张子贤，和郭子是一起的，他去哪儿我去哪儿。"

"你也进来。"女子给了答复。

"浪浪姐，我是鱼小欢哪。"鱼小欢天真无邪地呼唤浪浪姐。

"小鱼你也进来。"

---

① 西南地方俚语，语气用词。
② 西南地方俚语，什么的意思。

"浪浪，我是老王……"

"你给老子爬！"

我只好看了看老王，老王吃了闭门羹，虽说一脸的难过，但还是示意我和张子贤、鱼小欢进去。

鱼小欢没客气，一猫腰就钻进去了，我和张子贤紧随其后，也进了屋。卷帘门立即被直接拉到底，老王被拒之门外。

可怜的老王！他到底干了什么事情，让人这么不待见啊？

电还是没有来，在浪浪姐手机电筒的照耀下，我们看清了房间的布置。

浪浪姐穿着一件睡衣，盘着头，敷着面膜也看不出长相，懒洋洋地招呼我们往里面走。原来门面虽小，内藏乾坤，穿过一扇小门，居然是一排老式的居民楼，是嘉陵老城区别具特色的一种建筑，都是新中国成立前建造的，有点像现在的联排别墅，一栋贴着一栋，新中国成立前都是大户人家住的。时代变了，原来的大户人家都没落了，这些老城区的建筑，慢慢也都成了危改房。

浪浪姐吩咐着："你们三个臭死了啊！小鱼，你带着他们，去冲干净，换身店里的衣服。"

鱼小欢显然对这里轻车熟路，黑灯瞎火的情况下，还能七弯八拐地带着我们来到一间有五六个水龙头的浴室。我对店里面有浴室倒不是很惊讶，让我惊讶的是浪浪发廊里面居然如此大，光我们去浴室这一段路，少说也有三层楼，路过几十间房间，转了十几道弯。

鱼小欢看我有些懵圈，解释了一下，说这里以前是一家大的洗浴中心，生意不好关门大吉了，被浪浪姐整个接盘，维护着也没有对外营业，发廊其实是这家洗浴中心的后门。

我们三个正洗着澡，各种电器通电时嘀嘀嘀哐哐哐嗡嗡嗡声响了起来，看来是来电了。来电虽好，我却紧张起来……身体里附着在脊柱上的太银也反应激烈，让我很是难受。

洗完澡，鱼小欢从浴室一侧的柜子里给我们拿出了三套浴衣，让我们换上。

浴衣换好之后，我们正要出去，就听到有人跑过来，闯进了浴室。

正是老王！老王喜不自胜，看了我们一眼，兴高采烈地说："来电了，浪浪让我进来了！我赶紧洗下，一会儿和你们会合啊，小鱼，照顾好他们。"

鱼小欢应了声，带着我和张子贤又是一通七拐八绕，终于推开了一扇门。一进门，一股子烟味呛得我睁不开眼睛，烟雾缭绕之中，几个衣着性感的女子正聚在一张桌前打着牌！她们对我们三个男人的进入毫不吃惊，只是瞟了我们几眼，继续叽叽喳喳地打着牌。

鱼小欢欢乐地呼喊，直冲过去："美美，美美！"他抱住了一个坐在桌前打牌的"美女"，不愿放手。这几个打牌的女子都穿得很清凉，年龄看着都是二十岁刚出头，足够漂亮，身材也足够好，唯独鱼小欢口中的美美身材肥大，说话却是萝莉音："小鱼你坏坏，好痒啊，别弄我啦。"

"就弄就弄。"鱼小欢不依不饶。

我和张子贤有些手足无措，进退不得，只好傻站着，看着眼前的春色满园。

哐的一声，门被一脚踹开！犀利的叫骂声立即刺痛了我的耳朵！

"你们几个又打牌！停电了打牌！来电了打牌！就知道打牌！你们是不是想死嗦！跑到这里打牌！打你们的仙人奶奶！"

如果我没猜错的话，冲进来大发雷霆的女子就是浪浪姐。只是她换了一身衣服，紧身的皮裙衬出她的雪白大长腿，深 V 的黑色紧身衣让她的胸前足以吸引所有人的目光，细腰如同水蛇一般足以缠住你的心头，大波浪的头发随意而潇洒地盘在脑后，赤红的嘴唇，春意无边的媚眼。这种女子，若不是一脸的风尘味道，走在大街上，只怕是个男人都要回头。

只是她冲进房间，咆哮着大杀四方的模样，谁敢招惹她啊！

浪浪姐将在屋里打牌的女子，包括美美在内，连打带踹加咒骂，几乎把她们几个的衣服全给撕了，让她们近乎全裸地从我们身边逃走。

浪浪姐把最后一个女子赶出去，叉着腰在门口大骂："再让老子看到你们打牌，老子把你们脱光丢街上去！"

张子贤的鼻血不知道什么时候流出来了，他赶忙转身，低头，羞愧难当，抬头，仰天止血。

浪浪姐终于安静了下来，把门关上，妩媚地一转身，梳理了一下散乱的头发，冲我很温和地说道："不好意思，失态了。她们是我的几个员工小姐妹，住在这里，平时这里也没有人来，她们穿着打扮随意惯了，没羞没臊的，你们别介意！你们坐，别站着。"

"哎哎哎。"我赶忙应了，哪敢招惹她这只母老虎，找了张凳子半个屁股坐下，挺直了身子。

浪浪姐拿了三瓶水，分别递给我、张子贤和鱼小欢，然后坐在了我的对面。

"郭子，你还记得我不？"

我一惊，抬头看着浪浪姐，眼熟！可我实在想不起来了！

"十二年前，火车上，我们认识的。"浪浪姐媚眼如丝地提示我。

久远的记忆居然一刹那重现了……

十二年前，我二十岁，坐着绿皮火车前往嘉陵，找打工赚钱的机会。当时的我无依无靠，穿着破烂，而且身无分文，又饥又渴。

在火车上，我饿得昏昏欲睡，打算熬过一夜，到了嘉陵再想办法吃点东西。半夜，我被香气唤醒，看见我对面的座位上多了一个穿着清秀朴素、年龄与我相仿的女孩，正捧着一碗热腾腾的方便面在吃。

我闻着香气，看着方便面，忘了当时到底有多失态，反正让对面的女孩扑哧一笑。我赶忙闭上眼，假装继续睡觉，其实口水的吞咽声，已经响彻云天。

"哎，你好！"有人轻轻地敲我的膝盖。

我睁开眼，那个女孩正笑盈盈地看着我，没等我说话，女孩又开口了："你饿了吗？"

"没有没有，我不饿。"我慌忙解释。

"还说没有，你肚子里一直唱歌呢，我知道挨饿的滋味，喏，我刚吃了一半，如果你不嫌弃，给你吃吧。"她笑着，把手里的方便面桶递过来。

"那那那不行，我我我……"我眼睛始终没有离开过方便面，但嘴上还是抗拒着施舍。

"吃吧！别客气了！我吃饱了！我也没钱，要不给你买个新的啦。"女孩直接把方便面桶塞进我的手里。

食物的温热传上我的手，也融化了我的心，我没有再拒绝，低声说了句谢谢，低头猛吃。

"我这里还有半根火腿肠，你也吃了吧。"女孩从自己贴身的小包包里摸出了半根火腿肠，递了过来。

我吃得昏天黑地，一时没有接话，女孩笑嘻嘻地把这半根火腿肠从包装里挤出来，投入方便面桶里。

韧性十足的方便面、Q弹的火腿肠、浓郁的汤汁，竟是如此美味，让我几乎落泪。

我将最后一滴汤喝完，长长地舒了一口气，终于打退了强烈的饥饿感。我和她聊了起来。她叫梁彩花，大山里的姑娘，这是她第一次自己出远门，去嘉陵投靠同村的小姐妹。

她，就是现在的浪浪。虽然记忆里的她，完全无法与现在的浪浪画上等号，可在浪浪看我的眉眼之间，我还是能读出梁彩花的那份单纯和善良。

"你是梁……"我喃喃自语，记起了她的姓，却一下子想不起她的名。

"可以了，别说了，就是我，现在我叫浪浪，你以后叫我浪浪就好。"浪浪一副大姐大的样子，很爽朗地笑了起来，夹杂着一丝酸楚。

"你们认识的哇！我就说怎么浪浪姐能让我们进来呢！"鱼小欢认真地做着解说。

浪浪点起一根烟，吸了一口，似乎没听到鱼小欢在说什么，看着腾起的烟雾，自言自语一般地说："其实那天在火车上见到你的那一刻，我就知道你和我一样，不属于这个世界。"

"后来呢？你们好过吗？"鱼小欢又插嘴。

"小鱼，闭上你的嘴！想死了嗦！"浪浪两眼一瞪，不怒自威。鱼小欢立即把嘴闭紧，一丝气也不敢放。

"后来……"浪浪陷入了回忆，她慢慢地讲出了一个故事。

我本想阻止她，因为这个故事，是我本想彻底遗忘的故事。

十二年前的我，老实又木讷，受了方便面之恩，我虽充满了感激，但不知道怎么表达。浪浪反而话很多，问东问西的，我能说的尽量都说了，唯独把自己能穿墙的秘密，藏得很深。

天亮之后，火车到了嘉陵，我帮浪浪提着行李，一起出了站。

在站前广场上，我本来打算与浪浪就此别过，天各一方，可浪浪主动要我留下联系方式。我正要留下联系方式，不料浪浪被抢了，她的贴身小布包被人一把拽断。

十二年前，嘉陵火车老站还是个很混乱的地方，三教九流很多，很不安全。抢浪浪包的人，是和我们同一节火车厢的，一直对浪浪不怀好意，谁料他们直接干出抢包的恶事。

我当年也是血气方刚，见到浪浪的包被抢，她尖叫着追过去，我也毫不犹豫地追了上去。

然后，我在火车站旁的小巷里追上了他们，我双拳难敌四手，反而被狠狠打了一顿，等浪浪跑过来找到我的时候，我已经被打得头破血流。

浪浪哭得很伤心，我心里难受极了，不顾浪浪的劝阻，独自追赶他们。

我在一家小旅馆的后门发现了他们的踪迹，浪浪的包已经不在他们手里了，我知道他们把那个包放屋里了，于是没有丝毫的犹豫，直接穿墙而过。

等我拿着浪浪的包，穿墙而出时，我看到了浪浪，她呆呆地看着我，因为她目睹了我刚才穿墙而出的全过程。

我慌了！当时我的大脑里一片空白，我把包塞给浪浪，拔腿就跑。

浪浪在我身后追赶着我："郭腾飞，我看到了！你不要跑！"

不，我不能停下！我害怕别人知道我会穿墙！

浪浪继续大叫着追赶我，脚下不稳，跌倒在地。

我站住了，但我远远地看着她爬起来，并没有上前。

"别走，别走，我也有个秘密，你要听吗？"

"对不起，我该走了。"我转头又跑。

"郭腾飞！你结婚了吗？"

我停下，摇了摇头。

"那你有女朋友吗？"

我还是老实地摇了摇头。

"那你觉得我可以吗？"浪浪的声音颤抖着。

我还是狠狠地摇头，脚步加快，用最快的速度，远离了浪浪的视线。

从此，我再也没有见到过浪浪，这一别，就是十二年。

浪浪抽完了一根烟，她讲完了这个故事，我也从过去的记忆里回到了现实。

"你走以后，我找过你一段时间，后来，死心了，以为你不在嘉陵了。"浪浪轻轻笑了一声，把烟头在烟灰缸里压灭，看着我，很平静地说，"其实呢，我后来见过你，你娶了我的一个姐妹，叫马静。我去过你们的婚礼，可惜你完全认不出我了。也难怪，你还是那副傻样，而我变了。"

我思绪翻滚，但一句话也说不出来。

张子贤一直在流鼻血，不知道为何止不住，浪浪瞪了他一眼，从桌上抽了几张卫生纸，递出去："擦擦你的血！把鼻孔塞紧！要不是郭子在，我一脚把你踢出去！"

张子贤慌忙上前哼哼唧唧地接过，自顾自擦鼻血塞鼻孔去了。

当不当正不正的，老王这时候推门而入，张口就是一句让人酥麻的呼唤："浪浪，你在呢，我来了。"

我们的目光顿时都落在洗漱完毕的老王身上，他洗得白白净净，头发梳得油亮，打了发胶，嘴上叼着一支塑料玫瑰花，还明显看出刮胡子着急不慎留了伤。

浪浪上上下下瞟了几眼老王，眼神中全是嫌弃："叫什么叫！坐到！"

老王看气氛似乎有些不对，本来想好的献花情节不能实现，悻悻然坐在一旁，多问了一句："浪浪，你们还好吗？我要不要先介绍一下？"

鱼小欢及时插话，他好像特别擅长做解说："王哥，你没戏了哦。"

"什么啊？"老王面露不解，但看我低着头，他似乎又有点明白了，"郭子，你是浪浪的客人？"

"放屁！"浪浪把手里的烟头直接往老王脸上弹，"给老子爬出去！"

老王大惊失色，赶紧辩解："浪浪，你别生气，别生气啊！我这张臭嘴！我打我打，我打我自己！"老王说着，就往自己脸上扇，打得啪啪作响。

"够了够了！"浪浪不耐烦地哼了哼，续起一根烟，"讲讲，怎么回事？"

老王眉开眼笑："浪浪，是这样……"

老王添油加醋，把自己描述得英勇无比，把从和我们相识，到如何摆脱彭总、崩哥追杀，到遇见黑袍人，直到来到浪浪这里的全部过程讲了个清楚。

浪浪在屋里踱着步子听完，低语道："华运会，黑袍人，太银毒，好多年没和他们打过交道喽，怎么这次这么大动静？只是为了抓住郭子？郭子是有本事，但他只是老实本分的普通人，没有必要啊！"

"浪浪，这对我们来说，可是扬名立万的好机会！你好歹也是嘉陵分社的副社长！"

"是个屁副社长！我什么时候当的？老王，你压根没有一点正经！借老娘的钱，得还！"

浪浪白了老王一眼，走到我面前，一把扯开我的浴衣前襟，露出被太银击中的胸口位置。

我微微紧张，不知该如何是好，只能任她摆布。

浪浪看了看我的胸口处，未见明显伤口，但清晰可见被击中处的皮肤下青紫色的血管四散成半个手掌大小。

浪浪把我的衣服拉回，沉思片刻后说："好在小鱼把黑袍人的笛子给击碎了，要不你早该死了。现在太银毒处在蛰伏状态，他一时找不到你。腾飞，你跟我来，我得把太银毒赶紧拔出来。"

我赶忙应了，起身跟着浪浪就要出屋，老王、鱼小欢、张子贤正要跟着站起，浪浪斥骂道："你们三个老实待在屋里。"

在一间亮着粉红灯光，环境很是暧昧的按摩房里，我趴在床上，上身赤裸，紧张得满头是汗，肌肉紧绷。浪浪正伸出一双冰冰凉凉的玉手，如葱的五指在我的背上来回游走，反复摩挲我的每一寸肌肤。她的脸离我如此之近，我甚至能感觉到她温热的呼吸，喷洒在我的身体上。

"紧张什么！放松！"浪浪啪地拍了一下我的屁股。

我只好努力地让自己不要在乎这些，竭力放松下来。浪浪的手终于在我的脊柱处停下，然后她整个人伏在我的身上，低下头，用她的舌尖在脊柱处轻轻地贴吸。

"浪浪姐……"我实在不好意思，身子微微挪动。

"孩子都有了，别一副没见过世面的样子！"浪浪轻柔地笑了笑，"我对你没兴趣，你别动，马上好了。"

我只好继续强忍，浪浪再次贴吸了片刻，坐直了身子："你的体质非常特殊！好事，我有办法了！"接着她厉喝一声，"看够了没有！"

门口哎呀几声乱叫，门被撞开，老王、鱼小欢、张子贤叠罗汉一般倒下，层层叠叠地落在一起，老王被压在最下方，三人彼此拉扯，一时间站不起来。老王尴尬解嘲："我们是想，看看能不能帮上手。"

浪浪大踏步从他们三个人的脑袋上跨过，走了出去。

老王愤愤然爬起，来到我的身边，很是忌妒地看着我，我面色潮红，很不自在，老王拍了拍我的肩膀，义正词严地说："郭子，浪浪是在救你，你可别想歪了啊。"

"老王，我没想歪，我看是你想歪了。"我当即反驳。

老王换上一副诚恳的表情说："浪浪，我追她有十年了，还差一点就能娶她，刚才小鱼和我说了，你十多年前差点和浪浪好，你可得对你老婆孩子负责啊，别坏了你老哥我的人生大事。"

我无奈叹息："懂的，老王你放心吧。"

鱼小欢又插科打诨："王哥，我看你死心吧，浪浪姐不会和你在一起的。"

老王一跃而起，揪住了鱼小欢："鱼小欢，还不是你害的！"

两人缠斗起来，互相揭短，言语不堪入耳。张子贤坐到我身边，继续给自己鼻孔里塞上卫生纸，怅然说："郭子，我毫无存在感，这就是江湖吗？好复杂，开眼界了。"

"嗯，算是吧。"

"还是科学界好。"

"嗯，是的，你说的都对。"

"我第一次来这种地方。"

"啊？哦哦，是是，你以后最好别来。"

一小时后，浪浪再次驾到，这次她换了一身衣服，热裤加小背心，头发高盘，卸了妆，露出素颜。

浪浪从小篮子里取出一套拔罐用的玻璃罐，型号比一般的小了一大半，很是袖珍。她命我趴好，点燃一段非常好闻的线香，吹燃香头，在玻璃罐里烧，突突突突突，眼疾手快地在我背上下了十余个小罐。

浪浪表情凝重，屏息静气，拉着小罐在我背上不断地变换位置，似乎在引着我体内的太银毒聚集。老王他们三个蹲在角落，无人敢言语。

房间里落针可闻，我也开始感觉到，脊柱一带有细小的物质开始聚集成团，慢慢向我的皮肤渗来。

"收！"只听浪浪低喝一声，我顿时感到一团滚烫的液体脱出身体！

当当当当当当当当！密集的金属撞击玻璃的声音响起，浪浪速退两步，用玻璃盖子紧紧封住一个小罐，半晌之后才松开了手，举手亮出。只见一个玻璃小罐里，有一个银灰色的金属小球，很像一个水银珠子，在玻璃小罐里撞来撞去，慢慢地消停下来，最后竟然能悬浮在小罐中。

浪浪满脸是汗，看得出她的消耗也非常大，浪浪看着小罐里的太银珠，笑了起来："终于让我逮到一颗！"

老王、鱼小欢、张子贤和我都围上观看，啧啧称奇，老王抹了一把汗，问："我也是第一次看到太银这个形态，浪浪，很危险啊，如果你没把太银封住，会怎么样？"

"让你们留在这儿，就是怕万一，好让太银上你们的身！特别是你，老王！"

张子贤恍然大悟："原来我们是替死鬼？"

老王言语中透着酸楚："浪浪，你真的这么狠心啊？"

"对你还客气什么？"浪浪狠话说尽，毫不留情。

鱼小欢上前一步："浪浪姐，我想中中太银的毒，感受一下，你下次用我啊！"

浪浪没搭理鱼小欢，看着我说："腾飞，没事了，但你这两天最好不要穿墙，我怕有遗毒，你穿墙难说有什么后果。"

我点头称是。浪浪调整了一下自己的呼吸，叮嘱道："我很累，先去休息了，腾飞你们几个，老王带你们去 VIP888 房间，好好睡一觉，明天起床，先不要到处走，在房间里等我安排。"浪浪说完，转头离去。

老王黯然自语："她叫你腾飞，呜呜呜，她只叫我老王。"

我们四个人在老王的带领下，兜兜转转地往下方走，穿过几道门，终于来到了 VIP888，应该是一间位于地下的房间。

进房之后，里面恰好有四把宽大的按摩椅。老王熟练地打开了电视，在遥控器上按了几个按钮，电视画面里蹦出八个小窗口，全是监视器的画面，包括浪浪发廊的门口、旁边的街道、进门的洗头间、各个房间的路口。

本来浪浪发廊内部庞大的构造已经让我够惊讶了，现在见到这种监控严密的程度，更是感慨不已，浪浪现在到底是什么人？

老王似乎看出了我的疑惑，躺在按摩椅上，很是神秘地说："是不是对浪浪是什么人很好奇？"

我和张子贤都连连点头。

"浪浪，江湖人称浪浪姐，第一身份是明心社嘉陵分社的副社长，我的搭档，第二身份才是嘉陵市花门的掌门！"

"花门？"我记得很多小说里写过这个门派。

"花门，旧社会的称呼了，现在浪浪把嘉陵花门称作嘉陵按摩洗浴姐妹互助会，简称'妹助会'，她是会长。"

"这名字很新颖。"我赞叹一句。

"妹助会呢，下面有几千号姐妹，分了七八个五百人的QQ群，浪浪统一管着。"

"这里面这么大，这么多房间，真的没有人知道吗？没人会来？"我追问。

"浪浪混了这么多年，里里外外也认识不少人，所以一般也不会有人来硬闯。就算硬闯呢，像我们这间房，他们也找不到门，很安全啦。大家都累一天了，踏实睡个觉吧，看看明天浪浪怎么安排。"

老王倒头就睡，睡在最里面的鱼小欢已经打起了鼾，张子贤今天又累又失血过多，一翻身，看起来也睡死了。

我暂无睡意，盯着电视上的监控画面，外面毫无动静。渐渐睡意袭来，我正要睡下，却看到监控画面里有几个熟悉的人影来到了浪浪发廊门前。

那丑陋无比的公鸡步，不就是牛二吗？牛二带着几个人，正在浪浪发廊门口晃荡。

我立即拽了一把身边的老王："老王老王！外面有人！"

老王哼哼唧唧坐起来，看了一眼电视监控画面："是牛二啊！"

"你看他们在门口晃来晃去不走！"

"不用管他，牛二没资格进来，给他十个胆子也不敢，睡吧，没事！"

"可你看，他好像在安排什么。"

"那是他在吹牛呢！不管他！睡觉！"老王毫不在乎地躺了下去，再不搭理我了。

我战战兢兢地看着画面，牛二唾沫横飞地说了半天，又带着一群人大摇大摆地走出了监控画面。

也许真如老王所说吧，我们现在是安全的。

这一觉睡得很沉，但有很多的梦，梦里天翻地覆，我却在一觉醒来之后，什么也记不得了。

门被敲响的时候，我才醒过来，一骨碌便坐了起来，老王应该早醒了，所以他应了一声："谁啊？"

"王哥，是我，美美，浪浪姐让我来的。"门外萝莉音传来。

老王开了门，身形巨大的美美提着几个袋子走了进来："浪浪姐给你们挑了几身衣服，还有鞋子，让你们换上。这是王哥的，这是郭哥哥的，这是这位小眼睛哥哥的，这是小鱼哥哥的。"

"美美！"鱼小欢刚才明明还在打鼾，怎么就醒了？他蹦过来，娇小的身躯抱住了宽大的肉体，"亲亲，美美，亲亲。"

"哎呀烦死了，你们先换衣服嘛，晚点你来找我。"美美的声音和姿势，让我的鸡皮疙瘩掉了一地。

美美出去后，我们换了衣服，想不到都很合身。

我的这身衣服，大概是我活到现在穿过的最贵的衣服了，衬衫、夹克、西裤、运动皮鞋，衣服贵不贵，是能感觉到的，不仅仅是舒不舒服的问题。

鱼小欢穿着一身标准的运动服，指着胸口的商标高兴不已："看，牌子货！"

鱼小欢手舞足蹈，他睡了一觉，那条鱿鱼一样软的胳膊果然恢复正常了。

老王穿着一套复古的海派洋装，正和他平时的风格一模一样，他将了将自己的头发，得意地说："浪浪真懂我，知道我喜欢定制的古装！满满都是爱啊。"

"我这这，我这是啥打扮啊？"张子贤也穿好了衣服，语气迟疑。

我认真一看，差点喷饭，他那身花花绿绿的，和牛二的着装风格别无二致。

"我是个严肃的科学家，以这身打扮见人好丢人啊，裤裆还这么紧，是不是浪浪大姐对我有什么误会啊？"张子贤苦不堪言。

"什么大姐！张子贤，我请你放尊重点！是浪浪姐！你觉得不好，我让人给你买围裙去，昨天那身内裤加围裙特别适合你。看什么看，不服气就走。"老王护花心切，横眉冷对张子贤。

"那我还是穿着吧。"张子贤坐下嘀咕着，"都欺负我，我忍着，我就不走，我就不走。"

四人正在各自整理衣裳，忽听门口有人大喝："郭子！你果然在这里！"

我们均是一愣，转头一看，只见牛二以离弦之势，向我飞扑了过来！我躲避不及，被他一把抓住，推倒在按摩椅上。

牛二威胁着："郭子！你这事可大了！你还敢跑！老子找你找了一晚上！"

老王、鱼小欢、张子贤冲上来就撕扯开牛二，牛二耍蛮力挣脱，退到门边，叫嚷着："你们有种别跑！"然后他掉头就跑。

"抓住他！"老王带头冲过去。

岂料，牛二站在门口没动，反而后退回来，紧跟着的是浪浪，浪浪双眼闪烁着异样的光芒，直视着牛二的双眼。

牛二应该是魔怔了，浪浪看着他，他退进了屋内，木桩一样地看着浪浪，一动不动。

浪浪轻声说："牛二哥哥，你该洗头了。倒！"

牛二应声而倒，浪浪身后随即有美美和几个姑娘冲进来。

浪浪厉声斥责："是谁放他下来的？"

美美和其他几个姑娘都花容失色，纷纷辩解："我真的不知道他是怎么进来的。"

浪浪命令："扶他上去！"

美美赶忙和几个姐妹将牛二扛死狗一样给扛了出去。

浪浪并未离开，她一言不发地走到电视前，按了电视底部的几个按钮，浪浪发廊的前厅监控画面被放大到整个屏幕上，并传来了说话的声音。

牛二瘫坐在座位上，眼睛依旧发直，一个小妹伸出手指，在牛二鼻下放了放，牛二一下子清醒过来，坐直了身子。

小妹甜腻腻地问候："牛二哥哥，该洗头了。"

牛二有些纳闷："我刚才恍惚了吗？"

"没有啊，哥哥一直很精神啊。"

"可我咋觉得眼睛一闭，又一睁……"

小妹酥胸半露，贴上了牛二的后背，玉指摸上了牛二的脸颊："一闭，又一睁，是干吗呀？"

牛二色心荡漾，沉醉在温柔乡中。

浪浪松了口气，把画面恢复原状。

"这个牛二估计是趁我们大意，跟着美美下来的，他这个人的直觉有点厉害，我这么重的乱魂眼迷他，他醒来竟能有点察觉。"浪浪微微思索。

"来了不少人啊。"老王盯着电视说。

果如老王所说，浪浪发廊的门口，侧面的街道陆陆续续来了不少流氓打扮的人，在附近或坐或站，这些人我大多眼熟，都是牛二的手下。

"全是牛二的人。"我提醒着。

浪浪也一直看着各路监控画面，说："有点麻烦。"

说着她拿出手机，戳戳点点，不停地发语音："三妹，叫你的姐妹盯好老街路口。""娜娜，去看望一下王所长，看他知道什么，立刻去。""阿肥，咬一下崩哥最近包养的雨虹。""果果，牛二下面那个屁麻，让他去你那儿，

137

跟他说有事要麻烦他！"

她陆续地下好了指令，转头对我们叮嘱道："你们今天哪里也不能去，继续在这间房间里待着，我看看老城区一带是什么情况。先走了！"

浪浪快步离去，关好了房门，咔嗒一下，还给上锁了。

浪浪这一走，门一锁，就是两天。

虽然不愁吃喝，但我们四个也像坐牢一样难受。更让人心烦的是，从监控画面里可以看到，牛二在浪浪发廊门口扎根了，他从早到晚都在附近晃悠，手下的流氓也是三班倒，时时刻刻都有人盯着。牛二的认真程度，让我觉得他要是洗心革面，干好事也能干得很出色。

在这两天禁闭期间，我们实在受不了张子贤的絮絮叨叨，他坚信科斯伯格能帮到我们。老王问了浪浪，最终浪浪同意了用一种代理方式，以虚拟号给科斯伯格的助理打了个电话。

很可惜，电话里传来的声音是："你好，我是科斯伯格先生的助理林娜，我正在南极考察冰川活动，无法接听你的电话，请在嘀声后留言。嘀！"

"林娜，我是张子贤！我……"张子贤正要呼救，老王果断地挂了电话，无论张子贤怎么央求。他抱怨我们不让他说话，他说人在南极难道就不能帮忙了吗，难道不能听到留言了吗。反正电话是无论如何也不让张子贤再打了。

第三天，浪浪终于来了，还带来了一个我的熟人，陈八万！他就是给我做假证的那位，我的老乡！怎么，他也是明心社嘉陵分社的人？

陈八万兴奋地和我拥抱："郭子，终于又见到你了！"

陈八万恭敬地和老王握手："社长！我来了！对不起，我来晚了！"

陈八万严肃地批评鱼小欢："小鱼，你没乱来吧？"

陈八万指着地上被绑着、嘴里塞着袜子的张子贤问："你是谁？社长，他是谁？穿得这么花哨，是牛二手下的流氓吗？我打！"

我问道："八万，你是不是和老王说过我的事？"

"作为嘉陵分社的一员，我必然说过啊！郭子，现在我们在一个战壕了，不要在意过去的细节。"

"我也是服了。"

浪浪打断了我们的废话："都闭嘴吧，听我说。现在的情况不太妙，华运会这次下了血本，老城区一带全是他们的眼线，苍蝇恐怕都飞不出这片老城区，有可能华运会现在的会长无眉也在嘉陵坐镇。早晚他们会找到我们这里，现在最好的办法，是我们拖住他们，引开视线，让腾飞自己逃出嘉陵。"

"啊？"我心头一紧，"我自己？那你们呢？他们会杀人的！我不能丢下你们自己跑掉。"

"你先别管我们了，腾飞，我虽然现在还想不明白，为什么华运会宁肯暴露身份，也要抓到你或者直接杀了你，但你身上一定有让他们极为担心的地方。明心社的使命就是保护你。"

"可我，可我自己能去哪儿呢？"

"是个问题……腾飞，我们也想和你一起出去，得看机会了，也需要你帮我们。"

"我能做什么？浪浪姐你说，都这个时候了，只要我能做到。"

"腾飞，我叫陈八万来，是因为他有仿造复制的本事，少了他不行。我们的计划是这样的。"浪浪认真地看着我，开始讲述她的安排。

下午两点，在浪浪发廊门口斜对面的苍蝇馆子里，牛二正带着几个人吃冰粉，有个人坐在了他的正对面，他一抬头，满嘴的冰粉喷了一桌子。

因为他对面坐下的人，正是我！

"郭子！你……"牛二站起来就要抓我，我动作比他快，跳起来让他抓了个空，就向后厨跑。

牛二和他的几个手下，如同一群疯狗似的，把店里撞了个稀巴烂，纷纷冲进后厨，可那里现在哪有我的身影。

牛二大骂："郭子！你跑不掉了！"

战战兢兢的店老板举着菜刀，人都是蒙的，牛二指着店老板叫骂："刚才进来的人呢？你把他藏哪里了？交出来！"

店老板声音颤抖："我我我在切肥肠，没看到人啊！"

"放屁！我们都看到人跑进来了！刀放下，把人交出来！"

"你看我这里屁大点地，哪里能藏人嘛！"店老板赶紧放下刀，尽力解释着。

"我在这里，别为难老板。"我站在门口高喊。

牛二一回头，见正是我，一群人又如同疯狗一样冲过来，我撒腿就跑，没几步便转入小巷。

牛二穷追不舍，追进小巷，正看到我在前面拐弯处站着等他们，嗷的一声号，身先士卒，恶狗扑食一般向我扑来。

我一闪身，进了拐角，念头一起，穿墙而过。只听到墙外牛二哀号："人呢？人呢？追追追！"

我要甩掉他们简直易如反掌，因为我可以随心所欲地穿越任何墙壁，我来到苍蝇馆，离开苍蝇馆，都是如此。牛二就算智商再高，只怕也不会想到我是靠穿墙逃跑的。

在极其现实的世界里做出超现实的举动，除了张子贤这种科学疯子，没有人会想到。

牛二调动了监视浪浪发廊的所有人马，对我进行抓捕，老城区里鸡飞狗跳，人仰马翻！

我就在前面，来抓我啊！来啊！

就在我大显神通的时候，浪浪发廊的后门处，一辆满载着西瓜的小卡车缓缓地驶出了小街，向着老城区外慢腾腾地驶去。

这些西瓜里，藏着三个人头。

何去何从

最约束我们的，是封闭不开窍的脑瓜。

牛二对我的追逐，是一场十足的猫鼠游戏，我甩掉他，他又会再次出现，反反复复。牛二对我这块即将到嘴的唐僧肉锲而不舍，我也将他们引向了远离浪浪发廊的老城区深处。

大约一小时后，我再次出现在牛二前方的时候，牛二累得已经要崩溃了。

"郭子，你是我爷爷，你别跑了。"牛二撑着自己的腿，气喘不止。

"你怎么老能找到我？"我故作惊诧。

"是你老出现好不好。"

"那我现在走？"

"郭子，慢慢慢点，我就问你一句话，你是怎么跑掉的？给点提示吧！"

"我……"我犹豫了一下，笑了笑，"我会穿墙术。"说罢转身就跑。

牛二怒骂："说实话有这么难吗？你真当我傻啊！追啊，都给我追啊！"

我再次甩掉了牛二，看了看手上浪浪送我的手表，已经到了约定的时间。我再没有耽搁，按着约定好的路线一路穿墙，终于在一对老夫妻的瞠目结舌下直接穿墙而过，跌入了一辆老年人代步车里！这种老年人代步车，嘉陵有很多，其实就是一辆带铁壳子的电瓶车，号称一厢两座，也就是前面一个座，后面一个厢。

只听浪浪的声音喊我："准时，不错！我们走了！"这辆代步车载着我疾驰而去，直接离开了老城区。

我坐定了身子，看向司机，却是一个老太太，老太太回头冲我一乐，哪有一点浪浪的模样？要不是刚进来时听到浪浪的声音，我怎么也不敢相信她们是一个人。

"认不出来了？"浪浪的声音倒是没变。

"你不说话，真认不出来。"

"你趴下，别露头，我们真正离开，还得一阵子。"浪浪熟练地驾驶着代步车。

很快，我们在路上便碰见了查车的，我直接穿过车底，吊在底盘上，这样便能神不知鬼不觉地躲过。只听到查车的警察告诉浪浪，嘉陵有杀人犯潜入，叫她小心。

敢情我就是杀人犯啊？真没天理！这些抓我的人，真是手眼通天，好大的本事！

浪浪和我终于出了嘉陵城区，来到了乡间土路上，浪浪说了句"现在没事了，你坐好吧"，我才敢坐直了身子。

"浪浪姐。"

"你对我不用这么客气，叫我浪浪。"

"哎，浪浪。张子贤、老王、鱼小欢他们能逃出来吧？我挺担心他们的。"

"应该问题不大，就算被发现了老王他们还能来硬的，只是张子贤说不好。"

"为什么不让他们也和你一样乔装打扮跑出来呢？"

"哈哈哈，他们平时自己都演不好，你觉得他们有演好别人的演技吗？"

"嗯嗯，那倒是。只是让他们扮成西瓜……总觉得……我不是质疑你啊。"

"也许不是最好的办法，他们想一起逃出来，确实不容易。另外，扮西瓜是个经验之举，你知道扮西瓜最难的是什么吗？西瓜堆里埋死人，就是脑袋不好藏。陈八万有这个水平，他把人扮成西瓜，从来没有被发现过。宁可在成功的路上跌倒，也别自寻死路。"

浪浪讲得很深刻，我其实听不懂这里面的逻辑，她是江湖人，江湖人的想法理应与众不同，是我肤浅了吧。

我换了个话题："浪浪，你说你给牛二打过乱魂眼，牛二好像也把事情忘了，就是催眠术吧？"

"差不多，我这个比催眠术强，能取出你身体里的太银，也多亏了我眼睛的本事。"

"你能控制其他人的心智吗，比如让张子贤忘了我？他只是个科学家，不应该掺和进来。"

"哈哈哈！"浪浪大笑起来，"我哪有那么厉害，我这乱魂眼啊，平时最大的用处，是让客人多充点值，少闹点事，办事图个方便而已。"

我再次哑然，浪浪说得轻描淡写，比我洒脱多了。

"那嘉陵像你们这样的，明心社还有多少？"

浪浪略略沉默了一下才说："也就这几个，老王、鱼小欢、陈八万和我，我也只能算半个，老王非要给我一个嘉陵分社副社长的身份，我从来没承认过，但明心社的正经事，我会帮忙。其实这次我出手，关键是因为你的对手是华运会。"

"华运会比明心社强对吧？"

"以前是手下败将，现在比明心社可不是强一点。老实说，我们根本不是他们的对手，华运会里面像我们这样的人，很多很多，他们收编不了就会给杀了，他们不是什么好东西，底子就是黑的。"

我大概问了这些后，车已经开到了一个三岔路口。路边有一个破败不堪的农家院，看样子以前是一家修车店，因为院前木桩上钉着补胎加气的招牌，只是年久失修，只能看出"胎""气"两字。应该是没有汽车再走这条路，便荒废了。

一辆西瓜车正停在院外，浪浪冲我说了声"他们居然比我们先到了"，便把代步车停在农家院的大铁门前，下车拍了拍铁门说："老王，开门！"

只见一个身影从铁门里面闪出，迅速给我们开了门。从衣着打扮来看，这肯定是老王，只是脑袋上套着一个西瓜，扣得严丝合缝，只露出鼻子眼睛，好像天然长在老王脑袋上似的。

浪浪进了院，便看到陈八万、张子贤迎了上来，身后还跟着一个头戴着西瓜的，应该是鱼小欢。看来是我和浪浪到来之前，陈八万先给张子贤把西瓜摘了，再陆续给鱼小欢、老王摘。

众人终于聚齐，分外感慨，浪浪迅速给自己卸了妆，还是那股御姐女王的劲头。

张子贤见到我激动异常，拉着我直嚷嚷："我以为我要壮志未酬身先死了！没想到能活着见到你！"

陈八万解释道："有惊无险！"

几个人混乱地描述一番，不过我听明白了，他们出老城区，是非常惊险的一段经历。

原来，陈八万乔装成司机，老王、鱼小欢、张子贤扮成西瓜，藏在西瓜车的西瓜堆里，一路往老城区外开。因为我吸引了大量的人，西瓜车畅通无阻地来到老城区的边缘，正要驶离时，被一个人拦了下来，居然是牛二的死对头余三。

余三逢车必查，陈八万的车上正常查除了西瓜也没有其他的疑点。余三本想放行，却不知哪根筋抽了，非要挑个西瓜吃。陈八万赶忙要奉上，余三却不干，非要自己挑，拿起手里的西瓜刀咔嚓便是一刀砍下去，直接将一个西瓜砍开。

余三很不高兴地说："生瓜！"挥手又是一刀，咔咔咔连砍三个西瓜，转眼就要砍到老王他们三个西瓜脑袋上了。

陈八万叫屈："大哥，您这样砍瓜，我没法做生意了，行行好，我给你挑个又大又甜的。"

余三的手已经摸到了张子贤的西瓜头上面，他敲了敲西瓜头，张子贤当时差点就吓尿了。老王、鱼小欢见势头不对，也都冒汗，几乎按捺不住。

余三没有一点提示，咔嚓一刀挥下，红水横流，这才喝了声："那就这个吧！"

余三并没有砍张子贤的脑袋，而是把他手边的另一个西瓜给砍开了。张子贤愣是没吭声，因为他在余三喊出话时，已经被吓得翻了白眼。

"这个不错！"余三哼了哼，让小弟把砍开的西瓜拿下来，大手一挥，"走吧！"

陈八万赶忙对余三千恩万谢，余三放行，他们这才出了老城区，后面一路顺风，再没有什么麻烦。嘉陵真是个奇怪的地方，可能因为盛产西瓜，所以只要是西瓜车，从来没有人怀疑西瓜堆里藏了人。后来我才知道，人埋在西瓜堆里，若是脑袋不露出来，车上一颠簸，是会被西瓜压死的，嘉陵一带有很多人就被西瓜压死过。

陈八万给鱼小欢、老王摘下西瓜头的本事，让我大开眼界。他这个做假证的，我以为他人生最大的本事就是做假证，谁料他抱住鱼小欢头上的西瓜，微微发力，西瓜便变化成了一大堆缠在脑袋上的泡沫塑料带。

怪不得浪浪说他会伪造复制，原来真实的情况是这样的！浪浪化装成老妇的脸，我完全看不出任何破绽，兴许也有陈八万的手笔。

陈八万邀功："这次维持了这么长时间！我功力又大长了啊！"

张子贤忍不住问："如果你不给我们取下来会怎么样呢？自然恢复吗？"

陈八万耸了耸肩："如果我不解下来，可能会爆炸。"

老王还顶着西瓜头，听陈八万这么一说，一脑袋扎了过去："你要杀人啊！快给我解下来！"

老王终于摆脱了他的西瓜头，一行人总算收拾停当。老王得意洋洋地拉开院中的一块大油布，显出一辆印着"馄饨王"三个金色大字的破烂面包车。

"大家好！欢迎来到明心社嘉陵分社一号驿站！养兵千日，用兵一时，你们看到的，就是本社的战车——馄饨号！马上，我们就开车上路，去往嘉陵分社的疗养地暂避！"

鱼小欢围着面包车看了半天，赞不绝口："哇，里面都是真皮座椅哟！"

浪浪叉着腰，很是不屑："你借我的钱买车，就买了这辆破面包车？"

"买车送院子！还有这个院子啊！我再有点钱，一定好好装修一下！作为我俩的爱巢！"

"爬！"浪浪一脸凶光，上前就要给老王一脚。

老王连忙躲开，觍着脸献媚："现在我就启动一下战车！让你们听听我车上的低音炮。"老王拉开驾驶座，拍了拍方向盘，很是满意地从座位下翻出钥匙，打火启动。

嘎嘎嘎，嗡嗡嗡，面包车狠狠地呻吟了几下，嘭地喷出一大股黑烟，车身剧烈地颤动了几下，趴窝了。

老王面红耳赤，辩解道："一定是我好一阵子没来，受潮了，我再试试。"

"别试了！"浪浪转身对陈八万说，"八万，现在大家都没事了，我们也不能再耽误，还是先开你的西瓜车，咱们尽快离开，离开嘉陵地域之后，关于车的事情，我再想其他办法。"

老王不甘心，还是坚持给他的面包车打火，可惜只唤出有气无力的吱吱吱声。他又打了几下火，突然停手，抬头看向门口："你们听到声浪了吗？"

"王哥，车子还没点着啊，哪会有声浪呢？"鱼小欢抢白。

老王突然大吼一声："都躲开门啊！"

汽车的咆哮声已经由远及近，咣唥一声巨响，一辆黑色的SUV直接撞开了铁门，冲进院内！铁门被直接撞脱，重重地砸在西瓜车上，车翻，门飞，激起了滚滚尘烟！

大家纷纷后退，刚刚各自站定，十几支黑洞洞的枪已经指向了我们。

"都别动，敢动打死你们。"有人咆哮着威胁。

鱼小欢本想动手，被老王按住，浪浪也急促地轻喝："我们别动！"

烟尘渐渐落下，我也终于看清了来人。

彭总举着枪，不耐烦地用手扇开面前的灰尘，他身旁全是穿黑色西服的持枪大汉，看模样绝非崩哥的流氓做派，显得杀气腾腾、训练有素。

崩哥、余三也带着几十号人闯进了院子，顿时把不大的小院围得水泄不通。

崩哥在架势上显然比彭总更嚣张，他举着一把砍刀，指着我们，臭骂着："跑啊，我看你们再跑啊！敢耍老子！"

彭总嫌弃地低骂了声："崽子，滚开。"

"哎，好的！"崩哥顿时蔫了，示意自己的手下们站开一边。

浪浪、老王、鱼小欢、陈八万、张子贤和我，我们几个聚在一块，紧紧依靠着墙壁，并没有人多说一句。

彭总见这种局面，收了枪，居然露出标志性的和蔼笑容："浪浪，又见面了。"

浪浪笑盈盈地答复："彭总百忙之中，还亲自来照顾我们啊。"

"浪浪。"彭总没接浪浪的话，"你不是说你不是明心社的人吗？怎么掺和进来了？来来来，你先过来，我当什么事都没发生过。"

"哎哟，我说的话彭总还当真啊。"浪浪妩媚万分，毫无紧张，"咱们还是直说吧，你们想怎么样？"

"我当年也和老王说过，时代不同了，咱们井水不犯河水，而且我们随时欢迎你们加入。老王，是不是啊？"彭总看着老王，有些嘲讽。

老王哼了哼："可惜道不同啊。"

"好好，那我也不绕弯了。"彭总冷哼一声，"郭腾飞是我们要的人，把他留下，你们几个，离开嘉陵，不再回来，就什么事都没有了。"

"我要说不呢？"浪浪答复。

"浪浪，你也看到了啊，现在你们跑不出去了。动手，想想后果。"

"彭总，不要总是喊打喊杀的嘛，不可以好好谈谈吗？"浪浪笑声更大。

"谈就不必了……"彭总刚说到此处，却一下子愣住了，身子微微一滞！

"你过来啊，彭总，我和你说句话。"浪浪眼中光华流动。

彭总满脸是汗，依旧不受控制地向前一步。

"小鱼！"老王厉喝一声。

鱼小欢快如黑鱼入水一般，哧溜一下滑到彭总面前，身子一绕，已经从彭总身后将彭总架住，一把锋利的小刀直接横在了彭总咽喉处。彭总身边的人反应不及时，已经混乱了起来。

浪浪死死地盯住彭总，嘴里高呼："小鱼，把他推过来。"

鱼小欢押着彭总，直接把他推向我们这边。

老王同时大叫："谁也别动，动一下我们就宰了他！"

彭总看着浪浪的双眼，无法移开，五官歪斜，看得出他在竭力摆脱浪浪的控制。

浪浪面色凝重，身体微颤，她应该也是使尽了全力。"老王，你带着腾飞走！我控制不了他太久！"

老王高呼："我不走！你不走我怎么能走！鱼小欢，你带着郭子开车走！"

鱼小欢挟持着彭总："我不能走！我要弄死他！八万，你带着郭子开车走！"

陈八万义薄云天："我虽是候补成员，也要和你们同生共死！那个呆子，你带着郭子开车走！"他看向张子贤。

"我，我是呆子？"张子贤指了指自己，"好吧，我是，郭子，你会不会开车？我不会啊。"

我这时正被刺激得热血澎湃，当即大喝："我不能丢下你们！我不走！"

老王厉喝："不是你逞英雄的时候，你快走！"

鱼小欢："你快走！"

陈八万："快走！"

浪浪："走！"

我还想犟，浪浪喝止了我："郭腾飞，你不走，我们都得死在这里！你别害死我们！懂不懂！"

我顿时如冷水浇头，清醒了过来："好，我走！"

老王冲彭总那边的人大喊："车钥匙！"

鱼小欢把刀顶得更紧："车钥匙！快点！我现在捅死他！"

彭总被浪浪控制得已经口吐白沫，但他意识还算清醒，翻着白眼点头。

彭总的一个手下把车钥匙丢给了我，我没说什么，快速冲过人群，拉开冲进院子里的那辆车的车门，坐上了驾驶座！张子贤也跟了过来，他慌不择路，从我身上爬过去，头朝下地栽进副驾驶位置。

张子贤惊魂未定，冲我说："为什么大家不能一起走？"

我哎呀一声，对啊，为什么不一起走呢？我脑子进水了吧！

我正想冲浪浪他们喊一起走，浪浪已经大喊："我控制不了多久，一起走不了！别乱想了，你往南边开，越远越好，看到供花牌的店，进去报我的名号！快走！"

我知道浪浪说的是什么，这次逃离嘉陵前，浪浪已经跟我交代过，如果分散了，到哪里去会合。

我高声应了声好，门都忘了关，直接发动了汽车，那辆车如同野牛一样怒吼了一声，直冲向浪浪那个方向，我玩命打方向盘，汽车如疯牛一样在院里打了个半圈，吓得院子里的人惨号着纷纷躲避，最后咚地一下一头撞在院墙上，竟直接把墙给撞烂了，冲了出去。

"回头看看，有没有车追过来？"

"没有！"张子贤回头看了看，大声答复，"我们自由了！"

"子贤！你来开车！"

"啊？你干吗？我不会开车！"

"把好方向盘，把好！"我急急地命令，不容置疑！

张子贤不知道我要干什么，只好把手伸过来把方向盘握住："然后呢？"

"然后，一直往前开，越远越好！你自己看着办！"我快速说完，念头一起，整个人穿越了座椅，直直地坠下。

在张子贤的惊叫声中，我已经透过车身，身体接触到地面的一刻，我继续穿越，整个人融入了大地……

在我为数不多的穿墙经历中，我并没有长时间在某个物体里待过，最危险的一次，是我害死我父亲的那一次，那时，我半个身子困在墙里拔不出来，等父亲找到我时，已经被困了半个小时以上。那种血肉和墙壁正在慢慢融为一体的感受，非常痛苦且恐怖。

但这一次，我必须这么做，我要救他们，浪浪、老王、鱼小欢、陈八万，没有他们，我应该早被彭总抓走了。我一度为我的无能而悲哀，会穿墙算什么本事？有本事拯救家人拯救朋友吗？正如浪浪说的，我不走会害死他们！因为我太弱小，我只能被他们保护！

作出这个决定并不需要很长时间，我把汽车开上马路的那一刻，这个决定便作出了！毫不犹豫！

我紧紧闭着眼，感受着自己的身体在泥土里缓慢地下坠！大地是如此深厚，没有下方，再不停下来，我不知道我会坠落到哪里。

"停下来！"我的脑海里大吼着。

于是我停了下来，静止，这是我第一次整个身体完全静止在另一个物体之内。我猛地睁开了眼睛，这同样是我的第一次，先是黑暗，慢慢地看见了光亮，周围逐渐也亮了起来。我在大地里，大地像是非常浓稠的空气，紧紧地包裹着我，我悬浮在"空中"，能清楚地看到地面上的景象，甚至能听到各种声音，声音非常细致，细致到一只甲虫跑过草丛的窸窣声，也如在耳边。

这种我从未感受过的平静状态，让我的恐惧感一丝丝地消退。

"我要前进。"我的念头清晰无比。

于是我向着我所想的方向前进了，这种动力从何而来，我并不知道，也感觉不到有任何能量从我身上喷射出，或者什么力量拉扯我牵引我前进，可我就是前进了，随着自己的想法前进了。

像在飞！！！

只是在密度更大的物质里飞！很久以后，张子贤向我科普了一下，我们人类的身体，是由原子组成的，而一个原子的质量集中在原子核上。如果原子相当于一个足球场大小，原子核只如同一个足球场上的一粒沙子那么大，所以原子的空隙非常之大，几乎每时每刻都可以被各种粒子穿透，只是发生在微观的量子层面，人类无法感受。我的穿透能力，是宏观层面的，比如我遇见密度很小的空气，其实也穿透了，但毫无感觉，高于水的密度对我才算是有感受的分界点，穿透密度越大的物质，我的感受也会越强，在越高密度的物质里，我的行动也越快。可能一，组成我身体的物质，与宏观世界的物质是相反的，属于某种反物质；可能二，组成我身体的物质，可以随着我的意识来改变维度，是跨维度的物质。这实在是太边缘的科学了，已经超出了人类的认知，进入了未知领域！正如蚂蚁永远无法想象出人类是以什么方式存在的。

此时的我毫无认知，我只知道我能在泥土里"飞行"，从穿墙术发展出了土行孙的遁地术，真是脑洞有多大，本事就有多大。

我看着上方远处我刚刚逃出来的小院。"去那里！"身体便以很快的速度向目标"飞"去。

大约一分钟，我已经来到了小院的地下，我并没有着急出来，而是静静地在地下蛰伏，看着上方发生的一切，等待一个机会。

浪浪、老王他们四个的局面，此时已经非常严峻。

浪浪继续用乱魂眼迷着彭总，已经身子发软，不住地急喘，鱼小欢持刀挟持彭总，老王、陈八万左右警惕，四个人正往院外走去，四周密密麻麻地围着几十号人，一旦彭总脱困，只怕他们四个不是死就是被生擒。

老王吆喝着："给我们一辆车！"

鱼小欢冲彭总吆喝："给我们车。"

彭总脸色好了一些，看起来受浪浪的迷惑已经不太严重了，他现在可能最在乎的是鱼小欢手里的刀，他居然已经能含含糊糊地说话："给他们。"

钥匙被丢进了老王的手里，他们四个紧紧贴着，带着彭总向一辆车挪过去。浪浪还是死死地盯着彭总的双眼，竭尽全力地控制着他，但彭总已经明显有能够摆脱控制的迹象。浪浪吩咐："老王，你开车！"

老王钻进驾驶座，发动了车，浪浪、鱼小欢控制着彭总，陈八万拉开了车门，浪浪大喝一声："小鱼，松手！"

鱼小欢一听，把手中刀略略移开了彭总的脖颈，浪浪突然一个正踹，狠狠地蹬在彭总的肚子上，将他踹出老远。趁着这工夫，浪浪坐上副驾驶座，鱼小欢、陈八万坐后座，他们都已经上了车。

老王猛踩油门，车原地打了个转，卷起阵阵灰尘，向着一侧疾驰。

彭总在地上滚了两滚，避过汽车，站起来连话也没有说，双手向前猛插，如同凌空取物一样，老王那辆车的后备箱顿时被捏扁，车轮空转，居然前进不了，如同被拉住一般。

彭总发狠咆哮："你们走不了！给我上！"

早就按捺不住的彭总部下——一群穿黑西服的大汉蜂拥而上，哪管有什么危险，跑上来就是用枪托一通乱砸，这辆车的车窗居然是防弹的，一下子砸不开，但这些大汉又踹又捶，只怕是撑不了多久。

老王大喊："八万，能复制一辆车出来吗？否则撑不住了！"

陈八万微微一愣，随即大喊："我拼了！"说着他身子一低，双手撑住车底，气流涌起，冲得身旁的鱼小欢几乎无法坐住。陈八万目眦尽裂，七窍流血，暴吼一声："杠上开花啊！"

轰隆一声，老王他们的这辆车居然一分为二，"生"出了一辆一模一样的车，气浪滚滚，这种凭空"诞生"的能量波，顿时将所有砸车的黑西服全部冲开。

另外一辆车上，也坐着老王他们四个，两个老王对视了一眼，同时猛踩油门！刚刚变化出来的那辆车竟疾驰而去。

这下彭总分不清了，他没有办法，只好腾出一只手，又去牵制另外一辆，捏是捏住了，可以他的能力，根本无法同时拉住两辆车，仅仅僵持了一下，两辆车就全部摆脱了彭总，向两个方向逃离。

彭总眼见老王他们逃离，心如死灰，惨号一声："给我追啊！"自己和疯了一样，徒步向前追去。

一部分人跟着彭总跑步去追，另一部分人则去发动汽车，可耽误这一会儿时间，便眼见两个老王就要逃出生天，再难追上了。

可就在这时，前方两辆汽车如同一起踩到地雷似的，被炸得飞上了天，打了一个滚才落地。

彭总顿时站住，他已经猜到是怎么回事了，赶忙看向一侧，只见田垄的小土坡上，站着一个穿黑色连帽长袍的男子，正看着汽车翻倒的方向，缓缓地收回手。

彭总喜上眉梢，脸上换出一副奴才的表情，一边向黑袍人跑去，一边叫亲爹一般诚恳："会长！"

来的黑袍人，正是我曾经见过的，用太银袭击我的那一位，按浪浪所说和彭总所喊，乃是华运会的会长——无眉。

彭总向着无眉跑过去，不忘吩咐手下去抓人，手下急匆匆地向汽车翻倒处跑去，还没跑到，一辆汽车咚的一声爆炸了，并没有火焰，而是涌起了强烈的气，生生把地面炸出一个大坑，没有其他任何残渣。这辆爆炸的汽车，应该就是陈八万复制出来的。

其他黑西服赶到没爆炸的汽车前，把浪浪、老王、鱼小欢、陈八万拖了出来，用束缚带绑了个结实。浪浪、老王、鱼小欢都是头破血流，毫无反抗之力，而陈八万更是满脸是血，软塌塌的，不明生死。

彭总赶到无眉面前，深深一鞠躬，脸上浮出一丝惧意，说话声音打战："会长，是属下无能，还要您亲自出手。"

无眉刀削斧砍一般的脸上毫无表情，只念了句："无妨。"便脚下腾空一般，似乎平地升起了半寸，向着院子飘去。

院中，被绑着的老王、浪浪、鱼小欢、陈八万一字排开，靠在墙边，除了陈八万昏迷不醒，老王他们三人已经缓了过来，表情似笑非笑。

院子里只留下了无眉、彭总、四个黑西服以及崩哥、崩哥的保镖、余三。看来无眉驾到，其他人员都不得靠近，全部在外面守候。

无眉已经褪下头罩，显出一头的银发，有点混血帅哥的气质。他背着手，在老王他们面前一个个看了看，彭总在一旁解释："这个油腻腻的男人叫王牧，一直自称是明心社嘉陵分社的社长。"

老王油腻腻地笑了笑："什么自称，我就是。"

彭总没搭理，继续指着浪浪说："这个小妮子是嘉陵花门的掌门，倒不是明心社的，有乱魂眼，在嘉陵很吃得开，算是这里面最有本事的。"

浪浪虽然灰头土脸，额头带血，还是妩媚一笑，别有一番风情："想必大佬是华运会的会长吧，久仰哟。"

无眉点了点头，也不回话。

彭总继续解释："这个黄毛叫鱼小欢，老城区菜市场卖鱼的，不知道有啥本事。"

鱼小欢看着无眉，傻乎乎地问："你叫无眉，怎么有眉毛呢？"确实如鱼小欢所说，无眉有两道黑色浓眉，很有气势，绝非真的无眉。

彭总气得要上前抽鱼小欢耳光，无眉却冷冰冰地回答："我虽然叫无眉，却不是没有眉毛。"

"那为啥叫你无眉呢？"鱼小欢无知者相当无畏。

"我幼年时确实没有眉毛，才被人叫作无眉，只是后来长出来了，我也懒得改名了，你明白了？"

"哦哦哦，名字嘛，代号嘛，明白明白。我觉得你这人还挺好说话的咧。"鱼小欢又傻笑。

无眉点了点头，看着陈八万，彭总赶忙解释："这个人叫陈八万，只知道他是嘉陵做假证的，没想到也和他们是一伙的。"

无眉沉吟："此人有复制物品之力，颇为少见。彭宇晏，你多关照他，争取纳入我会麾下。"

果然彭总真名叫彭宇晏，老王没有瞎说。

彭宇晏赶忙点头："是是是。"

无眉转头就走，再不关注老王他们。

彭宇晏小心翼翼地问："会长，他们四人怎么处理？"

无眉沉声道："看好他们即可，不要让他们逃了。"无眉一边说着，一边往外走，彭宇晏只好又问："会长，您这是要去哪里？"

无眉答道："我去追他，你们在此等候，不必跟来。"

彭宇晏颤声说："都怪属下无能，让他跑了，还要劳会长亲自出手。"

"无妨。"无眉毫无表情，轻描淡写一般。

这时崩哥终于找到机会说话了，他好不容易见到了彭总的老大，这可是他极其想巴结的人物，必须找一下存在感。

"大佬大佬，我叫邱辉，您叫我小崩子就行。大佬大佬，我一直替彭总做事，嘉陵这一带我太熟了，我有一个建议，绝对能抓到郭子，不劳您大驾。"

无眉略略站定，看向崩哥："我知道你，你说。"

崩哥摆出一副见祖宗的恭敬样子："郭子这个人特别在乎他老婆孩子，老婆孩子都在嘉陵，啥也不知道，我只要把他们母子俩绑了……"

彭总听得脸色都变了，挤眉弄眼地示意崩哥别说了，可崩哥哪里忍得住，继续大放厥词："郭子要是不乖乖就擒，我就咔嚓，先杀他老婆，再杀……"

崩哥说到这里，一下子就愣住了，然后直挺挺地向后躺去，重重砸在地上，再看他额头正中，已经显出一个血洞，他被什么东西直接击穿了脑袋，顿时毙命！

这一个杀招，谁也没想到，院子里鸦雀无声，谁也不敢说话。

无眉把手抬起，指头一勾，只见一点银色光芒从崩哥额头血洞中亮起，一枚圆滚滚的太银，变幻着形状，慢慢飘浮到无眉的指尖，从指尖渗了进去。

无眉整了整自己的连帽大衣，低念了声："晦气！"如同没事人一样，迈步就走。

彭宇晏看着地上崩哥的尸体，嘴里暗骂了声脏话，赶紧送无眉出去，没一会儿便快步回来，院子里还是没有人敢说话。

彭宇晏低头探了探崩哥的鼻息，发现死透了，对旁边的余三吩咐："余三，嘉陵以后的事情，交给你了。他，你一会儿处理得妥当点。"

余三受宠若惊，赶忙点头如捣蒜般答应了，招呼旁边已经吓傻了的崩哥保镖：

"傻站着干吗？过来帮下手。"两人慌慌张张地把崩哥拖到院子角落，先用破布给盖住。

崩哥聪明一世，可惜糊涂一时，终于遭了惨祸，横死院中，不明不白。

这时我正藏在院子里的地下，对地上发生的一切看得真真切切。无眉突然出手杀了崩哥的时候，惊得我差点沉不住气，心里一慌，便感觉到四周的泥土要把我融合，如同幼年时我被困在墙里的感受一样，我努力镇定，才慢慢缓解。

这个无眉，看着好像对什么事都毫不在乎，风轻云淡，甚至没有情绪，但说杀人就杀人，连一点预兆都没有。他竟是我的敌人！就是他要抓我！我和他的对抗，感觉都不在一个量级啊，蚂蚁对大象。

我到底有什么重要的地方值得他出手啊？我想不通，想不明白！

上方，彭宇晏吩咐着："你们把他们四个弄到屋里去，眼睛都蒙住，给我盯紧了，不让他们做任何动作。出了差错，小命不保！"四个黑西服得令，上前一人一个，把老王他们往屋里拽去。

彭宇晏回头看见手足无措的余三和崩哥保镖，微怒："还傻站着干吗？把你们的那些废物都给我赶走，你和他两个人处理就行了，还要我教你？"

余三战战兢兢地说："彭总，崩哥死了，您指条活路，以后我该怎么做？"

彭总笑了笑，意味深长地说："你觉得我们是什么人？"

余三回答："我……我不知道。"

彭总脸一沉，很严肃地说："我们是做正经事的！不搞违法乱纪、败坏道德、丢人现眼的事！明白？"

余三一时想不明白，满口应允："明白明白，我明白了，明白了。"

"快去办吧，啰唆。"彭宇晏哼了哼，也向屋内走去，走了两步，又回头，"余三。"

"在在在。"

"刚才这里动静太大，你让你的兄弟们把各个路口都给管住，不要让看热闹的老乡过来，要是见到一个，我就要你的命。"

"是是是！这事我手拿把攥，绝对处理得妥妥的。彭总您放一百个心。"

"记住了啊！"

"是是是。"余三赶忙带着崩哥保镖，出去安排了。

屋里，老王、浪浪、鱼小欢、陈八万四个人围成了一圈被绑着，坐在屋子的正中间，四个人都被蒙了眼，毫无反抗之力，陈八万似乎已经醒过来了，但受伤颇重，只是垂着头，重重地喘息，身子微微起伏。四个黑西服分别站在四个角，持枪肃立，全神贯注。

鱼小欢扭来扭去，一个西装男怒骂："不要动，再动一枪打死你。"

鱼小欢哼唧："可是屁股痒痒！"

老王大骂："痒痒也憋着。"又对西装男说，"息怒息怒，他是傻的,痔疮发了。"

鱼小欢这才哼哼唧唧的不再动弹了。

这时候彭宇晏进来看了看，四处检查了一番，确定非常稳妥，才又叮嘱了一句"给我看好"，准备出去。

浪浪笑盈盈地问："哎，彭总啊，打算怎么收拾我们啊？是死是活，给个痛快话好不？"

彭宇晏哼哼着："我可不知道，会长都来了，等他回来，听他发落吧。你们啊，不知道折腾什么，救什么郭子，就算明心社那个传说中的凉墨来了，也未必能和我们一战啊。老实点，听话，说不定你们还能求我们会长给你们留一条命。"

浪浪娇滴滴地说："彭总也给美言几句呗，念着我以前对你的好。"

彭宇晏淫笑一声："哼，现在想起我的好了？当年我可是没少关照你啊，你和我为敌，还魅惑了我，我心里真是难受啊。"

老王叫骂："浪浪，说什么呢！不要对他低头啊，咱们这辈子做不了夫妻，下辈子还可以啊！死就一起死！"

浪浪反骂："闭嘴吧你，老娘现在后悔了！上了你的贼船！"

彭宇晏啧啧："老王老王，你真是悲哀。"

浪浪换上另一副腔调："彭总，我和你说个事，你过来点。"

彭宇晏没觉得有什么问题，但他尽量保持和浪浪的距离，浪浪娇声说："你再近点，我不想让老王听到。"

彭宇晏笑了笑："别耍什么鬼花样哟！你要说什么就说嘛。"嘴上这么说，身子还是略略往前一倾。

浪浪娇声说："彭总，刚才你向无眉介绍老王的时候，忘了说他也是有大招的。"

"啊？"彭宇晏不解其意，但似有察觉，猛地要向后退。

老王的手不知道什么时候已经解开了，突然从身后亮出，已经抓住了彭宇晏的手腕，轻喝一声："中。"

嗡的一声，彭宇晏身子如同触电一般，整个人震出了重影，这股子震动的力道如此之大，彭宇晏连反应都没有反应过来，已经被震了出去，直挺挺地跌倒在地，身子仍然和触电一般，不住地乱抽搐。

老王又大喝："四角！"

鱼小欢几乎在一瞬间，同时射出了四根铁条，铁条如同长了眼睛一般，划着各种弧线，命中了站在四个角落的黑西服的咽喉！事发极为突然，四个黑西服本来还在因彭宇晏被震出而惊诧，咽喉便被直接命中，连喊都没能喊出来，更来不及开枪，已经捂着咽喉，以头抢地了！

老王、浪浪、鱼小欢迅速脱困，我也从地下一跃而起，与他们互相望了一眼，一切都无须多说。鱼小欢架起了陈八万，我们五个人快速出屋，院内空无一人，那辆老王的破面包车还老老实实地停在院中。

老王张罗我们上车，自己坐上了驾驶位，把钥匙插进了锁孔。所有人都紧张地看着老王，老王正要打火，停了一下，喊我："郭子，辛苦你把手指穿进去，捏住两根火线！"

我趴到老王身边，把手指按老王的指示，穿过锁孔下方，摸到了几根电线，老王说："别管哪根，全部捏住。"

我说了声好，老王咔地一下旋转钥匙！

一股电流从我手掌上涌过，我被电得龇牙咧嘴，却不肯松，这辆不争气的面包车终于体面了一次，一阵嘎嘎嘎乱叫，总算打着了。

可还没等我们高兴，这辆面包车就不受控制地前冲，咣的一声，一头撞在正对面的墙上，又把墙给撞出了个大洞，像一只有大病的肥羊似的，蹦蹦跳跳地闯了出来。

院外还有不少人在，十来个黑西服和警卫看到这么一辆疯狂小面包车出现，简直惊掉下巴！

面包车蹦出围墙，一猛子直接把余三撞飞出两米，倒地吐白沫去了，然后喷着黑烟，跳着大绳一般狂奔而去。黑西服们追了一小段路，哪里追得上，他们的老大彭宇晏又生死不明，只好选择放弃，纷纷回身去看看院子里发生了什么事。

我们这辆面包车如入无人之境，笔直开上了马路，一个转弯，沿着乡间土路蹦跶着离去，身后居然没人追赶我们。

我们正在庆幸，野地里突然横向冲出一个人，拦在了我们的车前，蹦跳着向我们手舞足蹈，居然是张子贤。

一路向南

你最爱的人欺骗了你，该不该伤心？当然不该，因为你活该。

救出浪浪、老王他们的事情并不复杂，因为我在地下一直隐藏着。老实说，藏在地下这么久，我是越来越不适，只感觉一旦注意力不集中，就会被泥土融合。我强忍着，一直在找机会，也终于让我找到了。

我在老王他们被绑在屋内的时候，便已经在彭宇晏眼皮子底下找好了锯条和几段铁皮，然后在彭宇晏没进入屋子里，还在和余三瞎掰的时候，从四个人中间探出手，把锯条塞进了老王手里。老王起初没有想到是我，鱼小欢能感觉到我的动作，身子微微乱动，他说他屁股痒，老王才想明白是我回来了，正在设法救他们。于是，一切就如之前那样有惊无险地发生了。

至于张子贤为什么会出现在我们逃走的路上，更简单，他自己开车还没开出两百米，便直接开到臭水沟里去了，他好不容易爬出来，沿着路找了回来。只是他多少有了点心眼，没有走大路，而是从田地里绕行，看到我们的小面包车蹦出来，玩命地追上，这才顺利将我们堵住。

张子贤痛哭流涕："我以为我再也见不到郭子了，我的理想完了，不想活了都，好在老天开眼，郭子没事，大家都没事。"

我只好出面安抚了一下张子贤的情绪，他才终于闭嘴，要不我担心浪浪会把他踹下车去。

陈八万意识不清，鱼小欢的胳膊软塌塌的，浪浪双眼红肿得睁不开，我更是一点点穿越的能力都使不出来了，大家都筋疲力尽，谁也说不出话来，只剩下开车的老王强撑着。

小小的面包车，一路砰砰砰地放着黑烟，从颠簸的小路上驶过，很争气地带着我们，向着南方，逐渐离开了嘉陵市。

入夜之后，我们已经来到了嘉陵市的边缘，在大山里行驶，道路弯弯曲曲，看似没有尽头，只要驶过这片山路，我们就算真正离开了嘉陵。

大家正满怀希望地认为摆脱了追兵，却在一个小村庄的路口被堵住了，道路上全是各种破烂的桌椅板凳。车一停，还没有明白怎么一回事，路边的沟渠里直接钻出了十来号人，我定睛一看，倒吸一口凉气，冤家路窄，这里面打头的竟是牛二！

牛二满脸悲愤地举着一把西瓜刀，直接冲了过来，顿时把前后路都给堵了。老王猛踩油门，想冲出去，岂知小面包车咚的一声，放了个响"屁"，直接趴窝，熄火了！

眼看牛二带着手下把小面包车围了个水泄不通，我心想完了，这一架不打也得打了！可左右一看我们的战力，恐怕只剩下一个老王还能招架几下。

我们几个对视了一眼，眼神里只剩两个字"开干"，没想到牛二他们围是围上来了，但那模样并不像要抓我们，不打不砸，只是有人不停地贴在车玻璃上往里面看。

牛二肯定认出了我，他脸贴着玻璃冲我们喊："郭子，我就猜你们一定会从这里走，你们没事，我不会对付你们，听我说几句话！"牛二的直觉非常准确，浪浪也评价过他，的确有点厉害！

画面一转，我们已经在车下站着，看着满脸悲愤的牛二。

"郭子，我要报仇！他们杀了崩哥！我帮你们跑！老子堵在这里，来一个杀一个！老子要他们的命！给我大哥报仇！"此刻的牛二，有决心赴死的气概。

我是真的惊了！牛二是要放我们，还要堵在这里，把追兵砍了？

浪浪搭话："你怎么知道崩哥死在他们手里？"

牛二慷慨激昂："我大哥的保镖告诉我的！我也知道你们逃出来了，我感觉你们一定会从这里离开，所以我早早等在这里了！"

我心里一叹，好在牛二反水了，要不他这个直觉这么准，我们被堵在这里，真得全军覆灭。

牛二仰头看天，不让自己动情的泪水淌下脸颊："崩哥是我的好大哥，我认了大哥，这辈子他都是我的大哥！不管崩哥怎么打我，怎么骂我，我都不生崩哥的气，因为他是我的大哥！在我最艰难的时候，是崩哥救了我，给了我一碗饭吃，我这辈子都是他的小弟！我牛二，此生无所求，杀我大哥者，我与他不共戴天！我拼了这条命，也要报仇，这，就是我牛二！这就是义气！"

牛二的这番誓言，听得我一愣一愣，鸡皮疙瘩起了一身又一身！

牛二的感慨还没有发完："我牛二做人，无愧于'兄弟'两字！兄弟们！"牛二举刀看向自己手下十来号歪瓜裂枣，"报仇！为大哥报仇！报仇！"

他的那些兄弟也群情激昂，跟着大喊："报仇！报仇！"

牛二把西瓜刀一横，冲我们大喊："郭子，你们走吧！"

我们面露难色，牛二忙问："怎么不走？你们必须走！快走！"

我只好答复："车熄火了，打不着。"

牛二明白，立即张罗："来来来，你们上车，我们帮你们推，你们打着火！"

小面包车在牛二他们"一、二、三，一、二、三"的喊声中，推了几下打着了火！老王脚下一踩油门，车子向前驶去。

牛二举着刀在车后高呼："郭子，保重啊！"

我不知道为何，心里十分感动，几乎想落泪，从车窗探出头去："牛二，你们也要保重！"

"郭子，永别了！赶紧走，我殿后！"牛二高举着刀，威风凛凛。

我坐回车里，一句话也说不出来，再回头，从车尾看去，牛二的身影已经渐渐淹没在黑暗中，看不见了。

老王感慨道："虽然牛二说的话肉麻，但他还算讲点义气，居然能放我们走。"

浪浪轻哼一声："牛二这种人，你得看他图个啥，为了报仇？省省吧！说得好听！"

鱼小欢也若有所思："行，真行。"不知道他说的行，到底是代表什么。

张子贤好像弄不懂这些恩怨情仇，他喃喃自问："有点不懂，敌人的敌人就是朋友，是这样的吧？"

我狠狠捅了张子贤一下："你还是别研究这个了。"

牛二，我曾经非常恨他，是他让我没有了家，让我背了高利贷，差点走投无路，可他却在最关键的时候帮了我，足以让我原谅他对我所做的一切。他到底懂不懂什么是义气，懂不懂知恩图报，我不知道，但我懂。

后来牛二真的堵住了无眉、彭宇晏，为崩哥报仇了吗？我很久以后才知道，牛二在送我们走后，的确见到了无眉和彭宇晏乘车追来，但他并没有拔刀同他们拼命，而是风一样冲上前，在车门外大大地鞠了一个躬——

"领导辛苦了！"牛二开场白。

"我们一直在这里站岗，一只苍蝇都给拦下来看了看公母，所以，还没发现郭子的迹象！领导，您抽烟？"牛二献殷勤。

"领导，你们慢走啊！有事您吩咐！有事您说话！慢走啊！！！领导，我叫牛二……啊呸！滚吧你，得意什么啊，等老子下次见到你，看我怎么砍爆你的头。"牛二表演翻脸比翻书还快。

"报仇一定要从长计议，稳扎稳打才能报仇。放走他们，正是伟大报仇计划的第一步，取得了胜利，懂不？"牛二教导自己的小弟们。

大约一小时后，我们从盘山公路转下来，开进了一条土路，大概又颠簸了半个小时，老王把车停下，领我们下了车，指了指漆黑山林中隐隐约约显现的一条羊肠小路，兴奋地告知我们："沿路上去就到了。"

我们轮流扶着陈八万，这一走又是一个小时，终于在天边泛起鱼肚白的时候，上到了半山腰，一片开阔地显现出来，竟有一个小小的院落。

老王高声介绍："欢迎来到明心社嘉陵分社的避暑山庄！我们安全了！"

看着眼前那几栋摇摇欲坠的茅草房，大家没有力气再挤对老王，说这里是避暑山庄就当避暑山庄吧，说成王爷的行宫都可以。

大家实在累得够呛，也不管干不干净，纷纷坐倒在地。老王大喊着："二刮子，二刮子，人呢？"

一栋茅草房亮了灯，我们很快就见到一个表情傻乎乎的瘸子，穿得和叫花子一样，东倒西歪地跑了出来，拉着老王就傻笑："老板老板，你来了你来了！想死我了哈哈！"这傻子看了看我们，"好多人，哦哦，还有个大美女，大美女，哈哈哈。老板老板，是你给我找的媳妇吗？"

老王给了二刮子一个脑瓜崩，骂着："这个不是你的！是我的！他们都是老板！你赶紧去烧水、做饭，饿了！"

"哦哦哦，好好好，老板们好，我这就去。"二刮子小小地失望了一下，但还是马上兴奋起来，叮咣叮咣地小跑去一侧忙碌。

我们围坐在四处漏风、家徒四壁的"山庄大堂"里，看着面前黑乎乎的面饼子和刷锅水一样的粥，饥饿还是战胜了理智，大吃了一顿，虽然口腔里充满了各种奇特的腐败和酸臭味道，但是竟不觉得很难吃。

人类是一种不能养尊处优的动物，吃太好就会欲望膨胀，然后自寻烦恼。

陈八万虽然能活动了，可他双眼发直，好像脑子里哪根筋搭错了，不住地自言自语比比画画，然后傻笑，也不和我们说话，问他感觉怎么样，说的也都是前言不搭后语。他把一辆汽车一分为二，完美复制出一个的本事，确实是骇人听闻，只是副作用看起来很大，加上翻车时脑袋一定也撞得不轻，会不会从此就傻了，现在很难说。

我吃了个饱，疲倦得双眼皮打架，只想能够睡上一觉，而一旁的鱼小欢和张子贤已经斜靠在椅子上，睡得四仰八叉，打鼾打成了二重奏。

浪浪不知道从哪里找到的烟，站在窗口抽着，出神地望着远方山丘，而老王和二刮子则在屋外跑来跑去，互相吆喝着干活。

说不出为什么，来到老王的这座避暑山庄，我很踏实，终于睡意笼罩住我，我心里一松，便立即睡着了。

我做了个怪梦，在梦里，我没有穿墙的本事，我住着大别墅，是个成功的企业家，牛二是我的司机，小树念着最好的私立小学，马静温柔又善良，我受人尊敬。梦里没有老王，也没有浪浪、鱼小欢、陈八万，张子贤是个正经的科学家，不搞穿墙术的实证……

"驴驴驴！"我被陈八万的叫声吵醒，一骨碌坐了起来，房间里没有人，外面吵吵闹闹，陈八万持续地大喊着"驴驴驴"。

我赶紧起身，跑出了房间，眼前大家都在，另外还真的有几头驴。

陈八万大概是真的脑子出问题了，他像只大马猴一样又蹦又跳，看着驴，眼珠子都瞪出来了，一副没见过世面的傻样。

鱼小欢拉着陈八万，满脸无奈地劝他："对对对，是驴，是驴，你说得没错！"

"驴驴驴！"陈八万看着鱼小欢，非常认真地继续重复。

二刮子拍着手："对了对了对了！比我还傻比我还傻比我还傻！"

老王见我也出来了，大声阻止："二刮子！八万！你们别闹了！都闭嘴！"他说话还是有点威信的，二刮子和陈八万纷纷闭嘴。老王环视一圈后说："咱们开个会，商量一下！"

会议的议题是，下一步何去何从。老王提出了两个方案：第一个，躲在这里一年半载，浪浪坚决反对，说这里根本不是久留之地，特别是老王在。老王于是提出了第二个方案，去贵州的贵城找明心社的社长凉墨，眼下能对抗华运会的，恐怕只有凉墨了。

怎么去？老王指了指屋外的几头驴，骑驴去，翻山越岭，用最土的办法打败华运会的高科技！

凉墨一定在贵城吗？找不到怎么办？浪浪发问。

找不到他很正常，但我能找到带我们找凉墨的高人，曾经，凉墨见我最后一面时，也是这么叮嘱的："可以去找他，找到他，就能找到我。"这个高人名叫绿土豆。

当时我听老王说的名字，一直以为是绿土豆，还觉得挺厉害的，土豆发绿，那是有毒！厉害！后来才知道我弄错了，别人叫吕涂都。

张子贤第一次强烈表示了同意："我同意！举双手同意！贵城有西南一级物理研究院，是国家最重要的核物理研究基地之一，没有任何势力可以撼动国家力量，去了就有警察保护我们了！"

浪浪表示同意，鱼小欢怎么都可以，他也同意，陈八万是疯的，不用管他的意见，现在就看我的态度了。

我深吸了一口气，慢慢地说："对不起，我不想去。"

"什么？！"老王拍案而起。

"不是吧？"鱼小欢也受惊不小的样子。

"郭子，你是国家的，是人类的，你不去贵城你能去哪里啊？"张子贤显得也很紧张。

"我，我真的不能……"我低着头，呢喃着。

一下子大家都沉默了，浪浪抽了一口烟，淡淡地说："我明白，为了马静和你儿子。"

"是。"我承认，"是我把大家都卷入其中，他们要抓的是我，不是你们。我不怕死，我想回家，我要带着老婆孩子走。"

"那你就不怕害了你老婆孩子？"浪浪还是很平静地问我。

"怕，可我……我如果去贵城，这一路没法和他们联系，他们会非常担心我的。我不知道彭总那些人会不会对我老婆孩子下手，我，我实在不敢再想。我知道大家为了救我，差点都搭上一条命，八万现在伤成这个样子……我，我这样说也许很自私，可我，没法丢下他们……我谢谢你们，老王、浪浪、小鱼还有子贤、八万，我，我不知道该怎么说，你们走吧，别管我了。"我不知道我是否表达清楚了，我心里乱糟糟的。

气氛变得有些悲怆，大家都不说话。

浪浪叹了一口气，把烟头丢在脚下，踩熄，缓缓地说："腾飞，你真的了解马静吗？"

"啊？我了解马静吗？"

"你觉得她什么都不知道？"浪浪直视着我。

"我不懂，她知道什么？"

浪浪续上一根烟，看着冉冉升腾的烟雾出神："无眉自视甚高还要面子，不觉得抓你要动用他看不上的手段，甚至亲自动手杀了乱说话的崩哥，所以华运会不会对马静干什么。而嘉陵的那些人，在你老婆马静面前，和蚂蚁一样，根本不是对手，完全不用担心，你懂了吗，郭腾飞？"

"你们都知道什么？马静怎么了？什么不是对手？"我耳根子发烫，浑身燥热。

"腾飞，你见过马静受伤吗？"浪浪问。

"没有……"就在那一刻，我脑海中闪现出和马静生活的点点滴滴，她的确没有受过伤，有一次她切菜时，手指看着都快被切断了，后来连伤口都没有。只是我被生活压得喘不过气，从来没有在意过这些。

"马静，她从来不会受伤，因为她是个不死之人。她之所以会上了你的床，是因为她看出你不一样，她知道她有秘密，保护自己的秘密最好的办法，就是和一个也有秘密的人一起生活。而且那天晚上，她说她想和你睡，怀上你的孩子，是我答应的。"

"胡说！你骗我！"我的脸涨得通红，心里更是五味杂陈，难道，我的婚姻和生活本身就是一场阴谋？是一场利用我的阴谋？

"你别激动腾飞，马静并没有利用你，她最初只是想怀上你的孩子，让她做个母亲，然后她再想办法毁灭自己，可是后来，她爱上了你，是真的，其实是你救了她，她为了你，为了小树，比你隐藏得好太多了，华运会至今不知道她真正的实力，这反而是一种最好的保护。"

我听了浪浪这句话，原本急促的喘息慢慢平静下来，刚才我真的吓坏了，那种不好的猜测引起的绝望感，差点让自己崩溃。

"你回去找她，才会把事情变麻烦，马静一定会保护你，你想想，那时会有什么后果？"

"她什么时候知道我这件事的？"

"你在我发廊躲着的时候，我就去找过她，为了小树，她忍了，但是她拜托我，一定要让你活下去，哪怕这辈子，再也不能与你相见。"

"你们早就知道马静并不是普通人吧？"我看向老王和鱼小欢。

老王慢慢点了点头："知道，你们结婚前，我甚至劝过马静加入明心社，可她只想当个普通人，和你过小日子，拒绝了。"

鱼小欢抓了抓头："原来是叫马静啊……"

张子贤急匆匆地辩解："郭子，我不知道！我现在很震惊！"

我一下子控制不住自己，又哭又笑起来，深深地低下了头，是感动，是无奈，是遗憾，是茫然，是后悔，一切的一切，这就是我的命运吧，为什么我要有一种莫名其妙甚至荒诞的能力？还不得不生活在现在这个极其庸俗而真实的世界，让我更像是被这个世界抛弃的孤儿，所有的爱，所有的恨，皆因我而来，也因我而走。

浪浪走过来，拍了拍我的肩膀，说："我尊重你的决定，你如果听了我刚才的话，还是坚持要走，我不会拦着你的。"

我点了点头，再也不愿意说一句话。

下午五点后，黄昏时分，我们一路向南，踏上了前往贵州贵城的旅程，骑着驴。

陈八万脑子受伤，留在了老王的"度假山庄"休养，我和张子贤、老王、浪浪、鱼小欢一共五个人，分骑四头驴，一路潜入了云贵高原的深山里。为了躲开监听，我们扔掉了所有电子用品，不再用任何科技手段，华运会那边科技再前沿，能抓到在密林里骑驴走山路的五人的可能性，也非常小。

明心社虽大不如前，但还坚守着古朴的优良做派，明心社嘉陵分社在山区里养这几头驴，就为了这一天用土法打败魔法。

然而，事实证明，我们还是太天真了。现在高科技的手段，早就超出我们几个人的想象。

十五天后，我们一路风餐露宿，终于到达了贵城外围的村镇。浪浪联系到了自己的姐妹，让我们有了一处还算安全的暂住地。老王则天天在外面联系他口中那位能找到明心社社长凉墨的高人绿土豆。结果当然是一无所获，高人如石沉大海一般，毫无回应。

张子贤在按摩房里每天抓耳挠腮，苦苦相劝让我们去投靠贵城的国家核子物理研究院，那里有武警保护，是科研重地，华运社再狠，也不敢和国家对着干，冲进去抓我们。刚开始我们都不同意，后来浪浪觉得老王再找不到高人的线索，我们待在这里也很不安全，所以大家和张子贤约法三章，去可以，但郭子会穿墙、老王会震动、鱼小欢会丢飞刀、浪浪有乱魂眼这些事，绝对不能和研究院里的人说。敢说一句，保证他张子贤再也找不到我们！

张子贤满口答应："我们住研究院的内部招待所，绝对安全，这样老王安心去找人，找到人咱们就走！没问题的！"

说走就走，我们五个人简单收拾了一下，各自出门，最后在研究院门口集合。威严的武警伸出手拦住我们："不好意思！你们找谁？请去门卫室登记。"

张子贤不悦："我找赵院长！我是他学生！"

武警肯定听多了这样的话，连表情都不变一下："请先去门卫室登记，让人来接你们，才可以入内。"

张子贤知道没办法，只好带我们向门卫室走去，并向我们夸耀："看到没，管得多严！多安全啊！"

我除了在嘉陵市政府大楼看到有武警站岗，这辈子没见过一所研究院门口还这么戒备森严的，乖乖跟着张子贤去门卫室。鱼小欢比我更没见过世面，东张西望，大呼小叫。

张子贤在门卫室窗口正和里面的武警吵架："我找赵院长啊！什么，还要预约啊？不是不是，我没有他电话，我怎么联系？你这是刁难我啊！喂喂，你这个同志，怎么不理人呢？你不能给赵院长打个电话啊？说我，我叫张子贤。赵院长认识我的啊！"

我们其他四个人坐在等候椅子上，看着张子贤在那里丢人现眼，颇为无奈。

张子贤吵得武警同志们都生气了，从小门里出来，气势汹汹的，看样子是张子贤再吵下去，得把我们赶出去了。

我只好和老王上前来拉张子贤："走了走了！"

张子贤还是愤愤不平，就是不走："我要找赵院长，我是他学生，我就不走，你们拿我怎么的吧。"

眼看着两个武警就要上前来把张子贤赶出去，就听门口有人喊："哎！这不是张子贤吗？"

张子贤回头一看，泪都要落下来了："赵院长！哎呀，是我啊！"说着冲过去，激动地和来人握手。

打门口进来一位风度翩翩头发花白的老者，应该就是张子贤所说的赵院长。

赵院长握着张子贤的手："我说是谁在吵，原来是你啊！"

"老师！院长！要不是您来了，我就被赶出去了！"张子贤看着两位武警，鼻子里重重地哼了一声，以表愤怒。

赵院长的手被握得生疼，推拉了一下，才把手抽出来，尴尬不已："你怎么来贵城了？找我什么事？"

张子贤万分恭敬："老师，真有事，挺大的事，在这里不好说。"

我们四个人的目光立即毒辣辣地向张子贤扫过来，张子贤能感觉到，面皮一烫，又改口："我我我我，我其实和小葵离婚了！您知道的，小葵当年还是您介绍给我……"

　　赵院长赶忙拦住张子贤："行行，你出来说。"

　　赵院长拉着张子贤去了门卫室外，两个人不知道说了些什么，一会儿便回来了。赵院长看了看我们四个，犹豫了一下，还是亲自去了门卫室窗口，和武警说了一番。

　　于是，我们一共五个人，依次登记，顺顺利利地进了研究院的大院。

　　赵院长领我们去了大院里的一栋小楼，是家布置得十分优雅的小招待所，并安排给我们办理了登记入住。

　　张子贤千恩万谢，拉着赵院长的手又不放："学生给您添麻烦了！要不是您帮我，真不知道去哪里了。"

　　赵院长意味深长地说："子贤啊，你是个天才，以后啊，不要总是胡思乱想，搞些不着边际的研究，你本来可以做得更好的！哎！你们先休息，我还有点事要忙，晚上呢，我请你们吃顿饭。放手吧！"

　　"是是是。"张子贤赶紧松了手，"老师您先忙，先忙，晚上见晚上见。"

　　赵院长无可奈何地离去，张子贤一路目送，转头便对我们眉开眼笑："你们看，还是得靠我吧！"

　　老王哼哼："鬼知道你和那位赵院长说了啥。"

　　"你们要信得过我啊！我可没和赵院长说任何你们的事！"张子贤一副信誓旦旦的表情。

　　浪浪轻哼了一声："那你怎么说服赵院长让我们四个一起进来的呢？我很好奇。"

　　"我说你们是我的同事。"张子贤明显心虚了。

　　"同事？赵院长看我们四个像吗？他能信？"浪浪斜眼瞟着张子贤。

　　的确，我们四个哪有一点像搞科研的，一个油腻腻的老王，一个美艳红唇的浪浪，一个傻子表情杀马特发型的鱼小欢，一个老实巴交民工气质的我。

　　"我说你们，你们是我前妻的亲戚，来找我还钱的。"张子贤表情慌张。

　　"编，继续瞎编。"浪浪直接点破。

老王有些恼火，上来就说："这里待不了，卖我们呢！"

张子贤赶忙又辩解："我发誓我没有说你们的任何事，我只说，我只说了你们是我重要的研究伙伴，对我的研究非常关键，起决定性的作用！老师问是什么研究，我说是有关阿尔法粒子宇宙衰变周期下的偶发性不对称纠缠态的大脑链路髓管里的量子化在光子透镜状态下有意识的判定结果是否产生普朗克常数变化的可能性。这是我这一路想出来的新课题，不是宏观世界的量子隧穿实证体现，赵院长完全不能想到和郭子你的穿墙有关。"

我们听张子贤连珠炮似的说的一大串科学名词，满脑子都是包，真真是一句也没有听懂。

"其他再没有说了。"张子贤委屈极了，"你们听懂了吗？"

四个人一阵沉默，张子贤的科学魔法攻击太厉害了，毫无还嘴之力啊。

浪浪深吸了一口气，追问："那赵院长会怎么理解？你说人话。"

张子贤挠了挠头："人话就是说，比如软的物体你们会认为是硬的，两个苹果你们会认为只有一个，你们无法判断基本的物理常量，并有自己的一套逻辑。"

老王啧了一声："这是人话吗？到底啥意思？"

张子贤羞涩地说："就是你们脑子里有病，有包，是很有研究价值的精神病人。"

哦……大家又是一阵沉默。

鱼小欢插话："要不咱们先回房间休息？"

我接话："既然都进来了，我们还是先相信子贤吧，先回房间？"

于是我们五个人都乖乖地回了房间。

我和张子贤一间房间，老王和鱼小欢一间，浪浪单独一间。当我躺在床上的时候，我才觉得原来躺在正规的床上，居然是这么舒服，睡意一下子就涌起来。

张子贤去拉屎、洗澡、刷牙，等他折腾完，我已经美美地睡了一觉，精神顿时变好了。

很快老王、鱼小欢便来敲门，一会儿浪浪也来了，她换了一身衣服，卸了妆，虽说朴素了一点，但依旧难掩她的美艳。五个人凑在一起，倒没有再问张子贤什么，大家似乎在这里都觉得轻松，反而对老王什么时候能找到那位高人颇为关心。

老王也不再神神秘秘，一股脑把那位高人的事情说了。他要找的高人叫吕涂都，别名土豆，干什么工作的不知道，但只有他知道凉墨的下落，能联系到他，遇到麻烦事，一定要找土豆，这也是凉墨交代过的。但是老王已经有五六年没见过土豆，所以这趟来贵城，按照之前约定的几种方式找他，都没有一点消息。照理说不应该，只可能是土豆这位高人也遇到了什么麻烦事，耽搁了。老王说，如果这里安全，他今晚就会去再给土豆留信息，他相信以土豆的本事，一定没事，肯定能联系上他们的。

鱼小欢好奇地问："土豆大侠有什么本事？"

老王支吾了一下："有本事的人不会轻易显摆自己的本事，我哪知道。反正有本事就是有本事，我亲眼见过他的直升机！这还不算本事？直升机啊！他上去就走了。"

鱼小欢拍着床大笑："我怎么不信呢！我这辈子都没见过直升机呢！你在哪见的直升机？"

老王怒哼："见过就是见过！我有必要告诉你我在哪见的吗？没大没小的，又皮痒找打了是不是！"

两人一通胡骂，反正一路走来，我对老王、鱼小欢的打闹也是见怪不怪了。两人正拉扯着，房间里的电话响了。

张子贤接起来，里面有前台小姑娘说："赵院长在楼下等你们。"

我们跟着赵院长进了一家四合院似的餐馆，一路往里走了一段，才到了一间清雅的包间。赵院长张罗着让大家落座，自己却选择不坐主位。

张子贤客气万分："老师，您得坐上座啊。"

赵院长连连摆手推辞："一会儿还有个领导来，想认识一下大家。大家坐，别客气。"

"还有领导来了，谁啊？孙书记吗？"

赵院长哈哈笑了笑："孙书记他倒是想来，张子贤你这么大名鼎鼎，写的论文在我们院都是奇谈，我们争相传阅过。别问了，一会儿你们就知道了。"

赵院长和我们寒暄了几句，无外乎哪里人多大了这些，浪浪美艳，说话也是透着妩媚，赵院长总是盯着浪浪，和浪浪说得比较多。我挺反感赵院长这种态度，见到美女就起色心。

很快凉菜热菜上得七七八八，但还不见赵院长说的那位领导来，直到赵院长的手机振动了一下，他低头一看，赶忙起身向门口走去，接着，迎来了一位贵客！

"请进请进！都在都在！"顺着赵院长讨好的话语，一个人迈步走入。

我们五个齐齐转头看去，看到来人，我只觉得我头皮都炸开了。

是无眉！他穿了一身板正的休闲西装，不遮不挡，满头银发，两道黑眉，刀削斧砍的一张冷脸上，居然还带着一丝毛骨悚然的笑意。

老王应激似的跳了起来，退到一边，身子已经微微发颤，做好了攻击准备。当然我、浪浪、鱼小欢也都吓得全身发麻，纷纷缓缓站起。张子贤没见过无眉，哪里知道他是谁，见我们这副大祸临头的表情，脑子转不过弯，只是木讷地看着我们，又飞快地回头看着无眉。

场面十分尴尬，反倒是无眉先说话了："大家不要激动，先坐下，听我说说话如何？"说着，他脚步稳稳地从老王身前走过，似乎不做防备，在主位上轻松落座。

无眉又挤出一丝笑容："大家坐啊！先吃饭吧！"

一种难以言喻的压迫感拉扯着我，站起来的我们几个，居然如同牵线木偶一般，听话地慢慢坐下，只是心里那根弦，谁也不敢放松，绷得笔直。

赵院长知道气氛紧张，他其实也没想到无眉和我们是认识的，他小心翼翼地问："吴教授，原来你们之前都认识啊？"

"赵院长，确实认识，抱歉来之前没告诉你。"无眉拿起筷子，夹了一筷子小菜，放进嘴里，看着大家又说，"先吃饭嘛！别紧张。"

赵院长见我们没人敢动筷，只好语无伦次地说："吴教授，他们这是？大家别紧张，吴教授是我的好友，啊，动筷动筷。"

"他们怕我，吃不下去。"无眉自顾自地吃着。

"我不怕你！"鱼小欢喝了一声，抓起面前的板鸭鸭腿就往嘴里塞，"其实我觉得你人还挺好的呢！"

张子贤按捺不住，看了看他身边的我，低声问："他，他是谁啊？这位姓吴的教授。"

"他就是无眉。"

"无无无无眉？哪个？"

"和你说过的那个。"

"哎……"张子贤回想了一下，终于想明白了，哎哟一声站起来，"你你你是无眉！你你你，你怎么在这里？我我我，赵院长，老师啊，你你你！"

说时迟那时快，老王已经发动，桌子微震，乃是他要将整张桌子掀翻到无眉脸上，好给我们制造逃跑的机会。与此同时，浪浪的眼睛里光芒一闪，向着无眉便发起了乱魂眼，而看似在吃板鸭的鱼小欢，几乎在桌子微震的同时，手里的板鸭腿骨已经扬起来，要向无眉甩过去。

可是，所有人又都僵在了原地，一动也不敢动了。

无眉的一根筷子点在桌面上，已经止住了老王的震动波，桌子稳若泰山；鱼小欢的手停在半空，因为另一根筷子正悬空顶在他的脑门上，飞快自转着；无眉看着浪浪，浪浪眼中的光芒闪了闪便被化解，她轻轻哎呀一声，身子一歪，斜靠在老王怀中，媚眼如丝，痴痴看着老王，好像被自己的乱魂眼反噬。

无眉低念了一声："说了好好吃顿饭，听我说说话，现在又何必呢？"说话间，手中的一根筷子离开了桌面，老王如同触电一样放开了桌子边缘；指向鱼小欢额头的筷子，跌落在地；浪浪呻吟一声，恢复了意识，赶忙从老王怀里坐起。

无眉一瞬间制住了三人，他们与对手无眉简直不是一个层面上的。

老王、浪浪、鱼小欢全部放弃了，面对无可匹敌的力量，挣扎是无效的。

"各位从嘉陵一路翻山越岭，来到了贵城，实在不容易啊。我其实在贵城也等了各位挺长时间了，欢迎你们来做客，想着见面还是愉快点好，所以一直等到今天，请大家吃个饭，聊聊天。各位消停消停，先吃饭，菜凉了就不好吃了。"无眉重新拿起一双筷子，示意我们吃。

赵院长也赶忙说："吃饭吃饭，大家吃饭。"

我、浪浪、老王、鱼小欢不约而同地拿起了筷子，默默地夹菜，只是吃在嘴里，一点味道都吃不出来。

张子贤垂着头，居然抽泣了起来："老师，您是国家培养的人才，是我崇拜的偶像，怎么能被人收买了呢？怎么能出卖我们呢？您怎么能和黑恶势力为伍啊！有违科学精神啊！我太失望了！"

赵院长听得尴尬万分："张子贤，你哭什么啊？吴教授怎么是黑恶势力啦？他是中国科学院的特聘教授，还是贵城大学的名誉校长，你听谁胡说的？"

张子贤抽着鼻涕："那他为什么还要抓我们，杀我们？"

"抓你们，杀你们？"赵院长看了眼无眉，又转头怒斥张子贤，"张子贤，你别胡说！你是不是脑子进水了？吴教授对你的量子隧穿理论有兴趣，才会专门来见见你。"

无眉抬手示意赵院长别说话，放下筷子，说道："找你们是真，但我可从来没说找你们是要杀你们。"

大家也都放下了筷子，眼下，耐心点听无眉说话，反而是最好的选择。

无眉看向了我，看得我心头一震，他悠悠说道："郭子，你看，你牵扯了不少人。我也很理解你的想法，担心、害怕，为何呢？眼下，我有两个选择给你。第一，离开他们，跟我走，为我所用；第二……"

"是死吗？"我居然横下一条心，大不了就是一死，先说了也无妨。

"不是。郭子，第二，是让我把你身上的能力拿走，让你当个正常人，从此我们再不相见。"

"拿走？"我愣住了，"从此我就正常了？"

"对，没错。"

"这，真的可以吗？"

"我从不打妄语。"

我呼吸一下子急促起来，心中那个一直以来的愿望澎湃而起，我实在太想变成正常人，去掉我这个穿墙的本事了！我和老王他们接触这么久，甚至愿意去见凉墨，其实也是想让凉墨把我的穿墙术废掉！彻彻底底地废掉！我这个本事，根本不是本事，是我的穿肠草夺命丹，是害死我父亲乃至害了我身边所有人的大祸端。

老王高声喝道："郭子，你不要相信他！他肯定是骗你的！"

我虽然心生犹豫，可是依旧充满期待地看向了无眉。

无眉云淡风轻地说："郭子，我的能力，你们都亲眼见识过了。郭子，你是相信你身边的这几个阿猫阿狗，还是相信我呢？"

"郭子，他一定是在利用你！"老王激动起来。

"利用？哼哼，你们这几位明心社的，敢说不是利用郭子？"

"我们怎么会利用他？我们是保护他！"

"保护后呢？郭子何去何从？"

"嗯？我，他……"老王居然语塞起来，"无眉，你要动手就动手吧，别在这里蛊惑，大不了和你拼了。"

"老王！"我突然喊了出来，"别说了！你让我想想行不行！"

大家齐刷刷地看向了我。

我沉默了片刻，慢慢地说道："我不想再这样东躲西藏下去了，我想试试。"

"不行！"老王又喝道。

浪浪狠狠瞪了一眼老王，厉声抢白："老王！让郭子自己选择！人生是他的，我们没有资格替他拿主意！"

我看向无眉："你说，第二条，怎么做，我信你一次。"

无眉脸上微微浮出一丝丝笑容，眼神里的认真和诚恳倒一点不像装的："好，郭子，正确的选择。我保证，你不会后悔的。来来来，我给你盛碗汤，我就是贵城出生的人，这汤是我专门吩咐厨房做的，尝尝吧。"

无眉真的给我盛了一碗汤，递到我面前，我没有什么犹豫，接过来慢慢地喝了下去，再不是毫无味道，而是滋味非常鲜美。

我抬起头说："谢谢，很好喝。"

我们大约在晚上九点钟的时候，乘坐着无眉安排的车，来到了一片厂区。这里似乎是无眉的产业，一路都有人在路边护送。

车停在了一扇巨大的仓库门前，我们纷纷下车，仓库门迅速打开。无眉做了个请的手势，领着我们入内。里面灯光耀眼，如同白昼，密密麻麻的机器设备一眼看不到头，到处都是穿着白大褂的人在忙碌。

张子贤兴奋得一对小眼都睁大了一倍以上："乖乖，全是最新的设备啊！我的天，爱普生的 X11 微光分析机也有啊！"

除了他以外，我、老王、浪浪、鱼小欢对这些高科技毫无兴趣，只是默默地跟随着无眉继续往里面走。

本来，我是想自己一个人来的，但老王他们坚决不答应，都走到今天了，不能无眉说一句我们就散伙了，无论如何他们都要跟着去看看。张子贤更是死活要来，因为他说："也许是最后一次见面了，我再怎么也要亲眼送你离开。"这个乌鸦嘴，说话总是这么不合时宜。

无眉没有拒绝，答应带着他们一起去，只要他们不干扰我就可以。

穿过连排的设备，我们来到了一处玻璃房子面前，里面正有人做着调试。我能清楚地看到，里面最主要的设备是一个金属台子，上面有两个半开门的金属圆筒，里面应该是可以站人的，粗大的管道连接在两个圆筒的顶部，嗡嗡声不间断地从上方透出来。

这时候有穿着白大褂的工作人员来请示无眉，无眉告诉我们要换一下衣服才能入内。我们依他所言，换了一身连体衣，跟着工作人员走进了玻璃房子。

老王、浪浪、张子贤、鱼小欢被请到一边的玻璃隔间就座，我则跟着一位工作人员在几处设备前做了一遍身体的扫描检查！

OK，工作人员向无眉示意，可以开始。

我被请到台子上，站进了金属圆筒，工作人员让我抓住两根金属扶手，并再三告诉我，我手边的两个按钮的意思，红色代表不适需要停止，绿色代表可以接受，我觉得安排得还挺体贴的。

我站好后，无眉穿着一身灰色的紧身衣，也站进了我对面的圆筒里。

他这是什么意思？为什么是我们两个？我脑海里浮现出各种奇奇怪怪的推论，但每一个都乱七八糟的，根本不成体系，也没有任何逻辑。既然选择走到了这里，那便没有回头路了。

工作人员再三向我确认，是否有任何不适，可不可以开始，我反复地点头，来吧！

随着机械性的倒数十秒，我所在的圆筒开始慢慢旋转，最终我和无眉两人，面对面站立着。

三、二、一，开始。

我感觉到头顶的灯光颜色一变，一股巨大的能量唰地一下，从上方喷射而出，将我整个人笼罩在内！我身上发热，却没有不适感，手边的红绿灯按钮开始交替闪烁，是让我选择的意思，我按下了绿色，继续！

能量的裹挟感越来越强，我觉得我身体里的每一个细胞都被这股热乎乎的能量充满，我感觉很温暖，身体轻飘飘的，最初的紧张感也渐渐消失。我看着对面的无眉，无眉也被黄色的光芒笼罩着，他表情平静，淡然地看着我，冲我微微点头。

我继续按下了绿色按钮。

能量再次暴涨，这次我眼睛里开始有一道道的光线很有规律地划过，还有一些细小的金色粒子，一边旋转，一边在按照某种规律划出弧线。我脑海里开始闪现过去的记忆，像跑马灯一般，我看到了我父亲的死，看到了马静，看到了小树，每一幕记忆都以极快的速度划过脑海，让我根本没有机会去思索，去感受情绪。一切还是能够接受。

我第三次按下了绿色按钮。

可我立即感觉到了不对劲，我的身体似乎在瓦解，在被吸收到上方的管道里去，这让我的心脏跳动的频率一下子剧增，我感觉我的心脏似乎要跳出胸膛了。我坚持了几秒钟，这种分离感越来越强烈，幼年时我被嵌入墙壁拔不出的感觉腾地升起，只是更加痛苦！

我艰难地抬头，看向了无眉，无眉灰色的紧身衣正在熠熠生辉，能量在他身上滚动着，迸发出一丝丝的金线。

如果我是沙子组成的人体，我已经感觉到我身体里的十分之一被抽走了！

不能继续下去，这样我会死的！

我迅速地按下了红色按钮！可是，更强烈的能量再次倾泻而下，并没有丝毫停止的意思！

我用尽全身的力气，冲着无眉大吼："停下来！你要干什么？"

无眉大口地喘着粗气，回答我："不能停下来！"

"我要死了！"

"我没有说过你不会死。"

"你骗我！"我说到此处，已经在竭力让自己动弹一下，从这个圆筒里逃出去，可是，没有用，我被能量紧紧地吸附住，如同四面八方都有磁铁，将我每一个细胞都牵引住了。

我看见无眉再次按下了他手边的绿色按钮！他还要继续！

我根本无法动弹，再也说不出话，变得恍惚。

无眉仰起头，哈哈哈不停地狂笑！

我还能看到不远处的老王他们，甚至能够听到他们说话的声音，只是像从无眉的身体里听到的。

老王他们已经站了起来，老王敲打着玻璃说："他要不行了！喂，你们看到没有？"然而隔间里的两个工作人员已经不见了。

鱼小欢赶到隔间门边，发现根本拉不开门，老王急眼了，手部开始震动，直接往玻璃上按过去。可是，强烈的电流把老王直接震开，紧接着，这间玻璃隔间里有一片火花闪过，鱼小欢、浪浪、老王全部被电得在地上抽搐。

只有张子贤流着鼻血，似乎忍受住了电流冲击，强撑着自己的身体，呆呆地看着我和无眉，像个癫痫病人一样打着摆子，自言自语道："这是要，要要要，融合……"然后直挺挺地倒在了地上，仍保持着莫名其妙的手势。

几个工作人员迅速入内，其中一个人取下口罩，居然是彭总彭宇晏！

彭宇晏用一米多长的电击棒狠狠戳了一下老王："老王，没想到我们还能见面吧？"

老王意识还算清醒，奋力地向彭宇晏吐了一口口水，彭宇晏躲过，又是一顿猛戳，将老王电得再无反抗能力。

看到这一幕后，我的意识彻底模糊了，最后一刻的感觉是我整个人被吸入了上方，然后眼前一黑，什么都不知道了。

我在哪？我消失了吗？

设备终于停了下来。

无眉深深地呼吸了几口气，看着对面空无一物的金属圆筒，眼睛微闭，又睁开，然后慢慢地走了出来，几个工作人员立即上前，要搀扶住无眉。

无眉摆了摆手，拒绝了，只是穿上了工作人员递来的大褂。

老王、浪浪、鱼小欢、张子贤已经被绑成粽子一样，被彭宇晏押着，勉强还能站立。张子贤昏迷不醒，让人架着。

老王愤怒不已："无眉，你干了什么？郭子这么信任你！你简直无耻到了极点！"

无眉不置可否，淡淡地说："不，这就是代价。"

彭宇晏上前请示："会长，他们怎么处理？"

"善待他们，你看着办，我累了。"无眉迈步就要离开。

彭宇晏兴高采烈地答应，心里肯定没有装什么好东西！善待？你看着办？以彭宇晏的人品，只怕老王他们难有活命的机会。

无眉刚走了几步，又站住了，他晃了晃脑袋，嗓子里发出连续的哼唧声，然后他似乎有点不受控制，机械般地抬起头，看向自己的手心，又摸自己的额头。突然他大喊一声："杀了他们！"

彭宇晏略一愣神，一把手枪已经拿在了手中，直接顶在了老王的后脑勺上，就要扣动扳机。

"慢着！"无眉脸上的肌肉抽搐着，歪着头，眼睛不停地眨动，喉咙里咯咯响了几声，又突然说，"让他们走！"

彭宇晏扳机都要扣下一半了，赶忙又收手："会长，你是让他们走？"

无眉的关节也不合常理地扭动了起来，咯吱咯吱作响："嗯嗯，让他们走！嗯！"

彭宇晏知道无眉有点怪异，可他怕无眉如见蛇蝎，怎敢不从？

"不是！"无眉又喊，身子不住地微颤，呼吸变得极为不规律。

彭宇晏大胆问："会长，你是不是不舒服？"

"不是！"无眉突然恢复了常态，眼睛瞪得滚圆，不怒自威，"给我备车！我要带他们走！"无眉撕心裂肺地狂吼了一声，"快啊！"

仓库门口，在众目睽睽之下，无眉以一种诡异的前倾式步伐，领着松绑了的老王、浪浪、鱼小欢，鱼小欢拖着昏迷的张子贤，一共五个人，挤上了一辆车。

老王开车，张子贤坐副驾驶位，浪浪和鱼小欢将无眉挤在后排中间。

无眉在后排疯了一样地大叫："开车！"

老王这时候哪里还能想什么，一脚油门，疾驰而去。

一路无人敢拦，车驶出了厂区，漫无目的地向前飞驰。

无眉在后排不住地抽搐，嘴里乱喊着听不懂的话语，浪浪知道这绝对不对劲，和鱼小欢两人死死地按住无眉。

无眉乱喊着听不懂的话语，其实是两个人在交替说话。

我在喊："浪浪，想办法，杀了他！我要控制不住他了！"

无眉在喊："你居然想控制我，不可能的，放弃吧。"

可浪浪他们听起来只是一通胡乱的嘶吼，连一个词语都听不出来。

我的意识恢复了，但是我知道我在无眉体内，就像小时候嵌在墙里要和砖石融合一样，我只是整个人和无眉融合了。

当我知道我还存在，正是无眉对彭宇晏下令处理老王他们的时候。我能感受到无眉身体的一切，也能听到他说话，就好像我的身体被另外一个人控制了一样。所以，我迅速想明白了现在的处境，我必须争夺这副身体！

我腾起了控制这副身体的念头，并努力让自己的意识驱动身体动起来，我成功了，无眉这副身体，说了我要说的话，并按照我的意识行动着。

可是，这很难，越来越难，因为无眉的意识开始强力地拉扯我，我的每一句想说出口的话，每一个细微的动作，都像在黏稠的糨糊里翻滚，有巨大的力量牵制着。

我清楚感受到，无眉已经适应了我的意识对他的控制，他的意识更加强大，反击得非常凶猛。我已经失控了，我只能反过来，开始阻止无眉顺利地再次接管自己的身体。

在车里，无眉也终于说出了完整的属于自己的话："停车，快让我下去！不然，我会让你们死得很彻底！"

浪浪呼喊着我："腾飞，你是在无眉的身体里吗？"

我听见了，我用我全部的意志力，逼着无眉的身体高喊了一句："是！"

浪浪高声说："我明白了！郭子，你集中全力，控制一下无眉的眼睛！"

无眉怒骂："放肆！"身体的力量显现出来，咔地一下，一只手掐住了浪浪的脖子，一发力就能将浪浪掐死。

浪浪已经发动自己的乱魂眼！无眉的眼睛无法闭上，瞳孔在急速地放大缩小，这是我把意识集中在控制无眉眼睛上的效果，无眉无力抵抗，这让浪浪的乱魂眼同时施给了我和无眉，让我和无眉同时中招！

随着啊的一声闷叫，无眉整个人瘫软了下来，再也不反抗了。

我也感到全身麻痹，再也无法控制无眉的身体，自然话也说不出来。

张子贤这时哎呀一下醒了过来："哎呀我的妈！这是哪儿？这是哪儿？"张子贤看到身边开车的是老王，又回头一看，正看到无眉，吓得又一哆嗦："他他他，他怎么在？我们这是怎么了啊？郭郭郭，郭子呢？"

浪浪回答："郭子现在就是无眉，他融进无眉的身体里了！"

"融合！"张子贤看着无眉，又惧又喜，"果然是融合！郭子确实能做到！现在他他他，这个样子是什么状态？我们又是怎么到这里的？"

浪浪急促地说："郭子刚才在实验室里控制住了无眉的身体，带我们出来，可是他逐渐控制不住无眉了，现在靠我的乱魂眼，同时压制住了他们两个。我不知道能保持多久，一旦无眉先醒过来，只怕什么都晚了。"

张子贤愁眉不展："这，这可怎么办？郭子和他共用一个身体，我们还不能把无眉丢下车。"说着，他从副驾驶座位上爬起，想钻到后排去，"我看看他是什么状况，体重增加了没有。"

老王怒喝一声，一把将张子贤拽过来按在副驾驶座位上："张子贤！你消停点，要不是你带我们去找什么赵院长，我们就不会有今天，真是信你还不如信鬼啊！你这个害人精！我现在就想先把你踹下车！"

张子贤哽咽道："我也不知道会这样啊！赵院长他怎么会认识无眉？"

"闭嘴吧你！"老王转头吩咐，"小鱼，把你衣服脱下来，先把无眉绑死！

能争取一会儿是一会儿！我能开多远开多远，到时候和无眉拼了，也不能让他挣脱。"

鱼小欢应了声，迅速把自己的衣服脱了个精光，并手脚麻利地撕成布条，里三层外三层地把无眉绑了。

鱼小欢穿着裤衩，出了个主意："要不然我们把车开到警察局里去？打几个警察，警察不就把我们保护起来了吗？"

浪浪焦躁不安："警察不会相信无眉身体里还有个郭子的，完全是天方夜谭，这样做郭子还得死，再想想。"

张子贤在副驾驶位紧张得手足无措，浪浪提醒他："张子贤，你是科学家！怎么才能把郭子和无眉分开？你拿个主意！"

张子贤如梦初醒，突然一拍大腿，高声嚷嚷道："老王老王，我们去市内，贵城有座深空大厦，那是深蓝公司的产业，属于科斯伯格的！能救郭子的，只有他了！比去警察局靠谱啊！"

大家知道张子贤和科斯伯格的"伯乐故事"，只是谁能想到科斯伯格这么个人，听张子贤这么一说，大家面面相觑，一时间竟说不出话。

张子贤急了："说话啊，你们给个回应啊！这都什么时候了！"

老王终于无奈地回应："张子贤，再信你一次！"

鱼小欢鼓掌："好啊好啊！死马当活马医！"

浪浪也点头："老王，掉头，去市内找深空大厦！"

深空大厦是贵城市极有特点的一栋百层大楼，近乎地标一样的建筑。老王也不管什么红绿灯，一路违章，用最快的速度来到了深空大厦楼下。

时间已经是凌晨一点，深空大厦依旧是灯火通明。车直接开到正门口，众人纷纷下车，老王和鱼小欢将无眉扛着，张子贤、浪浪在前面带路，直奔门口。

我们刚冲进大门，便立即被大堂的保安拦住了！深空大厦的保安穿着笔挺的制服，看起来威风凛凛。

"你们干什么？站住！"四五个彪形大汉眨眼间便围了上来，领头的更是一把将跑在最前面的张子贤拽住。

张子贤挣扎不开，只好叫骂："我是科斯伯格先生的重要资助对象，我叫张子贤！我现在有危险！你们必须让我们进去！"

保安头子看了看我们这些人的打扮，老王、浪浪、张子贤穿连体制服，头发被电击得乱糟糟的，扛着一个只穿大裤的男人，还有一个只穿内裤的鱼小欢，不禁冷笑："神经病吧你们！滚出去！"

浪浪上前一步："几位兄弟，先别着急啊！"

几位保安看浪浪的长相气质不俗，客气了半分："这位女士！深空大厦是我们公司重要的科研中心，如果人人都这样往里面闯，就乱套了。证明身份很简单，找你们认识的人联系我们。"

张子贤在一边高喊："林娜，你们找林娜！科斯伯格先生的助理！她负责和我联系的，你们说张子贤，她一定会告诉你们！"

保安头头听了这个名字，松开了张子贤："林娜小姐，行，那你联系。"

"我没电话，我们都没有！而且我记不得电话号码了！你们一个公司的，你们联系不行吗？"

保安头头脸一黑："好，我知道了，现在，立刻，你们几个，给我滚出去！否则我们就把你们丢出去！"

张子贤大叫："你们联系一下不行吗？哎哎哎，别动手啊！我告诉你们，你们把我们赶出去，科斯伯格先生将有重大的科研损失，你们担得起吗？我要告诉林娜，告诉科斯伯格，炒你们的鱿鱼！"

然而，我们五个还是被几个保安连拉带拽地往门口赶去，浪浪、老王、鱼小欢三人交换了一下眼神，打算动手，硬闯进去。

"等一下！"这时有清脆的女声从大堂上方传来。

张子贤循声一看，眼泪都要流下来了："林娜！林娜助理！"

　　林娜小跑着从大堂一侧的楼梯下来，很是惊讶且充满歉意地说："张子贤先生，我也没想到你会来这里！我最近一直联系不上你！"

　　保安头头见林娜下来了，哪还敢对我们不敬，齐齐向林娜敬礼。

　　林娜跑到张子贤面前，打量了张子贤身后的老王、浪浪、鱼小欢和无眉（也就是我）几眼，脆生生地表示："张先生，你先带着大家跟我来，什么情况可以等见到科斯伯格先生再说。"

　　"什么？科斯伯格先生也在？真的啊？"

　　"是的，他在！刚才我下来迎接你的时候，已经向他汇报了，他正在等你们！"

　　这时候本是萎靡状态下的无眉，却突然极力地挣扎了起来，他嘶吼着："不！"我便什么也不知道了。

鬼话连篇

生命的意义？存在的价值？不管咋样先活着。

我记得我在无眉身体里，但无眉的意识越来越强烈，我被挤压着，失去了一切感知，陷入了一片漆黑。

然后一束强烈的光芒把我唤醒，我知道我存在，但所有的认知，只剩下头顶上的这道光芒。我听见张子贤的声音急切地呼唤我："郭子，如果你能听到，你自己使使劲，从无眉身体里出来！出来啊！郭子！能不能听见？"

是啊！我猛然惊醒了，我在无眉身体里啊！我得出去，我一定要出去！

头顶的那道光芒，就像我父亲的手，我幼年融合在墙壁里时，父亲勇敢伸出拉住我的那只手！

我得救了，但我父亲死了。

父亲用他的生命换我活着！

所以我不能这样死！我不能再指望夺取无眉身体的控制权！我得出去！

这个强烈的意识填满了我的脑海，我顺着头顶的光亮所在，用最清晰的意识命令自己：穿透。

穿透！

穿透！！

穿透啊！！！

光芒瞬间扩大，直到将我笼罩。

我的感觉恢复了！我能感觉到我从无眉的躯体里被甩了出来，在空中迅速形成了我自己的身体，一切的肉体的实感蜂拥而至，我在地上连续翻滚了很多下，才停了下来。

仪器的轰鸣声也渐渐停止，我剧烈地咳嗽，不管不顾地一侧身，激烈地呕吐起来。张子贤他们向我跑来，我能看到他们的脸，能听到他们的呼喊，我知道，我恢复了！我心中一松，天旋地转，躺倒在地，一点点移动的力气都使不出来了。

等我被张子贤、老王、鱼小欢、浪浪四个人搀扶到椅子上坐下，并喝了一大杯电解质水后，我才真正没事了。老王、浪浪、鱼小欢对我嘘寒问暖一番，我感激地看着他们，只能不住地点头，直到剧烈地咳嗽了两声，终于可以沙哑着嗓子问："大家也还好吗？"

张子贤听见我说话，感觉都要落泪了，上来一把将我抱住："我真以为再也见不到你了！"

我让他抱了一会儿，毕竟这时候一把将他推开很不给面子，见他还不松手，甚至要哭了，才赶紧拍了拍他："可以了，可以了，喘不过气了。"

张子贤这才松开手。

我终于看清了周围的情况。

我们现在所在之地，是一间巨大实验室一侧的观察室，一个浑然一体无缝的巨大玻璃罩子，将我们和实验室中央场地的设备隔离开。实验室呈圆柱形，四壁洁白，在场地中央，有一个类似无眉对我用过的那种半圆筒装置，只是仅有一个，而且看起来更加精密和复杂。装置上，只有无眉一个人，被束缚在半圆形的金属筒内，头顶上有绿色和红色的光芒交替闪烁，笼罩着他。他缓缓地跟着圆筒旋转，动弹不得，但看得出，他很清醒，因为他的眼睛，死死地盯着我。

这时，旁边有人用不是太标准的普通话问："郭子，你好吗？"

我转头，看到一个穿着合身的长袖休闲衬衣、米棕色休闲裤，留着很随意的半长发的老外，向我快步走了过来，他有着一双非常迷人的蓝眼睛。

他，就是张子贤心中的神——科斯伯格。

至少当我第一眼看到他这位全世界最年轻的首富时，对他的印象很好，他的亲和力让人感觉很舒服，毫无压力。

我不知道该叫他什么，他敏锐地察觉到了，像个大男孩一样笑了起来："自我介绍一下，我是科斯伯格，你可以按中国人的叫法，叫我老科。"

"老科？啊，老科。"实话说，他这样说中文，让我有点蒙。

张子贤看我一脸傻乎乎的，插嘴道："郭子，是老科救了你。"

我当然知道是科斯伯格救了我，只是我不知道该怎么表达，我只会傻笑，然后真诚地说："你好你好，老科。"

科斯伯格拉了一张椅子过来，坐下问我："郭子，今天在你和他身上发生的一切，对我来说，inconceivable！不可思议！你现在感觉怎么样？"

"除了有点累，其他都还好。"

"你在他身体里时，是什么感觉？"科斯伯格很认真地看着我，蓝色的双眸里闪耀着求知欲。

"嗯……"我回忆着，更重要的是组织一下语言，毕竟很难形容，"总的来说，像一场很真实的梦，我变成了他，在梦中，我想动，但是又动不了，我知道这不是我……好像有两个我。还有好多画面，稀奇古怪的，似乎是无眉的童年记忆，但醒过来就记不得了。"

"郭子，你记得你怎么出来的吗？"

"记得，我见到了光，听到张子贤喊我，我还是用梦来形容吧，正做着梦，张子贤喊我，我拼命让自己醒过来，于是醒过来了，我就出来了。"说到这里，我不禁扭头看向实验室内，还在台子上慢慢旋转的无眉。

无眉脸上微微抽搐，依旧说不出话，动弹不得，只能死死地盯着我们。

科斯伯格注意到我的目光，站起来走到玻璃罩子前，看着无眉："这个人应该很危险啊！他居然会想把你融合进去。"

"不只危险，而且恶毒！"张子贤在一旁添油加醋，"还想杀了我们。"

我也站起来，看着科斯伯格的背影和无眉："科，老科，他怎么办？你打算怎么处理他呢？"

"报警啊。"科斯伯格转过身看着我，充满善意地笑了，"我相信中国警察会处理好的。"

"嗯……会涉及我……"我看了一眼身边的老王、浪浪、鱼小欢他们，"我们吗？"

科斯伯格摆了摆手，眼中闪耀着智慧的光芒："当然不会！你们是我重要的合作伙伴！必须保护你们的秘密。科学发现，有时候不能公开的，因为会给人类带来恐慌，难道不是吗？保护好秘密，恰恰是对所有人的尊重！"

我突然间明白了许多道理！那一瞬间，我对科斯伯格的信任感爆棚！他真的会保护我们，也有这个实力保护我们！

我兴奋地看向老王他们，但老王、浪浪、鱼小欢却显得并不是很开心，我心里一揪，只觉得有一盆冷水浇头，冷静了许多。这时我突然想起，在我和无眉融合的时候，我看到的一些好像是无眉的记忆画面里，似乎出现过科斯伯格……

我和老王、浪浪、鱼小欢、张子贤五个人在另一间宽大的休息室里或坐或卧，面前硕大的茶几上，摆满了各种食物和水。鱼小欢在抱着薯条猛吃，不住地念叨："这个外国牌子的薯条有点好吃咧！"

我足足喝了五瓶水，才把身体透支的水分弥补了回来，瘫坐在沙发上。老王慢慢地喝着水，一直很沉默，浪浪则一根接一根地抽烟，也不太说话。

只有张子贤一直很兴奋，说个没完。从他们的讲述里，我大概弄清了这一段时间发生了什么事。我在深空大厦大堂被无眉的意识冲击，昏迷之后，无眉一直不断地挣扎和威胁，几乎控制不住的时候，科斯伯格出现，给无眉打了一针，无眉才瘫软下来。

然后科斯伯格安排人手，把我们和无眉带到了实验室，进行了分离尝试，可是一直无法把我从无眉体内分离出，直到科斯伯格提醒张子贤，让张子贤与我对话，我听到了张子贤说话，才最终完成了分离。

张子贤手舞足蹈地自夸："你们看，我带你们来找科斯伯格对了吧！我早就说得找科斯伯格，得找科斯伯格，你们就是不听我的！非要找什么凉墨！什么土豆！"

老王阴阳怪气地嘲讽："不是你找的什么赵院长，我们能被无眉抓住？赶紧闭嘴吧。"

张子贤很不高兴地说："老王，你是不是对科斯伯格有意见？话也不愿意和他说！"

"一个外国人，不知道有什么鬼心眼，我和他说什么？"

"你这是赤裸裸的偏见！科斯伯格代表全人类！"

浪浪叫骂："都闭嘴吧！都是闲得吧！"

"浪浪，你说句公道话！"

"闭嘴！我不想在这里待着！其他的随便你们吧，我受够了。"浪浪起身要走。

张子贤赶忙拦着："不能走啊浪浪姐！"

"为什么不能走？"浪浪冷哼。

"科斯伯格先生说大家是他重要的合作伙伴啊！"

"那是你！滚开！"

张子贤死活不让开："咱们好不容易得救了，你们怎么就不开心呢？"

我坐直了身子，突然发问："为什么这里都是狗呢？"

"什么？"张子贤惊讶。

我指了指周围："全是各种狗的雕像和照片，那个老科是很喜欢狗吗？"

"这？"张子贤转头看了看，"这有什么奇怪啊？我也很喜欢狗，小时候还养过狗呢。"

"是没有什么奇怪。"我又躺在沙发上，看着天花板出神，说，"无眉用的那些设备，怎么和他用的这么像呢？"

张子贤微微一愣，但马上辩解："设备肯定都比较像啊！是啊，是有点像啊！

科斯伯格先生研究的领域这么多……这么多……"张子贤正说着，突然一翻白眼，扑通一下跌倒在浪浪脚下。

浪浪退开一步，发现张子贤是真的昏了，正要上前查看，却也觉得天旋地转，身子一软，侧倒在沙发上，竟也昏了过去。

老王啊的一声叫，站起来还没走出两步，直接一个狗吃屎摔倒在地，不省人事。

鱼小欢不知何时，脑袋已经扎在薯条袋子里，一动不动了。

我脑袋里嗡地一乱，眼睛发黑，身子只是微微颤动了一下，居然连站都没站起来，也昏了过去。

"糟糕……"我脑子开始有一点意识时，想的就是糟糕了。我眼睛微微能颤动，能勉强睁开一条缝，还没有彻底昏，我能从微光中看到，不远处科斯伯格和他的助理林娜正站在我们对面，有一个人走了过来，居然是无眉！

无眉换了一身衣服，完好无损，而且显然是认识科斯伯格和林娜的，只是他走过来，仅仅默默站在科斯伯格身侧，并不说话，乖得像一条狗。

我内心震惊得要发狂，可我连一点表情都做不出来，手指头也麻木得动不了一分一毫。

科斯伯格语气不太好："无眉，不要干一些我不喜欢的事情。"

"科斯，他是我发现的，我只是想更好地了解他的能力。"

"他的能力很危险，你的想法更危险！无眉，记住，你只是我养的一条狗，你只需要听话！不要作无谓的妄想！"

"科斯，我们华运会只是和你们合作，你说话客气点！"

"怎么，想反咬我一口？作为一条狗，反咬主人？"

"哼哼！"无眉不说话了，转头就走。

林娜呵斥："无眉，你居然敢当着我们的面走？"

科斯伯格阻止了林娜："让他走。"

无眉已经快步走出了屋子。

林娜很愤怒地表达："科斯伯格先生，为什么不杀了他？"

科斯伯格笑了笑："他只是一条猎犬，不怕他有脾气，他最终会屈服在无可抵抗的力量之下，我还用得上他。"

"汪。"林娜居然像狗一样叫了一声，只是她的声音很特殊，并不是传统意义上的狗叫，而是一种频率极高的类似狗叫的声响。

"不要再在地球上发出这种声音！林娜，再有下次，你就回去！"

"对不起，先生。"林娜马上恢复了人类的语言。

科斯伯格走近了我，蹲下身子，翻开了我的眼睛，如果我还能活动，我一定会吓得号叫出来！这个科斯伯格，在我看来，已经根本不是个人！

可我麻木得连眼珠子也动不了。

科斯伯格低声对我说："郭子，你是不是还醒着？"

我当然不能回答，也没有任何反应。

科斯伯格笑了笑："你的确很特殊，对我们很有威胁，难怪无眉对你这么用心。"他站起来，擦了擦手，吩咐林娜，"尽快安排吧。"

我被林娜安排的人扛着，一直向地下行进，直到来到了另一间实验室，比之前的那间更加庞大，是一口深井的样式。

我几乎被脱了个精光，可能出于不雅的考虑，还是给我留了一条贴身的四角内裤，然后我被固定在一个圆台的正中间，两根金属之间，双手紧贴身体，笔直地站立。随后，老王、浪浪、鱼小欢、张子贤四个昏死的人也被搬了过来，也只穿四角内裤，当然，浪浪除了内裤外，还穿着一条抹胸，他们以同样的姿势被固定在圆台的四个角上。

我们五个人被固定好后，所有工作人员退下，这间井形实验室便开始自下而上地逐次亮灯，然后重复，这样亮了三趟以后，在我正面约五十米高处的观察室里，科斯伯格和林娜两人站定，隔着玻璃窗远远地观察着我们。

我心里暗骂了声畜生，可身体麻木至极，什么反抗也作不出。

这时候微弱的电流吱啦声响起，老王他们四个同时哎哟了一声，似乎被电击醒。我也麻木感顿消，正要起念穿透束缚，却听哐的一声，从天井正上方直射下来一道暗红色的光柱，将我笼罩住。类似无眉把我融合的感觉顿时涌起，我的能力再次被限制住，我成了待宰的羔羊！

随即，我和老王他们四个，都开始原地自转起来！

老王他们四个也终于弄清了现在的状况，张子贤更是哀号一声："这是怎么回事啊？科斯伯格，科斯伯格先生！"张子贤自转时，已经看到了高处的科斯伯格，他更是惊讶万分，"这是干什么啊？哎哎哎！"

老王的手紧贴大腿，根本没有能力对手腕上的枷锁施展他的震功，于是他破口大骂张子贤："张子贤，听你的就是个死啊！你这个扫把星啊！我这辈子都不要信你的鬼话啊！"

张子贤百口莫辩，委屈地哭诉："我怎么知道！科斯伯格先生，你倒是说句话啊，为什么把我们这样绑着啊？这是要干什么啊？"

鱼小欢有些木讷地说："这是要死了嗦。"

张子贤又求了几句科斯伯格，终于放弃了，垂下了头。

没想到科斯伯格的声音从喇叭里传了出来："张子贤，谢谢你把他们带到我的面前，我并不想杀死你们，我只是想做个有趣的实验。"

张子贤如同捞到救命稻草一样大叫："什么实验？不能这样对待我们啊！我们有重要的价值啊！能够改变世界啊！这是离子阱，我们会死的！死了就没有价值啊！科斯伯格先生，你不能杀鸡取卵啊！违背科学精神啊！不能为了进步，变成科学怪人啊！"

"哈哈，改变世界，是的，我一直在做改变世界的事情，但是你们的存在，会影响我改变世界。"

"科斯伯格，你到底要干什么啊？要死要活给个痛快啊！你至少让我死个明白啊！"

"好吧，张子贤，告诉你们吧，这个有趣的实验，是把张子贤分解成四份，融入你们四个身上，有趣吧？"

张子贤哭号："可是，这就是杀人啊！杀人啊！杀人啦！救命啊！"

科斯伯格哈哈大笑："你们慢慢享受，这个过程会有点漫长，我先去休息一下，再见。"科斯伯格的声音停下，他在观察室冲我们挥手告别，头也不回地转身离去。

嗡的一声巨响，笼罩着我的暗红的光柱，瞬间变成了淡黄色，我难受得身子拼命挺直了起来。

我在被逐渐分解。

鱼小欢高叫了一声："哎呀呀，身上痒痒，好像有小虫子。"

浪浪此时说："张子贤，这里到底是什么地方？干什么用的？"

张子贤赶忙再观察了一下："这是个控束离子阱。"

浪浪又问："控束离子阱？"

"这是简称，全称是……"

"我不想听你的科学解释！我们说话外面能听到吗？"

"这里是与外面隔绝的！我们怎么喊都不会有人听到的……"

"张子贤，我问你，有什么办法能够破坏这个离子阱？"

"破坏？"张子贤愣了愣，他科学家的大脑里，闪过了一万道科学的微光，他在一秒钟内给出了答案，"离子阱是非常危险也非常不稳定的场所，所以是全封闭的环境。破坏这个离子阱的办法非常多，但是以我们目前的状态，最有效的办法应该是给郭子身体里传递一个逆反触媒，这会触发离子阱的应激安全机制！设备会立即停止工作！"

所有人都愣了愣。

鱼小欢哼唧："吐口水呢？"说着他就在转向我的时候，向我所在的位置吐口水，鱼小欢和喷水鱼一样，吐得很远。所有人内心一片惊呼的时候，口水碰上笼罩我的淡黄色光芒时，瞬间蒸发成了气体。

张子贤惨叫："不能这样啊！口水不行啊，会触发暴力波的，我们会被烧死的啊！"

鱼小欢赶忙把口水咽了回去。

张子贤又拼命催动他的科学脑细胞，一秒钟后，他大喊："有没有谁身上有类金属？"

"类金属？"众人齐问。

"比如，铅笔里的石墨，电池里的硅结晶，能导电的。"

"你看我们这样裸着，差点一丝不挂了，能有铅笔吗？能有电池吗？"老王咆哮着，他奇特的东南口音，让他的咆哮带有一种说不出的搞笑感。

浪浪皱了皱眉，说："无眉的太银算不算？非金非木！"

张子贤小眼圆睁："这个算！这个算！在你身上？在在在，你身上，哪里？"

浪浪张嘴卷舌闭目，很艰难地咳嗽了两声，然后吐出了一个银珠，展示给大家看，接着又把银珠收回口中，继续说道："这是花门的秘技，喉珠，我把太银埋在这颗珍珠里了，只要捏碎，就可以取出太银。"

"浪浪，你怎么能把这么危险的东西放在喉咙里？"老王关切地问。

"要你管！我乐意！"浪浪喝止了老王，"我把喉珠吐到郭子手里，郭子就能取出来。"

老王忙说："你看郭子能有力气把珍珠捏碎吗？"

"那我咬碎后把太银吐到郭子手里！"

"不可以！你没看郭子根本反应不过来吗？抓不住的！"老王大叫，"而且这玩意儿有剧毒！你含在嘴里会死的！你为我们死了，我活着也没有意义了！"

"能救就救吧！总比都死在这里好！"浪浪语气很坚定。

"冷静！听我说说我的计划！"老王语气坚定。

我们都看向老王，老王开始讲述他的计划："浪浪，你把珠子吐高，鱼小欢把珠子打到我手里，我捏碎珠子，把太银捏成薄片，震动空气，这样就能把太银传到郭子手里。"

张子贤高兴地赞扬："好办法啊！只要能停下机器，我们就能得救了！"

老王看向鱼小欢："你能不能搓出几个弹珠？"

鱼小欢傻愣："哪有东西可以搓？"

"你裤衩！"老王提示！

"哎呀对对对。"鱼小欢一勾手，正好能扯到自己内裤，他使了使劲，便撕下一条布，"可以哦！我能搓出三个！"鱼小欢一通猛撕，真给他拽下三条布，他在手心中攒了又攒，兴奋地说："没问题！重量大小都合适，指哪打哪！"

老王松了一口气，又问浪浪："浪浪，你尽量吐高吐远，向着小鱼的方向！没问题吧？"

浪浪轻哼一声："要说口中吐物的准头，天下没多少人比得过花门。"浪浪说着，把银珠从口中吐出，含在唇间。

"万万小心！"老王叮嘱，"小鱼，记好了，把珠子打到我手心里！"

"没一点问题！简单！"鱼小欢信心十足，"浪浪姐，你只管冲着我，吐高点！！"

"看准了，小鱼！"浪浪同样信心满满。

鱼小欢高声应答："我准备好了，浪浪姐！"

大家全部心思都集中在了浪浪脸上，连我也忘却了身体的难受，聚精会神地看着浪浪吐珠。

"小鱼，准备……"浪浪找准了方位，正要吐出。

银珠从浪浪唇间……

滑掉了……

在银珠从浪浪唇间滑落的那一瞬间，浪浪用下巴接了一下，然后伸长了她天鹅一样的脖子，银珠咕噜咕噜滚到了浪浪深深的肩窝里！

停住了！

可是，够不到了……

老王反应了两秒钟，低声细语："浪浪，别紧张，别乱动，珠子还好，珠子还好，没掉地，没掉地。"

浪浪一张俏脸，涨得比猪肝还要难看。

又过了死寂的几秒后，浪浪才低声说："失误了……对不住。"

老王安慰："浪浪，慢一点，没事没事。你看还有没有办法，把珠子打高？"

浪浪微微点了点头："可以，我可以用肩膀把珠子打高，但我不能保证准头！小鱼，你可以吗？"

鱼小欢还是激情澎湃的："妥妥的！你只管向我这个方向打高！"

老王鼓励："小鱼，拜托了！"

张子贤也跟着说："小鱼，一定要成功啊！"

浪浪深吸了一口气："小鱼，看好了！"

"来来来！"鱼小欢欢呼。

浪浪稳定了一下情绪，深吸了两口气，所有人大气都不敢出，只见浪浪让肩头深深一沉，珠子从肩窝里快速滑出，浪浪低喝一声，香肩猛抬，珠子向着小鱼的方向弹出，只是仅仅有两个人头高。

鱼小欢大喝了一声！手指尖弹出一个布团，布团准确无误地击中了珠子，原路向斜上方折回，叮地一响，正好击中浪浪身侧的铁杆，珠子再次弹高，足足高出了一人以上！

这次击打的确神乎其神，不差分毫！怪不得鱼小欢敢进行飞刀削苍蝇腿的直播表演！

鱼小欢持续不停，又大喝："再中！"再弹出一弹，依旧稳稳击中，珠子向着老王的方向飞去。老王已经手掌大张，准备接住！

鱼小欢已经满脸大汗，脖子上青筋暴起，他再次弹出一弹，击中珠子，只是这第三弹虽然打中了珠子，却没有向老王的手掌落去！

珠子改了方向，向着老王的脸上飞去！

老王瞪着双眼，仰着头，用了人生最大的鼻子吸力，吸住了珠子！然后他慢慢低头，珠子从他鼻孔里滚落，准确无误地落进了下方他张开的手掌里！

成功了！！！

浪浪、鱼小欢都哭了，双眼通红，激动得再也无法言语，张子贤这时也回过神来，结结巴巴地赞扬："太不可思议了！"

老王冲我大喊："郭子，一会儿我会把太银扇向你手中，你一定要抓住啊！"

我竭力地微微点了点头。

这时候，离子阵墙壁上一直向上跳跃亮起的灯光速度也加快了，嘟、嘟、嘟的声音持续不断，即将接近最高点。

张子贤眼珠子都要瞪出来了："老王，快！离子阵的光束强度要到最高点了！郭子会被瞬间瓦解掉的！"

老王不敢再大意，他手一震，把银珠捏碎，顺势把太银捏成了薄薄一片。他投出了太银薄片，手掌开始以看不清的速度扇动，太银薄片在空中飘飘荡荡，向我的手掌方向飘了过来。

老王的手扇得极快，脸也开始涨得通红，看得出他已经使出了自己的全力。然而，太银薄片离老王越远，越是下沉得多，眼看着已经偏离我手掌的高度！

浪浪撕心裂肺地喊道："老王！加油啊！"

老王听到浪浪的鼓励，闷哼一声，加快了扇动的速度！他的手掌已经变成了一片灰影！快得看不清了！

我低着头，看着太银薄片穿过了光幕，就在我手边忽高忽低地沉降，老王嘶哑着吼道："郭子，抓住啊！"

我的手指一根根地颤动着，使不出力，我脑海中无数的声音响起，无数的画面浮现，郭子！郭子！郭子！你可以的，你可以的！！！郭子！郭子！郭子！你什么也不是！你什么都做不成！

离子阵的灯光指示，正在接近最高点！一块倒计时面板也蹦出了数字，10、9、8、7……

不，我做得到！

短暂的两三秒，如同我的一生那么漫长……

老王！浪浪！鱼小欢！张子贤！马静！我的儿子小树啊！！！

我抓住了!

我在一瞬间,抓住了太银薄片!

张子贤大叫:"郭子!把太银融进你身体里啊!"

太银的薄片在我手心中,慢慢地渗透进我的皮肤……

嘟!倒计时结束!灯光到达了最高点!光束的颜色顿时一变,成了淡蓝色!这是张子贤所说的最高强度吗?

更加巨大的能量从我头顶倾泻而下,我能感到我的身体在极快地分散瓦解!我要死了!是无效吗?作了这么多努力,还是无效吗?

我身体里的太银薄片,也被能量轰击得瓦解了……

嗡!迥异的声音突然响起,很快连成了一片,嗡哇嗡哇嗡哇!红色的灯开始旋转、闪烁!是警报!

本来笼罩着我的淡蓝色光束瞬间减弱,直至消失,整个离子阱里,只有嗡哇嗡哇的警报声。

我一下子自由了!身体也能动弹了!

张子贤泪流满面地大叫:"郭子!救我们!"

我根本不作思考,念头一起,穿越!我便穿透了所有的束缚,跌跌撞撞地跑了下来,全身肌肉骨骼和撕裂一般疼,我一步一跌!

老王喊:"郭子,先救我!"

我忍着剧痛,在地上连滚带爬,来到了老王脚下。

老王呼喊我:"郭子,开我手腕的锁!"

我胡乱地抓住老王的裤衩,把自己拉起来,另一只手向老王手腕上的金属锁环摸过去。这个锁环开起来并不复杂,我用一根手指穿进金属锁环,很快摸到了机簧,我手指一挑,便开了老王的手环。

老王终于腾出了一只手,他一反手,在另一只手的手环上施加连续震动,硬生生把锁给震开了,接着老王又依次解了脚环。我已经疼得匍匐在地,连站起来的力气都没有了。

老王没有管我，快步向浪浪冲过去，给浪浪解开了束缚，又去解下了鱼小欢。

张子贤在一旁哭喊："老王，还有我。"

老王嘴里骂着："你死了算了！"话虽这么说，但他手里不停，给张子贤解开了束缚。

鱼小欢已经跑来扶起了我，把我架住。

浪浪看了周围一圈，高声问："往哪里走？"

老王、鱼小欢和我都一愣。

鱼小欢问："咱们怎么进来的？我昏了的！"

大家都摇头！大家进来的时候是集体昏迷的状态！

我艰难地抬手指了指："那边，是进口！"

老王愁容顿起："不能走进口，会和他们撞个正着啊！"

我不由自主地看向了张子贤，大家顿时齐刷刷地看向了张子贤。

张子贤紧张得颤抖："都都都看我干吗？"

"怎么出去啊？"众人齐喝。

"我想想，我想想！"张子贤抱住脑袋，狠狠捶了几下，抬眼一看，"管道口！我们能走管道口！这边这边！"

张子贤带路，我们五个赶往了离子阱的一侧。张子贤迅速找到了一扇小门，和狗洞差不多大，上面有一把红色扳手，张子贤用了吃奶的力气，也不能扳动分毫。

张子贤惨叫一声："我弄错了，我们这一侧只能关，不能开。"

老王叫骂："我就知道你一点也靠不住！"

而在此时，在入口方向，门已被打开，几十个穿着制服的彪形大汉向我们冲了过来。

我挣扎着站起："张子贤，怎么才能开？"

张子贤指了指安全门："得去另一侧开。"

我应了一声，念头一起，脚下一蹬，如同跳水一般，直接在张子贤面前穿过了安全门。

我只听到张子贤哇的一声叫，等我落地时，已经穿过了安全门，来到了只有半个人高、一个人宽的狭窄管道间，张子贤悠长的哇声已经在门的另一边了。同样的红色扳手横在门上，我忍着关节的疼痛，使劲扳动旋转，门那边已经传来了激烈的打斗和吼叫声。

咔嗒一声，扳手入位，门咯嘣一声打开了。只见张子贤在先，鱼小欢紧随，然后是浪浪和老王几乎紧贴着，滚了进来。一堆穿制服的大汉居然挤在门口互殴，打成一团。但还是有好几个人已经抢到门前，想阻止我们关门。一定是浪浪用了乱魂眼，迷惑了打头的几个制服男人，让他们互殴。

老王、浪浪、鱼小欢、张子贤，甚至包括我，都疯了一样抽打推搡想挤进来的人，张子贤甚至动了口，冲着一只胳膊一口咬了下去。狗急了跳墙，人急了也会咬狗的！

终于，最后一只手被我们连咬带掐地弄了出去，门咚的一声关上，我拉动扳手，将安全门彻底锁死！正如张子贤所说，对面是打不开的。

大家惊魂未定，稍作喘息，老王已经爬起来张罗："张子贤，带路！"

"去哪儿？"张子贤喘着粗气。

"离开这里啊！"老王没好气。

"顺着这条管道，我也不知道去哪里啊。"张子贤很无辜地睁大了小眼睛。

"我……好吧……我们走！"老王完全对张子贤无奈。

鱼小欢举了举手："要不我带路？"

大家不禁都看向了鱼小欢。

"你带路？"老王不解。

鱼小欢眨了眨眼："我来嘉陵之前，是修下水道的。"

张子贤觉得很受羞辱一样："这里是科学设施！不是下水道啊。"

"那能有什么不一样的呢？"鱼小欢认真地看着张子贤，用他软塌塌的胳膊挥了挥，他光着膀子，这样看起来，确实很像一条章鱼的触手。

…………

　　大约一小时后，深空大厦后侧路边的一个井盖被慢慢揭开，从里面爬出来五个满身污垢的人，正是我们五个倒霉蛋。

　　天光大亮，竟是早上上班的时间。

焉知非福

和死人讲的道理，绝对都是真理，因为死人不会反驳。

我很难完整地描述我们是怎么离开深空大厦的，我们只是盲目地跟着鱼小欢在各种管道里爬行，身边的警报声一直没有停止，直到跌进一条脏兮兮的下水道里，警报声才逐渐远去。鱼小欢闻着气味，摸着墙壁前行，我们紧紧跟随，这才终于来到了地面。

不远处就是城市的主干道，密密麻麻的上班人群，都忍不住停留，对我们五个蓬头垢面的"疯子"指指点点。这时候我们也顾不上什么脸面，老王带路，一路小跑，赶到了马路边的共享单车停车点。

老王推了推共享单车，都是上锁的，无奈大喊："锁了！"

我身体的疼痛感已经消失了很多，精神总算好了起来，我上前一步，手指直接往单车的锁头处一插，一拨机簧，便开了锁。

"你们忘了我是个锁匠吗？"我自己也觉得尴尬。

众人大喜，一片催促，我连开五辆共享单车，大家纷纷骑上！

大街上的人看着我们这五个几乎赤裸的"疯子"骑着单车狂蹬，纷纷避让，叫骂声、嘲讽声连成一片！"报警报警！""还有个女的！""行为艺术吧？""不要命啦！""做广告的吧？"

这种集体半裸逃亡实在太过显眼，几乎惊动了整条大街，身后很快多了许多好事之徒，骑着车追赶我们，一路吹着口哨。

我们管不了是否丢脸，当务之急是远离深空大厦，越远越好。可能是出于羞耻感，走走停停之间，我们把沿路能抓到的任何遮挡身体的东西统统拿下，套在身上。

骑出不到一公里，我们几个人已经换上了"衣服"。我披着一条脏兮兮的床单，老王套着一件雨衣，张子贤穿着一条火锅围裙，浪浪不知道怎么弄了一件长袖上衣，鱼小欢则套了一个纸箱壳子在腰上。

我们也不知道该往哪里去，反正哪有方便我们骑行的道路，我们就往哪里去！没多久，竟变成了我披着床单在前领路，身后带着四个"疯子"，像一个落魄至极的自杀小队。

更糟糕的是，不知道从什么时候开始，身后多了很多黑色的SUV，整整齐齐地连成一排，这不是科斯伯格的车队才有鬼了哦！

我们慌不择路，东拐西转，可那些车总是能堵截到我们。

再走一段，头顶上轰隆隆的螺旋桨声响彻半空，一个黑影笼罩住我们，我抬头一看，竟是一架银亮的直升机，盘旋在我们头顶的天空上。科斯伯格鬼畜一般的脸，就在敞开的机舱边，他向下方看着我们，好似在看逃亡的羔羊一样。

我们唯有玩命蹬车这一个选择。

逐渐地，我们离开了闹市区，向着城市边缘骑去。路上的车辆行人也越来越少，我们五辆自行车呼啸而过，身后则跟着至少三十辆黑色SUV。他们居然不一下子追上我们，而是像在戏弄我们一样，要把我们向更远处驱赶。

回想一下，这个场面一定很壮观。

远处已经出现了湖面，我一打车龙头，向湖边密林中骑去，这恐怕是唯一能甩掉他们的办法。果不其然，汽车都停下来了，车上的制服大汉们纷纷下车，奔跑着追赶我们。

死路！

我们骑到湖边，望着广阔的湖面，已经无路可走了。

我们五个人对视了一下，我无奈地说道："没路了，要么咱们都跳水，要么，我留下，你们跳水离开！"

鱼小欢已经跳了下去，欢呼一声："水不凉哦！下来下来！"

张子贤愁眉苦脸："我不会游泳。"

老王叫骂："那你就去死！"说着拉过我，就要跳水。

浪浪疾呼："那是什么？"

众人赶忙看去，只见湖面的树林一侧，有一架小小的直升机拖拉机般轰隆作响，正贴着水面疾飞而来，很快悬停在我们面前。

这哪里是直升机，简陋到只有螺旋桨，其他都是架子。

直升机上坐着一个很显眼的胖子，穿着白大褂，戴着一副飞行墨镜，头顶上头发稀疏，他一脸严肃，但是怎么看都是一副惹人发笑的样子，挥手招呼我们："快上来，快上来！跳下来！"说着，就从直升机上丢下一个绳梯！

老王欢呼一声："土豆！"

"还不快点！等什么！"土豆连连挥手。

老王大喊一声："来了！"说着狠狠把我一拽，就跳下了水。

我浮出水面，向着绳梯处游了过去，鱼小欢和老王已经攀上了绳梯，把我拉了上来，紧跟着是浪浪，她手脚麻利，也上了绳梯。

"我我我……"呼救声传来，我回头一看，只见张子贤在水里扑腾着一沉一浮。

"救他！"我呼喊着，以我自己的水性，救人如同自杀。

老王只好跳下来，从身后把张子贤搂住，开直升机的胖子身子一侧，直升机也一侧，将绳梯荡过去一些，让老王攀住了绳梯，终于也把张子贤顺利地弄了上来，张子贤半个身子还在水中，死死拽着绳梯，不住吐水。

胖子高呼一声："走喽！"拉着我们向着湖对岸飞行。

这架小小的农用直升机，可能承受不住我们五个人的重量，一直无法升高，所以可怜的张子贤，只好一直在水中用下半身"冲浪"。

科斯伯格的直升机其实一直在我们头顶盘旋，见我们被农用机拖走，立即跟了上来，就在头顶上慢悠悠地盘旋。

科斯伯格的脸格外清晰，他大笑着说话，声音被立体声喇叭放大："各位先生女士，这样很危险！会坠机的！快下来啊！我救你们！"

还没等我们还嘴，开农用机的胖子举起一个塑料喇叭喊道："科斯伯格，搞清楚，这里是中国！赶紧滚蛋！"

科斯伯格笑起来："吕先生，是你啊，我们好久不见！"

"少废话，赶紧滚蛋。"

"我干什么了？为什么要我滚蛋？这是中国人的待客之道吗？"

"对你没有一点。"

"哦？中国古话说，以其人之道还治其人之身，既然不能礼尚往来，我也就不客气了。"说着，科斯伯格从脚下拿起一根黑乎乎的炮筒子一样的东西，瞄准了我们，"我这是拯救你们！"

说着，他开炮了！没有烟火，只见一团清晰的空气波从他的炮管中炸出。

开农用机的胖子灵活地一甩，农用机横向移动，科斯伯格的空气炮没有击中，但把水面炸起几米高的水柱。

张子贤一个抓不住，身子向后一仰，老王和我死死地抓住了他的脚踝，让他倒挂在了绳梯上。于是，张子贤开始了头部"滑水"运动，飘逸的长发在水里一沉一浮，甩出了漂亮的水花。

"呜呜呜……咕咕咕……"张子贤也只能发出这种被猛灌湖水的呻吟声。

科斯伯格不肯罢休，填弹后继续开炮，可那架农用直升机在胖子的操作下，和一只跳蚤似的，总是在关键时刻正好躲过。

鱼小欢还能顾上和胖子说话："你就是土豆啊？"

"我姓吕。"

"久仰大名啊，你就是吕土豆啊！终于见到你了啊！"

"不要这么客气！"

"你是好人还是坏人啊？"

老王在下方怒吼："他是好人！"

鱼小欢赶忙回应："我猜就是好人嗦，因为一路上追我们的人，都用的是高科技啊，只有你开着农用机来，很土很暴力，我很喜欢。表哥，我叫鱼小欢！"

这位叫土豆的胖子低头冲我们一笑，他的脸颊一下子堆满了肥肉，看起来真的像个洗干净的土豆。

土豆大叫："不好意思啊，我找你们好辛苦的！刚知道你们的下落，急匆匆地来了，所以只有这架农用机，先凑合凑合！"

科斯伯格又开炮，土豆再次拉着农用机躲过。

鱼小欢高声说："咱们逃不掉的啦。"

"那不能！大部队马上就到！"土豆满脸自信。

浪浪轻哼一声："大部队？在哪里呢？"

"马上！马上！哦……看，来了！"土豆伸手，突然向远方一指。

顺着他手指的方向，我看到了一生中都不敢想象的画面——从远处的矮山山头，一个个庞然大物跳了出来！

全是正儿八经的战斗直升机！我都能看到直升机下悬挂着导弹！一架，两架，三架，四架，五架……

我的天，至少有十五架直升机，密密麻麻地排着队，向着我们这个方向飞来！

这次，科斯伯格的脸色变了！他收回了手中的空气炮！

嗡，嗡，嗡，头顶上，六架战斗机低空飞掠！紧接着，又是六架！

科斯伯格钻回了机舱，他那架直升机已经如同一只小老鼠一样可怜，被大狼狗们围剿！科斯伯格的小小直升机掉头就跑，毫不犹豫，堪称"掉头鼠窜"！

另外有十来艘快艇从各个方向踏着水浪向我们奔来，在我们周围绕圈，护卫着我们。那一刻，安全感爆棚了！我明白，这一切都是土豆安排的。

这就是老王说的那个高人，那个被我们戏称为土豆的高人。

我们从绳梯上被放下来的时候，张子贤还在吐水，甚至吐出了一条小鱼，但他没死，他只是腹大如鼓。他醒过来的第一句话是："我感觉我把我这辈子的水都喝完了。"

大家都笑了，劫后余生的快感，让我们情不自禁地抱在了一起。

土豆穿着一身白大褂，摘了飞行墨镜，戴上了一副金边眼镜，看起来……看起来有点神经兮兮的。

"不要久留，我们出发！"土豆指了指身边一辆破旧不堪的农用三轮车，招呼着我们。

我们换了一身朴素的衣服，和进城民工完全没有区别，坐在三轮车的车斗里，颠颠簸簸地在山间土路上行驶。我心里嘀咕，这差别太大了吧，刚才还是直升机快艇，现在怎么又这么原始了？这个土豆到底是什么人？

其实不等我发问，鱼小欢已经兴致勃勃地问个不停了，只可惜没有得到什么答复。这位土豆大神，更关心的是自己没有多少头发的发型是否被山风吹乱，回答问题仅限于"一会儿你们就知道了"，如此重复。

老王一直在絮絮叨叨地和浪浪讲述当年他和土豆的交情，发自肺腑地感谢土豆，感叹他找土豆多么不容易。

张子贤被灌饱了水，几乎不说话，只是颠几下，他就吐一下水，没完没了；我则一言不发，从一个环境换到另一个环境，虽然土豆确实救了我们，但我总觉得陷入了另外一场危机……

半个多小时的颠簸后，我们来到了一座半山腰上的农场。它看起来毫不起眼，地上有很多鸡在奔跑，还有好几间牛舍，里面养着牛，只是四下看去，一个人也没有。

土豆把三轮车停在了一间大仓库的门口，挥手让大家下车。我们跟着他依次入内，发现里面居然是一间牛棚，左右两边养了几十头牛，地上到处都是干草。

我们也不敢多问，紧跟着土豆走着。

土豆一直走到最里面靠墙的位置，才一转身，对我们说："大家稍等！"然后他走向了一头正在旁边慢悠悠吃草的牛，背着双手，看着这头牛。

这头牛也不理他，只顾着自己吃草。

土豆低下头，一把撩起牛额前的刘海。

鱼小欢欢声问："这牛还有刘海呢？"

"嘘！"土豆严肃地比画了一下。

大家不敢出声，静静地看土豆接下来要做什么。

土豆一弯腰，把脸贴上牛头。

"DNA 检测通过。"

牛说话了！

还是标准的女性声音！！！

我惊讶得下巴都要掉了！！！

牛继续说话："请输入今日密码，并进行虹膜扫描。"

土豆上前一步，盯着牛眼，在牛的额头上按了几下。

牛慢条斯理地回答："虹膜验证正确，密码正确，欢迎您回来，吕土豆先生。"

这头牛的话音刚落，咔嗒一声闷响，牛棚最里面那面脏兮兮的木板墙从中间裂开，明亮的灯光从墙缝中透出，顿时将这间昏暗的牛棚照得雪亮，晃得我们一时睁不开眼睛。

等能够看清事物时，我们的面前，那面开启的墙壁里面，竟然是一间庞大的作战室！高低错落的结构，大大小小、密密麻麻的屏幕，上百个军人打扮的人员来来往往。我们脚下的地上还有不少农场的杂草，脚上还粘着鸡屎，可面前却是高科技打造的铜墙铁壁、光洁如镜的地板，这种反差，让人脑子都被掏空了，根本反应不过来。

土豆挥手前进："跟我来！"

我们如同听话的木偶，跟着土豆进入，身后的金属大门缓缓关闭，除了地上露出的几根干草证明我们刚从一间农场的牛棚进来，再没有任何可以关联的想象。

土豆领着我们一路向前，这里的人似乎对我们的到来见怪不怪，毫不在意，人人都忙碌不已，有调试设备的，有交会议材料的，不断有人上前拿文件给土豆签字，向他汇报情况，他快速一目十行审批文件，有条不紊，颇具风范。

直到走到高处的一个小平台，土豆才停下来，认真地看着我们，进行了自我介绍："既然你们已经到达这里了，我可以向你们正式地介绍一下我。我叫吕涂都，当然你们叫我土豆，我也是可以接受的。"

土豆抚了一下自己的头发："我是 ISDA 的，全称是国际空间保卫联合会，是一个全球性的联盟组织。世界上绝大多数的人，是不知道我们这个组织的存在的，因为我们是专职应对地外文明威胁的。"

土豆说到这里，我们一下子炸锅了。

鱼小欢："啥？"

浪浪："地外文明？"

老王："就是地外文明，他说的。"

张子贤："地地地外文明？你们证明外星人存在了？"

我："什么什么地外文明威胁？"

土豆郑重地、慢慢地抚了一下他的头发，转身看向这座大厅，沉吟道："不错！地球正面临有史以来的最大危机！"

"啊？"众人齐呼。

土豆一个潇洒的小滑步，居然来到了张子贤面前，握住了他的手，他微微侧头，脸上的肉微微颤抖："张子贤先生，张研究员，正是因为看到了你的论文，我们才终于找到了郭先生，迎来了光明的希望！"

"因为我的论文？"张子贤一下子握紧了土豆的手。

"对！"土豆动情地上下晃动着，"正是你的研究，才对 ISDA 解决地球危机起到了关键性的作用！"

张子贤啊了一声，双眼已经红了，热泪滚滚啊，说话都颠三倒四了："谢谢我妈栽培，不是，是 ISDA 认可我，认可我的研究，我终于有知音了，我终于被国家认可了啊！"

"不仅仅是中国，是全世界！"土豆挥舞手臂的姿势如同夸张的舞台表演。

张子贤号啕大哭，和土豆紧紧拥抱，两人互相狠狠地拍打着对方的背部，嘭嘭嘭作响。

土豆和张子贤半晌后才互相放开，土豆唰地看向我，吓得我一哆嗦。

土豆伸手要和我握手，我不敢拒绝，只好也伸手握住他的手。土豆的手很有力："郭先生！郭子！很高兴见到你！发自内心的！"

我忙说："我也很高兴认识你。"我想抽回手，土豆不肯松，我很是尴尬，但还是使劲又抽了两次，土豆才松开了。

土豆一个小滑步，站到我们五个人面前："我知道大家一定有很多问题要问我，不着急！你们休息一下，洗个澡，换身衣服，之后我给你们准备一个小小的欢迎仪式。来吧，请跟我来。"

带着满脑子的疑问，我们被领进了一间药丸一样的洗浴室，美美地洗了个澡，等出来时，衣服已经准备好了。我拿起来一看，是一种类似军装的暗绿色制服，我也没有其他选择，直接穿上，很合身，照了照镜子，还挺威风。

然后我们在一间小餐厅聚齐，老王、浪浪、鱼小欢、张子贤他们也都换上了和我同款的制服，浪浪盘着头，胸口半敞，很是英姿飒爽；老王这身打扮也不错，看起来雄壮了不少；张子贤眯缝着小眼睛，穿上这一身，总觉得像个潜伏的特务；鱼小欢更别提，举手投足还是毫无气质。

我们美美地吃了一顿，中西餐都有，不限量，口味也很好，我确实饿得要命，吃了个十成饱才放手。

还没等我们深入交流一下这里是个什么情况，土豆已经到来，他还是穿着白大褂，只是白大褂是崭新的，上面还别了好几个徽章。

"好！"土豆的动作还是很夸张，"大家吃好了吗？精神恢复了吗？现在，跟我来吧！"

我们坐着升降梯，来到了地下十层，通过一条金属通道，来到了一个舞台的幕后。土豆向我们示意"请"便率先上台，边走边鼓掌。

我们也紧随而上，踏上了一个圆形舞台，啪啪啪，如雷的掌声响起。

下方，居然有上千个穿制服的"士兵"笔直地站立着，列着方队，正为我们的出现而鼓掌！完全是多国部队的配置啊！

这场面让我面红耳赤，走路都走不好了。

土豆喊一声口令，掌声齐齐停止，土豆又喊一声，士兵们整齐划一地敬了一个军礼，唰地齐齐双手反剪，现场顿时一片安静，落针可闻。

土豆转头冲我微微一笑，招呼了一下，旁边马上有一个漂亮的女军官递上来一个话筒，土豆拿着话筒，突然大声地问我："郭腾飞先生，你愿意拯救世界吗？"

我眼珠子都要蹦出来了，土豆的话筒恨不得杵进我的嘴里，所以我只能回答："啥？"

土豆很耐心地拿回话筒，重复道："你愿意拯救世界吗？"然后话筒又杵在我脸上。

我一句话也说不出来，我脑子里乱成一锅粥了。

老王突然乱入，一把抢过土豆手里的话筒："我愿意！我是老王，我是明心社嘉陵分社的社长王牧！我愿意拯救世界！浪浪，我拯救世界的那一天，你可是答应了娶我为妻，不是，是我娶你为妻！你说过的！你不能反悔！"

鱼小欢扑上来把老王手里的话筒抢走，操着浓厚的广西口音说道："各位表哥！我叫鱼小欢！我愿意拯救世界，但我还没有结婚，有没有表妹……"

老王恼羞成怒，和鱼小欢争抢话筒，撕扯起来，话筒在撕扯中转到了张子贤面前，张子贤使劲把话筒抢到了自己嘴边："我也愿意！我叫张子贤！给我！你们给我！我还要说！"

"我叫鱼小欢，我愿意拯救世界！我要表妹……"

"我老王，终生理想就是拯救世界！我……"

"我是张子贤，是我写了论文拯救世界，你们……"

三个人毫无形象地在台上大抢特抢，可能对他们来说，梦想成真面前，不需要有任何理智吧。浪浪不知道什么时候也挤上去了，她利用她女性的优势拿到了话筒，并很庄严地宣誓："老王，你去死吧！我从来没有说过要娶你这句话！滚！"

土豆发出恶龙咆哮："你们够了！"说着他肥硕的身躯冲过来，把话筒一把抓了过来，再次狠狠地杵在我的双唇上。

"你愿意拯救世界吗？"土豆认真地看着我。

所有人都认真地看着我。

再没有人说话。

我把脸移开了点，嗯嗯了两声，话筒似乎也在等着我，发出了轻微的刺啦声。

老王有点着急："郭子，你别愣着，说话啊。"

我扶了扶话筒，终于说话："我，我……拯救世界？拯救什么世界啊？关我什么事啊？"

我说完这话后，除了话筒里电流的刺啦刺啦，全场鸦雀无声。

我看着大家呆若木鸡的样子，凑过脸去，在土豆手中的话筒边补充了一句："有问题吗？"

…………

真是一个天朗气清、万里无云的下午啊！

我、老王、浪浪、鱼小欢、张子贤一行五人，穿着清一色的全新的飞行夹克，头戴墨镜，帅气逼人，从机库大门走出来，向着宽大的机场里的数架军用飞机走去。土豆依旧穿着白大褂走在最前面领路，昂首迈着标准的正步，他步伐很小，像一个在滚动前行的大土豆。

我突然掉头就跑，随即被老王追上，几个人死死地把我押住！

我大声反抗："我不想去！别拉着我！哎呀，烦死了！我能拯救什么世界？我能拯救什么地球？要拯救你们拯救，我真不想掺和这事。"

老王苦口婆心："郭子，我嘴巴都说烂了，你想想啊，你想想，都到这里了，去看看又怎么了？"

鱼小欢循循善诱："没准很好玩的咧。"

张子贤仗义执言："郭子，你你你，你不要让我这么失望好不好？怎么能当逃兵呢？"

浪浪也说："腾飞，别拗着了，先了解清楚了再决定，好不？"

我无奈地长叹一声："好好好，行行行，你们别拽着我了，放手，放手，我去我去。"

老王他们一松手，我掉头就跑。

我当然又被抓回来了，总而言之，我没能跑掉，还是跟随着土豆，来到了一架飞机面前。

大家傻眼，这哪是停在机场上威风凛凛的黑色大飞机啊，而是一架固定翼双螺旋桨的小飞机！

土豆挥手："大家上！"

老王他们都有些泄气。而我终于能嘲讽他们："看到了吧，拯救世界是要用这架小飞机去洒农药吗？"

土豆摇了摇头说："不要着急，一会儿我会告诉你们理由，郭先生，要不你先请？"

我倒是不想逃跑了，首先是因为费劲跑不掉，其次是我开始对这趟"洒农药"的旅程有了点好奇心，所以我率先登上了梯子，爬进了这架小飞机。

在狭小的机舱里，我们六个人已经把机舱挤得满满当当。

我不想和他们说话，看着窗外发呆，张子贤和土豆不停地碎碎念，老王和浪浪闭目养神，只有鱼小欢一直很兴奋，看着窗外不住地吆喝："我第一次坐飞机哦！你看，那个是什么，是辆汽车哦！看看，好小哦！云好大一团哦！"

飞行了一小时后，土豆起身叮嘱大家："大家检查一下自己身上的降落伞！卡扣一定拉紧哦！"

我抬头问："怎么了？"

土豆安抚道："飞行千万条，安全第一条，以防万一，大家放心享受这趟旅程。"他这番话刚刚说完，驾驶舱门上方的一个红色报警器就呜啦呜啦地响了起来，接着，一个驾驶员打开舱门，大喝了一声："我们已经被锁定了！"

随即，这位飞机驾驶员在我们的瞠目结舌之下，一脚踹开机舱的门，头也不回地跳了下去。

大家愣了足足三秒钟后，我才打破了僵局："刚才是驾驶员跳下去了吗？"

我们齐刷刷地向驾驶舱一看，里面一个人也没有，飞机在自己飞行。

土豆淡定一挥手："很好，问题不大，我们全部跳伞！快快快，快站起来，再不跳飞机要爆炸了！"

我从座位上跳将起来，还没等我站稳，土豆已经抓着我的腰带，将我身子扳正，猛地一脚把我踹了出去。

我惨号了七秒钟后，终于适应了这种下坠感，咚的一声，降落伞自动打开了，我又被急速拉起，继续惨号了三秒，终于稳定了下来。

我看到天空中，老王、浪浪、鱼小欢、张子贤他们的降落伞都已经打开了，张子贤的哀号声一直在天空中回荡，我抬眼一看上方，这架小飞机轰隆一下炸成一团火球，冒着黑烟急坠而下！

土豆说得没错，飞机真的爆炸了！但是土豆呢？他没跳下来吗？难道他为了救我们，自己没来得及？

我心中一疼，正要大喊一声土豆，却听身后风响，没有开降落伞的土豆，在空中向我俯冲而来，并把我一把抱住。我的降落伞被他这么一冲击，剧烈地晃动起来，我又吓得嗷嗷大叫。

土豆不慌不忙地指了指我的上衣口袋："衣兜里有副眼镜，你戴上，往上看，只能看三秒哦。"说着他松开了我，以躺着的姿势在空中滑行，随后他一翻身，挥动他身上的白大褂，扑腾了两下，竟又高速向着老王他们飞了过去。

我无话可说，这个胖子确实有点本事！不得不佩服！

我慢慢摸出了上衣口袋里的一副薄片似的墨镜，一边准备戴一边向天空看去，天空碧蓝，一览无余，可是我把眼镜戴上的一瞬间，看到了我头顶正上方有一个东西。

月亮？

不对，这不是月亮，是一个大球！淡淡的，有点银色金属感的大球！这个大球有多大，我无法形容，只能说很大很大，有半个天空那么大！我们刚才飞行的路线，居然就位于这个大球的下方！

一种巨物的压迫感席卷了我全身，我不禁哆嗦了起来，连喘粗气。只是很快，也就三秒钟的时间，墨镜的颜色褪去了，天空中的那个硕大无比的球，也立即消失在了我的视野里！

不，这不是幻觉！刚才我看到的空中大球，是真的存在！

如此真实，却又如此超现实！

那个大球到底是什么？

土豆再次从我身边飘过："看到了吧？所以你知道为什么坐小飞机了吗？因为要省钱啊！一架飞机很贵的！"

晚上，我们五个人在三辆军车的护送下，到达了位于西北荒漠的一处基地。若不是有人带领，谁能想到这片一眼看不到尽头的沙漠中心，还有这样一座灯火通明、重兵把守的现代化基地？

我们走下车，立即看到不远处耸立着一枚一百多米高的银白色火箭！火箭上还有雾气喷出，似乎随时准备发射。

土豆又不知道从哪里冒了出来，将我们领进了基地，并再次深入地下，来到了一间会议室，正面墙亮了起来，ISDA 组织的标志显示在画面上。土豆从一侧走了出来，还是以一副很严肃但又非常可笑的表情注视着我们。

"都看到那个大球了吧？"

我们都连连点头。

"震撼不？"

我们继续连连点头。

土豆拿起了一个遥控器，点击画面，画面开始变化，土豆以他的语速，开始向我们介绍一个无法想象的事实。

三年前，人类发现有一艘巨大的球形人工飞船，停靠在近地轨道上。这艘飞船面积约等于中国山东省，肉眼不可观之，需佩戴特殊眼镜形成红外辐射才可观测。这一飞船不通信不交流，人类采用所有联系手段均折戟。根据观测，它还会反物理规律地移动。

通过这两年的调查和接触，人类对其内部依然一无所知。经过无数次尝试，ISDA 最终发现，这一球体外壳是由极高密度的物质构成的，超越了任何人类已知的物质甚至物理规则，所以任何射线都穿透不了。这两年，人类一直在寻找能窥视其内部的办法。可是，任何接近这个球体的探测器或者武器，都被摧毁了！

这个球体自半年前开始异常活跃，不断向地球发射中微子电波，通过截获其电波，ISDA 认定其绝非善类。ISDA 断定，它的意图是消除对它有威胁的人类，最终目的应是毁灭地球，但毁灭方式未知。

ISDA 把这一球体飞船命名为"灭绝星"。目前解决危机的唯一方法就是了解灭绝星内部的构造，这样才有可能阻止它毁灭地球。前段时间，ISDA 看到了张子贤的论文，得知了我的身体可以在宏观物理层面实现量子隧穿，所以，我可能是拯救地球的唯一人选，否则人类只能等死。

土豆说完了这一切，看向了我。

"郭先生，你听明白了吗？"

"我不明白。"其实我已经听懂了。

"张研究员，你听懂了吗？"土豆看向张子贤。

张子贤表情凝重地点了点头："这么严重？"

"非常严重，张研究员，你不妨和郭先生说说，让他能明白。"

张子贤咽了咽口水，看向我说："郭子，现在，其实，是需要你穿透……"

"不不不，不用说。"我举起手打断了张子贤，"让我穿到这个灭绝星里去呗。"

张子贤兴奋地一拍大腿："哎！就是这个意思！"

"我穿进去以后呢？"我问。

土豆歪了歪头，抚了抚他的头发，回答我："从里面发信号回来，这是我们了解灭绝星的唯一办法。"

我按着额头笑了："然后呢？我怎么回来？"

土豆点了点头："这一步我们已经想好了，既然能送你上去，就有办法让你回来。"

"啊，是，是……"我站起身，"你还不如说，让我死在里面，我还痛快点。"

张子贤忙说："郭子，你别瞎想，怎么会是死呢？"

我看着土豆："我活着出来的可能性有多大？能说实话吗？"

土豆再次抚摸头发，慢慢地说："0.001%。"

"好了，我知道了，就是自杀嘛。"我摊了摊手，坐下了。

张子贤的声调高了起来："郭子，这是拯救世界啊！如果我有你这个能力，我义不容辞啊！"

我突然一拍桌子站了起来，情绪再也控制不住："那你去呗！我不去！拯救世界，你们去呗，我就是个小锁匠，拯救世界这种事情，是你们这些大人物的事！你们的命是命，我的命就不是命？"

我抬脚就走，老王喊了我一声，我没有停步，笔直地走出了这间会议室。

我不怕死，我也不是个胆小鬼，这一路走来，我无数次考虑过，用我的生命来换妻子、儿子、老王、浪浪、鱼小欢，甚至张子贤的安全，我也确实这样去做了。

可我讨厌现在这种情况，所有的拯救，只是让我去做一个送死的英雄，连成功率都无法保证，纯粹为了做一个实验，一次尝试，让我送死。哈哈，我的性命，真是还赶不上一只小白鼠啊。

我不是英雄，我没有资格做英雄，更没有那么伟大，去放弃自己的生命，拯救所有与我无关的人。

　　我只是个无名的锁匠，生活在最平凡的世界里。爱我的人少，瞧不起我的人多，忽视我的人更多，如果不是因为我有穿墙的能力，谁会在乎我的生死和喜怒哀乐呢？

　　如果世界要毁灭，那就一起毁灭了吧！

　　至少，毁灭对所有人都公平！

　　好在，我没有被立即赶出基地，土豆还是很客气地安排我住下，如果要走，明天再说。

　　晚上，不出所料，老王带着一瓶酒和一把花生米，来房间里找了我。我也不和老王客气，两个人一杯接一杯地喝了半瓶闷酒，才终于说上了话。

　　"郭子，是怕死吗？"

　　"你觉得我怕吗？"

　　"你肯定不会答应土豆他们喽？"

　　"肯定的。"

　　"你和我说实话郭子，你到底咋想的？"

　　我喝了一杯酒，揉了揉脸，真心实意地告诉老王我心里所想："死我是不怕的，我只怕我孩子小小年纪就没了爸爸。我是个孤儿，知道没父没母不好受，我就想让他好好活着。"

　　"可是，到时候地球没了，孩子也会死啊。"

　　"至少能陪着小树一起死，总比当个无名的送死鬼要好。"我笑了笑，将杯中残酒一饮而尽，"啊，我喝不了了，以前都喝不了这么多，睡了睡了，老王你回去吧。"

　　老王叹了口气，正要起身，房门被人一把推开了，只见张子贤抱着一大摞文件，在鱼小欢的拖拽下，还是玩命地冲了进来。

　　张子贤激动得满脸通红，一边摆脱着鱼小欢的拉扯，一边冲我大喊大叫："郭腾飞，我实在忍不住了，这都什么时候了，你在想什么呢？！"

老王也赶忙上前，要把张子贤推出去："出去出去！"

张子贤就是不肯出去，自顾自地大叫："我都听见了！郭腾飞，你说的是人话吗？"

"说什么呢！张子贤你给我出去！"老王生硬地要把张子贤推出我的房间。

"让他说！"我大吼一声。

老王、鱼小欢愣了愣，这才住了手，张子贤一跃而入，老王、鱼小欢只好跟在他身后，浪浪插着手，也走了进来。

张子贤一进来，就把手中的资料砸在我的桌子上，举起一沓文件，冲着我挥舞："郭子！你知不知道你是拯救地球的唯一希望？我找土豆查了半天资料！你看，你看看。"

我压抑着自己心头的不悦，很坚定地说："我是唯一希望，就让我送死？"

张子贤又拿起一沓文件："怎么就是送死？风险总是有的！因为我们对灭绝星内部一无所知！你看你看，目前对灭绝星外壳的任何攻击都无效，但是这个球体却能从内部发射出中微子，到达地球，这足以证明，球体外壳是一种反向结构，你只要进入灭绝星，是可以用同等频率的中微子信号，把里面的信息发出来的！只有这样，我们才有与这些地外文明沟通、消灭危险的可能性！这是唯一机会！你做的事，是人类的壮举，你是人类文明的救星！为什么不答应，非说这是送死？"

"我听不懂你说什么！是让我带一颗核弹进去，把什么狗屁灭绝星从里面轰了？啊？这不是送死是什么？"我按捺不住，唰地一下站了起来。

张子贤把文件都顶到我脸上了，激动得口沫横飞："你不去，那我们就是等死！你明明可以去，你却让我们所有人都等死！"

我一把抢过张子贤手中的文件，狠狠地甩到一边，咆哮着："等死就等死！"

张子贤上前一步，揪住了我的衣服："郭腾飞，你就是个怕死的懦夫，我瞧不起你！你就是个废物！垃圾！"

"你再说一遍！"我一把也揪住了张子贤。

"懦夫！废物！垃圾！你让我说多少遍，我都要骂！懦夫！废物！垃圾！"

　　我一挥拳，结结实实地打在了张子贤的脸上，张子贤被打得后退几步，跌倒在地，我正有些后悔，张子贤却嗷的一声，扑了上来，王八拳毫无美感地挥到了我的头上。他说过，他从来没打过架，没想到人生的第一次，是打我。

　　我彻底被激怒了，我疯狂地还击，两个人如同小孩一样打成一团，跌倒在地翻滚着。张子贤已经鼻血横流，但就是不肯罢手，他吆喝着，咒骂着，竭尽全力地还击。

　　终于，老王、鱼小欢和浪浪三个人上前，把我从地上拉了起来，将我和张子贤分开。

　　张子贤抹了抹鼻子下的血，爬起来，再不是愤怒，而是满脸悲伤地看着我，惨笑了一声："郭腾飞，你就是个自私的胆小鬼！所以你注定只能活成垃圾！"

　　我喊了一声，又想扑上去踹他，但我被老王、鱼小欢死死地拽住了，我厉声骂着："张子贤，你有多高尚？你不自私？要不是你抽风搞什么量子研究，找到了我，我现在还在安安稳稳做锁匠！我不要过这样的日子，我完全被毁了，你们谁考虑过我的感受？现在你们人人都逼着我去死！我不要我这个鬼能力，谁要我送给谁！你们去当你们的英雄！"

　　张子贤哼哼冷笑："我要能有，我早就上去了！"张子贤拉开房门，就要出去。

　　我不知道我为什么想哭，我声音哽咽了："你给我站住！"

　　"我站住干吗？让你打？"

　　"我从来没有说过，我这个能力害死过我的父亲！你知道我怎么理解我这个能力吗？穿墙术，对不对？崂山道士对不对？其实就是偷鸡摸狗的能力！穿墙而过，去拿不属于自己的东西！当小偷！我什么都干不了！我就是个废物！别管我，别纠缠我了！"

　　张子贤听完，什么表情也没有，他拉开房门，头也不回地离开，咚的一声，重重地砸上了门。

　　我无力地坐在床上，胡乱地揉着自己的头发。

　　老王看了看目前的情况，只好说："郭子，你休息，我们先走了。"

鱼小欢也说："郭子哥，我也走了啊，如果你明天就要走，走的时候打个招呼嚓，我回去了哦。"

老王、鱼小欢悻悻然就走，浪浪没有要离开的意思，只是挥手示意老王他们离开，老王这个醋坛子犹豫了一下："那我等会儿？"

浪浪说："老王，我和腾飞单独说两句话。"

老王只好答应，一步一回头地带着鱼小欢磨磨唧唧地离开了。

老王从门缝里探出头："浪浪，我走了啊，你们不要聊太久了啊。"

浪浪伸出手哐地一下把门关上，并上了锁。浪浪转身走到桌子前，靠着桌子站定，从兜里摸出一包烟，点了一根，并不说话。

我看了眼浪浪，说："浪浪，要不你也走吧，不用劝我，我该说的都说了，我不会去穿那个鬼东西的。"

浪浪哼了哼："你的决定是你的事，是去是走，你说了算，我可不是来劝你的。地球毁不毁灭，人类死不死光，老实说我一点也不在乎，轰隆一声，地球爆炸了才好呢，死个干净，对大家公平点，世界重新开始。"

我有点感激："谢谢你理解我。"

浪浪并没有看我，而是环视了一下房间四角，才说："其实我是想和你说，那个叫吕土豆的胖子，我信不过，你最好也小心点，要走，明天一早尽快走。不走，只怕你走不了了。"

我点了点头："是啊，明天如果我走不了，我知道是什么后果。"

浪浪把半截烟掐灭，走到我面前，突然低头在我耳边说："腾飞，马静和小树应该在这里，嘘，不要声张，别问，我知道他们在，你先入为主，向吕土豆提出要求，说必须见到他们。"

浪浪说完，拍了拍我的肩头，平静自若地说："我回去了，你好好休息吧！"说着，浪浪走到门边，开门离去。

我努力抑制住全身的紧促感，竭力平稳住自己的呼吸。

这样一动不动地坐着足足有半个小时后，我才站了起来，来到桌边，按下通话机的按钮，缓慢而清楚地说："我想见吕土豆先生。"

在一间类似博物馆仓库的办公室里，我见到了那位有点神经兮兮的很在乎发型的土豆先生。

土豆很高兴地搬了一把木头椅子，让我坐在他对面，并递了一杯绿色的酱汁状液体给我，我看了看，没敢喝。

土豆整理了一下自己的发型，解释道："蔬菜混合汁，芹菜放多了点，发绿，我用来减肥，你可以用来补充一下身体里的能量，挺好喝的，你尝尝。"

我还是没有喝，把杯子放在我们面前的烂木头桩子上。还没等我说话，土豆已经开口了："郭子，你是想好了？"

"什么想好了？"

"拯救地球啊。"

"哦。"我故意让自己显得很淡定，"实话说没有想好，我很矛盾，一切都太突然了，而且，我连我老婆孩子都没有见到，我想……"

"想见一下你的太太马静和你的儿子小树，对吧？"

"是。"

"你们多久没见了？"

"我从离开嘉陵到现在，快一个月了，也没有办法联系，我想见到他们，越快越好。"

"完全理解，非常理解，确实应该这样。其实呢，郭子，我本来是想给你一个惊喜的。"

"哦？"我装傻。

"哈哈。"土豆点了点我，"还是对我不放心啊。马静和小树呢，已经在来的路上啦。"

我屁股上如有火烤，唰地一下站起来："啊！他们什么时候到？"

黑夜，在机场的停机坪上，一架直升机落定，舱门打开，我立即听到小树欢快的叫声："爸爸！"

我向着直升机跑去，看到了小树和马静正在从直升机上下来，我激动得不能自已，脚下恨不得长出翅膀。小树先下了地，张开双手向我跑来。

我半跪在地，紧紧地抱住了我亲爱的儿子小树！马静也快步而来，喊着："郭子！"

我已经双眼通红，几乎要落泪，我呼喊着："小静！"

一家三口紧紧地抱在了一起，我哭了，这一刻的喜悦和畅快，让人忘记今夕何夕。

"爸爸，你怎么哭了？"

"爸爸没哭，爸爸是高兴。"

"爸爸，你怎么也穿得像军人一样啊？你是当兵了吗？"

"不是不是，爸爸这是工作服，不是当兵了。"

"我刚才还以为，是因为爸爸当兵了，去执行任务，所以才这么久没见到爸爸！"

"爸爸确实有任务。"

"什么任务啊？哦，我不问了，一定是很重要的任务，奥特曼说了，重要的任务，得保密。"

我又哭又笑，一边抱着小树，一边不断地看向马静，用眼神安慰着她，马静早就泪流满面，但还是露出了开心的笑容。

土豆走过来，很客气地说："久别重逢，好事啊！这里不方便说话，要不三位先去房间？"

在土豆安排好的大房间里，摆着一张双人床、一张小床，还有沙发、餐桌、卫生间，可以说，这是我们一家三口这辈子住过的最好的房间。

小树在餐桌上玩着各种兵器玩具，兴高采烈，精神专注。我和马静两个人依偎着坐在沙发上，我拉着马静的手，一直不肯放开，看着小树开心快乐地玩耍，倍觉温馨，但愿这一刻永不结束。

我和马静对望，千言万语，竟一时不知从何说起。

直到小树放下玩具，说自己困了，想睡觉，我们才赶忙起身，给小树洗洗漱漱。等抱着他上了床，哄着他睡下以后，我和马静才打开了一侧的房门，走到了阳台上。有些话，我们不愿意让小树听到。

看着夜深人静的荒漠基地，恍如一场梦似的，我们再怎么也不会想到，我们的生活竟发生了如此巨大的变化。作为市井小民，我们来到了世界级的秘密基地，了解着世界上最夸张也最危险的秘密。

我和马静依偎着，马静娓娓道来，我才知道这段时间发生的事情。

原来在我离开嘉陵，来到贵城后，马静便见到了土豆，土豆对马静直言不讳，说出了我正面临的危机，并要求马静和他走，他要保护他们母子。马静起初不信这个从天而降的怪人，一直在追问土豆我的下落，土豆说我在一些人的保护下，隐藏得很好，连他都不知道我藏在哪里了。马静不肯跟着土豆走，她不相信土豆说的，土豆并没有勉强。

应该是在我被土豆救下后，土豆拿着我安全脱困的录像，再次找到马静并承诺会让我们一家人尽快见面，马静才答应带着小树和土豆离开嘉陵。只是马静并没有见到我，而是几经辗转，最后落脚在沙漠边缘一家很偏远的医院里，给小树检查了一下身体。

我问："给小树做检查？"

马静点了点头："小树生病了，头疼，在土豆找到我之前，他就时不时头疼，我带他去过医院，什么也查不出来，所以当小树又头疼了，我才同意让他们检查一下的。"

"查出来什么吗？什么病？"

"他们没有说具体是什么病，只说正在研究。"

我还是有些紧张，有些不好的猜想总是在脑海中挥之不去。

马静依靠着我，攥紧了我的手："有你在，我踏实多了，无论发生什么，至少我们可以一起面对。"

我深情地回望着马静，问她："土豆和你说了上面那颗灭绝星的事吗？"

马静点点头："说了，昨天才告诉我的。"

"我的事他也说了？"

"说了，说你是目前唯一能够拯救地球的人，你可以穿透外壳，进入灭绝星内部。"马静说到这里，竟扑哧一下乐了。

"唉！"我尴尬地笑了笑，摇了摇头，"小静，你想让我去吗？我会死的。"

"我和土豆说了，你最后作什么决定，我都同意，但我必须见到你。"

"小静，你告诉我，你想让我去吗？"我非常认真地看着马静。

"不想……"马静有些难过，但眼神很快坚定了起来，"我不相信这样把你送上去，能够拯救地球，你最多是只小白鼠，送死的。"

知我者我妻也！我心头一暖，两人靠得更紧。

"也许我的送死，真的能拯救地球呢？我能成为英雄，小树也会为我骄傲！"

"小树不能没有爸爸！小树不想有一个死去的英雄爸爸，我也不想有一个死去的英雄丈夫，我只愿意在世界毁灭之前，我们一家人平平安安地在一起，同生共死！"

我重重地点头，我再也不会犹豫！

我要带着妻子和孩子离开，去过最平常的生活，远离那些伟大的使命，直到迎来世界的毁灭。

我们静静地看向远方，默默地出神，天边泛起了鱼肚白，新的一天即将来临。

我们感受着生命的美好，尊重生命的存在，也毫不畏惧死亡的降临，只要我们能在一起。

小树的声音传来。

"妈妈，我好疼！"

我和马静听到小树的呼喊，赶忙回到屋内，只见小树抱着脑袋，在小床上翻滚抽搐着,我赶过去扶住小树,看见小树已经疼得满头大汗,额头上的青筋暴起,一跳一跳的,甚是可怖。

"小树,小树!"我呼喊着他的名字,可小树只是不停地喊疼,根本无法回答我。我转头便问:"小静,这是怎么回事?"

马静已经从衣兜里掏出一个白色的药瓶,抖出了几颗淡蓝色的药丸:"让小树吞服下去!"马静替换下我,掰开小树的嘴巴,把药丸塞进小树的嘴里,"水,拿点水,他咽不下去。"

我急忙拿了一杯水,马静把水喂进小树的嘴里,终于让小树把药丸吞了下去。药效很快,小树渐渐安静了下来,沉沉地睡去。

我早已满头大汗:"这就是你说的他头疼?怎么这么严重?"

马静焦虑不已:"今天好像特别严重,以前不至于。"

"他吃的什么药啊?"

"土豆他们的医院给开的,说是能缓解疼痛,但不能保证一直有效。昨天吃了三颗,今天我看他疼得比昨天还厉害,给他喂了五颗。"

"是阴谋吗?他们想这样害小树,来控制我们,你有没有想过?"

"想过,可我从没有离开过小树半步,他们怎么对小树动的手脚?现在又能怎么办?"

"这个头疼病绝对不是正常的。"我坐立难安,站起来来回踱步,"不行,我得去找他一趟。"

"你别乱来郭子,去找他可以,我们先想清楚该怎么办!"

我们夫妻对望着。

孤注一掷

人以群分，就是说大灾大难降临时，一死就死一堆这样的人。

事情比想象的顺利，我和马静去见了土豆，提出了我们要带着小树离开的要求。土豆竟然很痛快地答应了，并准备了上千颗给小树镇痛的药物。

"如果不够怎么办？"

土豆说："不够给我打电话。"并给了我一个电话号码。但他又说："我很希望你们给我打电话，也许还没等到你们吃完这些药，地球已经毁灭了，也就用不上了。"

我和马静都没有说话，因为实在不知道说啥。

最后还是我问了一句："那我们可以走了吗？"

"可以可以，我给你叫辆顺风车，送你们出去。"土豆按下了桌上电话的几个号码。

我们一家三口人坐上了一辆军车，逐渐驶离了基地。我回头望去，老王、鱼小欢、浪浪、张子贤他们都没有出现，我毕竟匆匆离开，也没有通知他们。虽然没有告别，有些遗憾，但许多的人生相逢，都只是擦肩而过罢了，有些怀念便已经很好。好吧，这都是借口，我是不想看到他们，在他们的注视下离开。

几个小时后，我们离开了荒漠中心，来到了沙漠边缘的一个小车站。军车司机客气地请我们下了车，并告知我们："这里每天都有一班长途车去往市内，很快就会到达，你们稍等。"说完，他一踩油门，扬长而去。

我打量着这个小车站，虽然破破烂烂，黄沙铺满地面，到处脏兮兮的，但麻雀虽小五脏俱全，有餐馆，有小超市，有公共厕所，有补胎打气的，有儿童乐园，有小花坛，有休息长椅，甚至有捏脚按摩的。它们围绕着不大的停车场摆成了一圈，像是一个小社区。

这种环境才是我熟悉的！心中一直紧绷的那根弦，一下子松弛了下来。只可惜人不多，举目之下，能看到稀稀拉拉七八个人。

小树拉着我耍赖："爸爸，我要吃棒棒糖。"

马静吓唬他："天天就想着吃糖，小心牙齿烂光光。"

我笑着哄："让他吃吧。"我拉起小树，带着他去小超市，马静会心一笑，跟随而来。

我给小树买了棒棒糖，小树又被小超市里的小玩具吸引，挪不动脚步。开超市的大爷看着人很和蔼，走过来教小树怎么玩，一时间没有要走的意思。我不知道为什么，心里涌起一丝不安，和马静说了句："你看着小树，我去上个厕所，到处看看。"

马静叮嘱了句："别走远。"

我点头应了，出了小超市，先径直去上了个厕所，出来后沿着停车场，把这里所有的店铺都仔细打量了一番，一切看起来都很平静，没有任何的异样。我一直走到停车场的边缘，才松了口气，提醒自己别多想，这里只是一个普通得不能再普通的小车站。

我正打算回超市，身侧地面上平白多了一个人影，是有人站在了我身后，而且毫无征兆，突然而来！我心里咯噔一下，立即回头！

我一辈子都不会认错这个人，他穿着一身黑色的西服，披着一件披风，满头银发，两道黑眉，面如刀削，毫无表情，他是无眉！

我吓得叫不出声，只是连连后退，无眉几乎脚步没有移动，直接贴上了我正脸："郭子，又见面了！"他的声音沙哑而冰冷，如同在俯视一只随时可以踩死的蚂蚁。

我脑海里一片乱麻，但我数次想过下次我见到无眉时，应该做什么来自保，所以我下意识地抬手，直接把手穿进无眉的身体，目标是他的心！

无眉居然一步也没有退，甚至连手都没有抬起来，他只是低头看了看我的手，哼了哼，问我："呵呵，掏到心了吗？你确定我是有心的吗？"

无眉的胸膛里，竟是空的！

无眉继续冷笑着说话："有件事忘了告诉你，你和我合体过后，我更了解你了。"

我低喝一声，赶忙把手抽回来，可是还没等手完全抽出，大量的银色液体，沿着我的手臂飞速漫延，眨眼间便到了我的脖子！我登时感觉喘不过气来，身体也开始僵硬，动弹不得。我如同一截木头似的翻倒在地，已经感觉到无眉的液态太银覆盖了我的全身。

无眉低头看着我，还是冷冰冰地告诉我："我不会要你的命，但我可以完完全全地控制住你。郭子，不用挣扎了。"

只听一声厉喝传来："放开他！"

无眉抬眼一看，只见一个人影如同一道闪电般冲了过来，一拳直接击中无眉的脸颊，无眉连哼都没哼出一声，人被打得直直飞出了几十米，砸穿了一间房的墙壁，没了踪影。

我已经看清了来的人是谁，是我再熟悉不过的马静！我的太太！

我从浪浪那里得知了马静的厉害，谁知道她竟然这么厉害，再次刷新了我的认知。我竟然情不自禁地笑了起来。

马静蹲在我身边问："郭子，你怎么样了？"

我警告马静："别碰我，我身上是太银，是刚才那个人的，有剧毒！"

"那个人是谁？"

"他叫无眉，非常危险。"

远远地，无眉的声音传了过来，他从墙壁的破洞里钻了出来，啐了一口嘴里的血，居然咧嘴笑了："我很久没这么享受了。"他话音刚落，马静已经来到了他的面前，一只手拉着无眉的胳膊，一只脚已经横扫到无眉的脸上。

无眉大概也没有想到自己会有此处境，他如同一只沙包，被马静拽着又是端又是打又是过肩摔，最后马静将他往天上一抛，跳上半空，将他跺了下来，冲击力极大，无眉将这片沙石地直接砸出了一个大坑。

马静跳开几步，厉喝："无眉！放了我老公，不然我会把你打死在这里！"

无眉在坑里扭了扭自己完全变形的手脚，慢慢爬起来，他的衣裳完全被打烂了，看着要多狼狈有多狼狈。

无眉还是嘿嘿一笑："过瘾。"

马静大声喝令："放了我老公，你听到没有！"

无眉看着马静："放？好，我放！但我有个问题。"

"你说！"

"你叫马静？"

"废话！"

"那你爸爸，是不是叫南来髯须客？"

马静微微一愣，马上大声呵斥："我不知道，我很小的时候就被收养了！"

"哼哼，那就对了。你出手的方式，和他简直一模一样。"

"你知道什么？"

"嘿嘿，你爸爸，我曾经是他的手下败将，后来在我觉得我能赢过他的时候，他已经死了，我颇为遗憾。如今，我能赢他女儿，也是一桩美事，我无憾了！"无眉言毕，只见身上密密麻麻的银色微光乱闪，他身上所有破损的衣服，脸上的伤痕，极快复原。

马静瞬击而至，却击了个空，无眉如同一阵青烟一样瞬间消失，马静连连后退，四下寻找无眉的踪迹。

我突然感受到地面微颤，冲着马静大吼一声："在地下！"

可喊出这话时，已经晚了，马静脚下的整块地面轰地隆起，地面下仿佛升起了一根石柱，将马静推向了半空！

马静本可一跃而下，可空中闪出无数银色光点，向着马静直刺而去，马静挥拳挥得飞快，仍无法避免所有攻击，天空中银光爆闪，马静闷叫一声，被笔直地从空中击落，跌落在我面前不远处。

马静一落地便翻身而起，身上到处都是伤口，鲜血几乎把她半个身子染红了，但马静一起身，脸上暴露出的伤痕以肉眼可见的速度愈合，鲜血竟也被皮肤吸入。

无眉在一片银色光芒中再次显出："马静，你赢不了我的，你和我再打下去，你恢复再快，也会被耗尽，必是一死。你想想后果。"

马静低喝："你到底要干什么？"

无眉大笑起来："我要带你们走，保护你们。"

"呵呵，你觉得我们会信你吗？"

"由不得你们不信。"

马静已经跳将起来，向着无眉冲去，无眉面前银光乱闪，向着马静袭去，再次将马静打退，全身是血。马静站起恢复，再冲再被打退，连续三次，再起来时，已经气喘吁吁。

"呵呵，好好说你不信，那我只好让你彻底信一次吧！"无眉说着，面前的银光再次堆积成团，比前几次更大，这一击，只怕马静很难应对。

"够了吧，无眉！"又有男人轻声细语地说话，声音感觉虽轻，却极其清晰。

就见一道金黄色的符印在空中飘舞，无眉面前的银光立即如潮水一般退回到无眉的身体里，我身上也同时一松，覆盖我全身的太银也悉数回归无眉体内。

无眉低呼了一声好，高声说："我就知道你会出手的，凉墨！"

凉墨，这不就是老王心心念念的明心社社长凉墨吗？我们自从遇到土豆后，老王没少问凉墨的下落，土豆一直说凉墨在隐居，不想见任何人，也不必去找他，他在关键的时候必会出现。如今，这位凉墨，真的来了？

只听那男人声音悠悠地说："不要在这里闹了。"

我只感觉身子微微一震，眼前一花，似乎有一个无形的罩子在半空中咚地一下炸开，将我们全部笼罩在内。

我眼前再也不是破烂的小车站，而是碧海银沙，我们居然身处海边沙滩！海风微凉，细沙松软，气味微咸，这不是幻觉，这明明是真的！

马静已经跑来，把我扶起，我并无大碍，两人紧紧依偎。

马静有些过意不去："郭子，我，我是这样的……一直瞒着你……你不会怪我吧？我其实是个怪物……"

我莞尔一笑，打断了她的自责："怎么会怪你，我有穿墙的本事，不是也一直瞒着你，我早知道你是不死之身了，你是我的英雄，我的，小女人。"

"讨厌。"马静轻轻捶了一下我的胸口，一切释然。

无眉站得笔直，注意力已不在我们两人身上，而是看着远处，低喝道："凉墨，你的化境都到了如此程度，还不肯露个面吗？"

空中光波微微一荡，一个老头骤然出现，我一看不禁笑了，居然是小超市那位和蔼的老板。这老头的身子从空中慢慢下落到沙滩上，脚尖接触到地面的一瞬间，突然变成了一个道士打扮的中年人！

无眉满意地说："很好很好！你终于肯出来了！凉墨，几十年没见，还是老样子啊！"

这位叫凉墨的道士，不急不忙地向我和马静拱了拱手："两位见谅，小树很安全，你们大可放心。我和他再说几句话，便送你们出去。"说着转身对无眉说，"无眉，你也还是老样子，依旧行事霸道，不讲道理。"

"凉墨，来来来，与我打一场，分出个胜负。"

"无眉，你赢了又如何？"

"赢了如何？哈哈哈，没有如何，我就是想赢！"

"为了赢，去给科斯伯格当走狗，你也忍得住？"

"胡说，我和他只是合作！"

"他要毁了人类，你也愿意当帮凶？"

"我并不想毁了人类，我也想阻止他！但现在没有机会！"

"不是没有机会，是你太想胜过我了。"

"你是英雄，我也是英雄！我有我的办法！你不必说教了。来吧，凉墨，闲话少说，我这次千里迢迢来找你，好不容易把你逼出来，就是要和你决一胜负的！"

"也好，那我们打个痛快！"凉墨转头看向我和马静，"两位，我们私斗，现在就送你们出去。"

还没等我问一句，凉墨一挥手，我只觉得眼前景象拧成了一团，忽又打开，再看已经是身处小车站的小超市门口了。哪还有无眉和凉墨的踪影？连刚才马静和无眉激战时地下的大坑和房屋墙壁上的破洞也都不存在，一切完好如初。

马静当即大叫："小树！小树！"

小树从小超市里跑出来，和马静撞了个满怀，马静赶忙把小树抱住。小树有些纳闷："妈妈，你怎么了？"

马静上下打量小树："小树，你没事吧？"

小树说："我没事啊，刚才你说让我待在屋里别出来，你刚出门，我有点害怕，也跟着你出来，就看到你了啊。"

我也蹲下身子问小树："小树，刚才你什么都没有看见，没有听见吗？"

小树纳闷："没有啊。"说着他突然抬手一指，"哎，那里有两个叔叔在打架！他们都好厉害。"

"什么？"我顺着小树手指的方向看去，空无一物，哪有什么两个叔叔在打架？我突然明白过来，小树能看到的两个叔叔，正是凉墨和无眉！

"小树，你看到他们在怎么打架？"

"那两个叔叔都好厉害，白头发的叔叔在天上不停地布网，蓝衣服的道士叔叔背着一只手，在空中不停地画图，网就落不下来，一直破一直破。"小树看着远处，用他有限的语言描述着。

"小树，先不要看了。你是一直能看到我们看不见的东西是吗？"我期待地看着小树。

"嗯，是的。"小树认真地说，"我还能看到天上有好大的一个球，但我不敢说，怕大家说我撒谎。"

我并不感到意外，我和马静的孩子有任何能力我都不感到意外，只是目前还不知道，小树的这种能力是什么。

我隐隐意识到，这个小车站，也可能是一个刚才无眉口中说的"化境"，是那位叫凉墨的变出来的，所以在这里，时间的流动和真实的世界有着巨大的区别。

我对马静说："此地不能久留，我们现在走！"

马静点了点头，抱起了小树。三人正走出小卖部的棚子，就看到马路边停着一辆长途车，有个司机打扮的男人正在车门口吆喝："马上发车了！去永昌市的快点上车啊，不等人的啊！"

我赶紧挥手："等等等等！"一家三口赶过去，上了车。

司机找我们收了票，坐到驾驶位置上，熟练地松开手刹，一拨挡位，油门一踩，开了出去。

我忍不住从车窗回望刚才的小车站，那些房屋站台广场依旧，并没有消失，但马静和无眉的恶战明明破坏了那里，怎么会？怎么会？

司机旁边副驾驶座位上，有一张胖脸露了出来，戴着墨镜，缠着头巾，分明是胖大妈，胖大妈说话了："郭子，有些搞不明白吧？"

我和马静立即注意到胖大妈，胖大妈也不客气，吭哧吭哧地从副驾驶座位上爬起来，把自己的头巾和外套一脱，墨镜一摘……土豆先生出现在我们眼前。

"怎么是你？"我诧异不已。

"土豆叔叔！"小树看起来很喜欢这个胖乎乎的土豆，喊得分外亲切。

"当然是我。"土豆抓着车上的扶手，摇摇晃晃地站着，"要不是凉墨，你们就危险了，无眉可不是一个好对付的人。"

"啊，是……"我再不要脸也得承认，是凉墨救了我和马静。

马静看着半车厢的人问："土豆，在这里说话合适吗？"

土豆赞扬道："马静，你的警惕性可比郭子高多了！来，大家都别装了！"说着，他啪地敬了个ISDA标准的礼。全车人，不管老头妇女小孩，还是正在开车的司机，统统敬礼，甚至车后排的一只羊，也合拍地咩了一声。

原来这一车人，包括羊，都是 ISDA 土豆的部下啊！

马静平静地问："土豆先生，现在这个架势，是不想我们走了？"

土豆哎呀一声，抚了一下自己的头发："哎呀，是真舍不得你们走啊。哎呀，我是个好人。"

"好人？"马静又问，"只怕我们这一路，都是你安排好的吧？"

"嗯，实话实说，我摊牌了。"土豆摊了摊手，车速略快，路不太平，一个颠簸，他差点站不稳，慌忙又抓住把手，回头斥责，"开慢点，稳一点，差点让我摔了，扣你工资！"

司机马上唯唯诺诺答应："是是是，我慢点我慢点。"

土豆尴尬的一摔，逗得小树哈哈大笑，居然整个气氛又轻松了起来。

"我实话实说。"土豆抚了抚头发，一甩头，"无眉是我给叫过来的。"

"啊？"我惊叹一声。

"听我说完。无眉呢，和那个科斯伯格，其实不是太对付，是我们拉拢的对象。他呢，就想和凉墨打一架，分出个胜负，一直找不到凉墨，于是我呢，就叫他去那个小车站等着。"

"你还利用凉墨？"我质问。

"凉墨我可没利用，我哪敢啊，我所有的主意凉墨都是知道的，而且是同意的。那个小车站呢，是凉墨的一个化境，超现实的，也很真实，真假参半，科斯伯格就是灭绝星的人，他们是探查不到凉墨这个化境的。所以，在那里，无眉和凉墨打一架，说什么做什么，旁人都是发现不了的。"

"然后呢？"我追问。

"然后，才能送你上灭绝星啊！"

"说来说去，还是想让我上去。我已经说过多少遍了，我不去。"

土豆唉了一声："我知道你不去，所以小树的病啊，很让人头疼啊。"

我心头一紧："小树的病，到底是什么病？"

土豆眨巴眨巴眼睛："要不还是，先去看一看？"

我看了眼马静，马静也正看着我。

我明白马静的意思，我慢慢点了点头："走吧。"

我们到达了一片沙漠绿洲里的一家医院，医院依山傍水，景色宜人。马静告诉我，她和小树来过这家医院，小树就是在这里接受的检查。

土豆让我们把小树先留在外面，因为再往里面走，有些景象不适合小孩子看到。我和马静答应了，把小树留在护士身边玩球，我和马静两人入内。

经过一扇玻璃门，我们来到了另外一个到处都是玻璃圆罩子的地方，土豆带着我们，走到玻璃圆罩子处，我们向下看去……

几百个穿着病号服的孩子，都是七八岁年纪，剃光了头发，在护士的带领下玩闹着，看起来并无异常。土豆带我们依次向其他玻璃罩子走去，越往里走，玻璃罩下的景象越让我难过。

有的孩子躺在病床上，脑袋肿得巨大，不住地呻吟；有的蜷缩在墙角，不住地发抖；有的全身血管暴起，青筋外露，很是恐怖。

最里面的玻璃罩子下，我和马静再也看不下去了，有几个可怜的孩子，巨大的脑袋上鲜血模糊，不住地喊疼，药物不断地注射下去，也不能减少这几个孩子一丝一毫的疼痛。

土豆肃立在我们身边，眼睛也湿润了："最后的结果就是这样，孩子的疼痛无法消除，直到最后，头骨开裂而死。我们用尽了所有的办法，也没有任何作用，有时候不得不让孩子死去，以减少他们的痛苦。"

马静哭了："你是说小树最终也会如此吗？"

土豆告诉我们，自从三年前我们头顶上的灭绝星被发现，这颗邪恶的球体便开始释放一种中微子电波，受到伤害的孩子都会在七岁前发病，先是头部疼痛逐渐加剧，然后在七岁生日那天，头发开始迅速掉落，脑部肿大，头盖骨崩裂。这些孩子都有一个特点，他们天生就有一些特殊的能力，比如我、马静、老王、浪浪、鱼小欢这样的。灭绝星正在进行第一波袭击，让人类绝种，具有特殊能力的孩子感应最快，最先发病，普通的孩子恐怕也避无可避。

土豆说："这种病，我们暂且命名为七岁病，因为从目前所有收集到的病例来看，七岁时必会发病，没有孩子躲得过去。"

我突然心脏如同被雷劈中，刺激得我几乎昏厥："七岁？"

土豆沮丧地说："小树是不是还有十天就七岁了？小树是一个有特殊能力的孩子，想必你们已经知道了。他正是这一批一定会发病的孩子之一。"

马静已经掩面痛哭起来，她再也无法听下去，掉头跑到一边。

我抬头看了看天，我看不到那颗灭绝星，但我心中的愤怒和悲伤无法抑制地喷涌而出。

眼泪止不住地流淌，我瘫坐在玻璃罩子外的石头凳子上，一遍又一遍地捶着冰冷的石块，毫无痛感，直到手背鲜血淋漓。

土豆肃穆地说："所以，郭子，你是唯一的希望。"

"我知道了。"我站起身，"我要去见小树。"

我在休息室再见到小树和马静时，马静正抱着小树，泪眼蒙眬，不肯松手。小树心疼得一遍又一遍地给马静擦眼泪。

"妈妈，别哭了，是小树做错了什么吗？妈妈，你别哭了，你告诉我，我一定改。"

我走到马静身边，安慰着她，她松开了小树，紧紧地拉住了我的手，斜靠在我身上。

小树抱着我，小心地问我："爸爸，妈妈一直在哭，爸爸，为什么你也要哭？是小树做错了吗？爸爸、妈妈，我好害怕，你们不要哭了。"他也哇哇大哭起来。

我抹了一把眼泪，努力让自己笑起来："小树，没事没事，爸爸妈妈都不哭了。小树，乖儿子，你马上要过七岁生日了，你想要什么礼物啊？"

小树破涕为笑："我想要一个足球！"

"好！爸爸给你买！还有吗？"

"我还想要一个奥特曼，专门打坏人！"

"好好！爸爸买！小树，爸爸去当奥特曼，打坏人好不好？"

"好啊！爸爸真的能当奥特曼吗？爸爸相信光吗？"

"爸爸相信！爸爸要当个英雄！"

小树很开心，马静也强忍悲痛，笑了起来，我和马静带着小树，跑去了宽大的草坪，和他踢球、做游戏、疯玩。

我无比坚定，比起陪着小树倒计时活下去，我更不能接受的是小树不能健康长大，拥有完整的一生！

灭绝星，我郭腾飞，一个锁匠，我来了！

老子管你是什么球，上的什么锁，老子非要把你开了！

让你们这些恶毒的文明、丑恶的思想，裸露在太阳的光芒下！

你们等着！

十天后，夜晚。

我在中国西北部一个绝密的航天基地里，一间专属于我的房间里，安静地坐着。明天早上，山洞中将发射出一枚火箭，搭载一架特殊的航天飞机，降落在灭绝星上。我的任务是，带着一套精密的设备，整体穿进灭绝星，在到达内部的第一时间，启动设备，把信号发射出来。

他们给我提出的逃离方案是，利用宇航服上的喷射装置将我反推回外壳，再次穿出去，然后我坐上降落的航天飞机，逃离灭绝星。

完成穿透外壳任务的概率为 99%，逃离的概率为 0.001%。

基本是一趟有死无生的旅程。

但我愿意。

我安静地坐在屋内，一遍又一遍地练习升起穿透的念头，然后保持，保持，保持，瞬间熄灭，然后再升起，保持，熄灭。灭绝星外壳无法测量，厚度也无法判断，也许整个穿透的过程会长达一个小时，这种极高密度的外壳，会对我的穿透产生很大的干扰，所以我必须保持自己的念头绝对清楚，才能避免被外壳融合。

我练习了几个小时，终于感觉累了，站起身，打算出去简单吃点东西，补充一下能量。我打开门，门口站着一个人，正讨好地看着我。

是张子贤。

我没搭理他，关上房门快步往餐厅方向走，张子贤如影随形，我实在没忍住，站定转身："你到底想干什么？"

"郭子！你明天就要出发了。我想给你道个歉。"

"不用！"我继续走。

张子贤继续跟着："郭子，你不原谅我也没关系，我只求你能帮我一个忙。"

"我帮不了你。"

"郭子，我太自私了！我坏坏坏！郭子，你能不能帮我和土豆说一下，让我跟你上去！"

我忽然站定，张子贤直接撞上我。

"抱歉抱歉！你这一走一停的。"

"你为什么一定要上去？怀疑我？"

"怎么会怀疑？郭子，这是我一生中最大的机会，我做梦都想上去。我和土豆怎么说都不行，只能求你了！"

"我很自私，我不想给你这个机会。拜拜，别跟着我了，我警告你，再跟着我，我会揍你！"

我大步流星地离去，张子贤追了两步，还是站住了。

张子贤大喊："你不想我死对不对？"

我没有回头。

"可你有没有想过，有些死亡比活着更伟大！郭子，求你！成全我！"

我抬手竖了一个中指，再也不想听到他的声音。

发射当天，我穿着一身宇航服，按照模拟舱的练习，熟练地将自己固定在了座位上。

跟随我上天的其他两位宇航员，紧随我之后到达，他们两人在简单检查了一番之后，在我身后落座，舱内狭窄，三个人呈一字形。

我身后的那位，是将跟我一起登上灭绝星的格特先生，来自美国，格特先生中文非常好，所以这十天来一直在教我各种太空技巧。我很信赖他！

舱门关闭，发射即将进入倒计时，这时候我身后的格特先生通过麦克风和我说话："郭子，你紧张不？别紧张哦！我陪着你！"

我噗地一下笑了，但我立即忍住："张子贤，你能不能不贫嘴？"

"我这是贫嘴吗？我这是心理辅导。"

"我看你是来监视我的吧。"

"太对了，我怕你到了太空临阵脱逃，就是来监视你的。"

叮叮叮，一阵提示音响起，在我们三位宇航员正前方的屏幕上，出现了土豆的影像。

土豆很严肃地说："好了，你们两位不要斗嘴了！马上就要点火了！安静点！"

我冲土豆比出一个成功的手势。

土豆那边的影像中，突然冲出了两个军官，将土豆按在了桌面上，土豆挣扎着。

我正在惊讶，画面切换到另一个人，是这个基地的将军，一位非常有权威的男人。他急促地告诉我："郭腾飞先生，我们决定停止这次发射，因为吕土豆在未经我们同意的情况下，私自更换了宇航员，张子贤先生并不适合与你一起前往灭绝星。"

"我觉得适合。"我发言了，"是我和吕土豆要求的，更换为张子贤。"

"这不是你自己可以决定的，我们必须保证万无一失。"男人脸色严肃。

"相比格特先生的技术，我觉得张子贤对我的信任，以及我对他的信任，是更重要的！王将军，这不是一次您可以理解的工作，我是个锁匠，我要去打开灭绝星的外壳，我要去穿透我从来没有穿过的东西，我可能会作出一些完全不合理的决定，所以在我作选择的时候，我希望我身边的人，对我绝对信任！我也希望另一个人绝对信任我！这关乎成败！相信我，王将军，张子贤是最佳人选！我们没有时间了！发射必须进行！"

权威男人的脸色变了又变，他转身和旁边的人简单交流了几句，重重点了点头，又看向我："郭腾飞先生，你说服了我，我们同意张子贤先生成为你的助理。"

画面一切，又是土豆，土豆正从两个军官手中挣脱出来，气呼呼地骂了几句，然后冲着画面大喊："郭子，成功归来！"

画面切断，倒计时开始响起。

10、9、8……

3！

2！

1！

点火！

火箭巨大的推进力将我从静止状态，瞬间提升到第一宇宙速度，通过一侧的小小舷窗，我看到火箭正快速穿越云层，与空气摩擦产生的光芒，像流水一般在外面不断地闪烁着。

我知道马静带着小树，正看着我升空，我好像能看到他们！小树今天七岁了，他得上七岁病了，他的头发会在一天内掉完。我把我的出发，当作他最好的生日礼物！我还能看到老王、浪浪、鱼小欢，我看到他们和马静、小树在一起，为我欢呼、喝彩！

"爸爸，你是英雄吗？"

"爸爸不是英雄，爸爸只是一个无名的锁匠。"

"可他们都叫你英雄。"

"怎么样才算一个英雄呢？"

"爸爸这样的就是英雄！爸爸能拯救世界！"

"小树，我最亲爱最亲爱的儿子，爸爸不在乎拯救世界，爸爸只要能拯救你，就觉得自己是个英雄。爸爸起飞了，等着爸爸回来！"

一级火箭分离，二级火箭分离，三级火箭带着我们，在太空中慢慢减速，直至停下。

下方，是蓝色的星球，地球，而在我们飞船的正前方，一千公里外，正有一个如同山东省那么大的球形物体飘浮着，这颗在地球上看不到的灭绝星，在太空中竟然依稀可辨。

灭绝星球体表面浮着一片灰白色的暗纹，静谧中飘着一丝神秘，这个庞然大物如同一只巨大的死人眼球，盯着下方的蓝色星球，杀气腾腾，恶意满满。

每一个看到这个场景的人，都会忍不住地心跳加速，心生惧意，并强烈地意识到，它不是善类，它有备而来！

我和张子贤都没有离开座椅，第三位宇航员起身，开始操作。

画面很快出现，土豆熟悉的大脸堆满了小小的屏幕："现在，开始下达命令。郭子、张子贤、阿罗，你们准备好了吗？"

我和张子贤还有操作的宇航员纷纷比出 OK 的手势。

土豆开始介绍："这次飞行，是绝密的！真正的作战计划，只装在我一个人的脑子里。你们现在正飘浮在距离灭绝星约一千公里处，你们的存在已经被监视，但是，不用担心，灭绝星不会攻击一千公里外的物体。但是在监控状态下，我们前进到范围内，便会被立即攻击！所以，你们将乘坐一艘特殊的飞船，前往灭绝星，这艘飞船的名字叫——木桩号！记住这个伟大的名字吧！"

土豆严肃地说："现在，郭子、张子贤，按下手边的二号按钮，白色的。"

我按他的指示按下，座椅旁弹出了一个金属瓶，大概有手臂长短，二指粗细。

土豆指示："将这个金属瓶，按照训练，收在手臂一侧，连好阀门！"

我照做，张子贤也照做，冲画面比了一下 OK。

土豆严肃地说："阿罗，准备发射木桩号，方位，1332232，9878873，557833。"

阿罗比画着应了，火箭第三级开始调整方位。

"到位，随时可以发射。"阿罗汇报。

土豆下令："戴好你们的头盔！"

我和张子贤从脚边拿起头盔，给自己戴上，阿罗上前给我们检查了一番，在内线语音里说："祝你们好运！成功归来！"

阿罗退出舱体，他将在外面完成最后的发射工作。

土豆答复："可以了。郭腾飞同志，张子贤同志，飞船发射后，我们将无法再取得联系，这是我最后一次和你们通话！你们将独自面对一切未知！全世界的人民都会记得你们！期待你们回来！"

张子贤高声回应："是！"

我则微微竖了个大拇指。

土豆继续说："现在，倒数三声，连线将中断。三、二、一。"

只听啪的一声，听筒里土豆那边的信号彻底消失了，只剩下我和张子贤两个人内线里彼此的呼吸声。

我看着面前亮起的倒计时数字牌，轻轻地告诉自己："来吧！把我这把钥匙发射出去！"

随着机械的声响，四周的舱体打开了，木桩号缓缓地从火箭上分离。

木桩号，正如其名，就是一截圆滚滚的木头桩子，只是在外壳上刻着"木桩号"三个字而已。

我和张子贤就坐在木桩号里面，向着宇宙级地外文明进发。

正面前的仪表盘上，一个木质的盖子砰的一声打开，一股雾气冲出，渐渐在眼前凝成了画面。虽然我听土豆说过，出发后，还有人能指示我们该怎么做，但没想到是以这种方式。

画面越来越清晰，也开始有了声音，是来自一座雪山的山顶！白雪皑皑的高处坐着一个男子，正是我在小车站见过的凉墨！他一身道士打扮，面色温和，似乎在看着我，又似乎没有，朗声说话："郭腾飞，你能听到我看到我，但我看不到你，也听不到你，你即将来到灭绝星的边缘，我是来护你顺利进入的！"

说罢，凉墨仰头望天，两手如抱着一团气，慢慢推高，向着天空猛击，一条白色的气带被激发而出，直冲九霄，在雪山上蔚为壮观。

凉墨朗声道："郭腾飞，你的木桩号即将接住这股隐匿之炁！这是我唯一能帮你做到的！接住这道炁索后，你就正式出发！"

我知道凉墨听不见，但我还是大声回答："放心！来吧！"

很快，木桩号震动了一下，整艘飞船内开始渗入一层淡淡的炁雾，悬而不散，分外神奇！我拨开眼前的一个玻璃罩子，将一个红色按钮按下："走你！"

木桩号轻轻地嗡嗡两声之后，急速向前飞去。

画面里，凉墨面色极为肃穆，双手专心致志地高举，似乎在牵引着这道炁索。我在这时却看到画面里走进一个人，吓得我哎呀一声叫出来。

张子贤也在话筒里狂呼："无眉，是无眉！"

无眉看了看镜头的方向，居然又笑了笑，走了几步，坐在了凉墨的身边。

凉墨略略看了眼无眉，并不紧张："无眉，其实你不用来。"

无眉硬邦邦的脸上非要挤出笑容，我总觉得他还是不笑自然点。无眉说道："我不来，万一出事了，你岂不是会冤枉我不尽力？"

凉墨轻笑一声："来了也好。"

无眉冲着画面对我说："郭子，如果没有我，光凭凉墨用这道藏匿炁造出的无查化境，你们是无法踏上灭绝星的。"

凉墨问："无眉，你确定去过？"

无眉硬是要笑："当然，凉墨，你是个老古董了，不知道现在我华运社有多少钱吗？不知道我们是可以发射私人火箭的吗？现在世界最大的那家私人火箭公司，不过是我旗下一家小公司而已。"

凉墨笑了："无眉，至少你在关键时刻还算清醒。"

无眉盘腿坐稳，沉吟道："我只想统治人类，而不是毁灭人类。在拯救人类这个问题上，我和你必然是友非敌。而且你答应过我，无论我什么时候想找你挑战，你都会接招，决不会躲起来，避战不见。当着可以救世的郭腾飞的面，你可说话算话？"

凉墨轻笑："当然。"

无眉满意点头，双眼微闭："我也该做事了！郭子，告诉你一个秘密，我当时想把你的能力据为己有，是想和你一样，进入灭绝星内部，毁了这个玩意，可惜未能如愿。现在你所做之事正是我所想，但你能有如此胆量，已经强于我俩，真心佩服，我和凉墨甘愿为你护法，送你此程！哈哈哈，此生除了凉墨，我居然还能找到第二个让我佩服的人！用好我的太银，我散尽太银，只为今天，你万万不要辜负我之美意！此行必胜！"说罢，再不言语。

我感觉到我手臂上那根金属管里，有力量在不断翻滚，莫非无眉是把他的太银，装进里面了？说不出为什么，我对无眉很感激，竟然一点都不畏惧和憎恨他了。

张子贤喃喃自语："这个无眉变成好人了？"

我微微笑了笑："他可能从来就不是坏人，只是对好坏的理解，和我们不一样而已。"

木桩号逐渐接近了灭绝星，窗外总有一圈一圈的光线，从我们船舱上扫过去，这应该是某种勘察方法，只是有了凉墨的化境，我们并没有被发现。

灭绝星就在眼前，随着木桩号的接近，我们逐渐降下，下面如同一整片金属铸成的大地，平坦得没有任何高低起伏，一眼望不见头。

张子贤开始启动降落程序，木桩号在空中悬停下来，稳稳地落在了灭绝星灰白色的外壳上。

面前的炁之画面里，凉墨收回双手，脸色苍白，看着老了几十岁，已如一个八九十岁的老翁，看来这一趟引导，对他的损耗极大。

凉墨说道："郭腾飞、张子贤，两位离开飞船，我便保护不了你们了。无眉，该你了。"

无眉闭目沉吟:"迫不及待!郭子、张子贤,你们打开阀门,我的太银会在我的指令下,覆盖你们的全身,届时你们才可踏出船舱。不然你们踏上地面的一瞬间,便会被射线烧成灰烬,切记!"

我和张子贤按无眉的吩咐,打开了手臂上金属管的阀门,太银急速地涌进我的宇航服内,开始贴着我的皮肤,一寸一寸地覆盖着,直到涌入我的双眼,在我眼珠上结成了一层透明的薄膜。

无眉在画面里说:"好了,出发吧!"

我和张子贤慢慢地站起身,走向了舱门,我将舱门打开,一股热浪直接透过了沉重的宇航服,烧灼在我的皮肤上。我疼得哎呀一声轻叫,但也能感觉到太银在我身体上流动着,烧灼感慢慢褪去。

我挥手示意张子贤出发,张子贤背好了装备,和我缓慢地爬下了木桩号。

重力很小,只有地球的三分之一,我和张子贤蹦蹦跳跳地走出了几步,站定下来。

"就在这里吧!我感觉这里就很适合!"

"好的。"张子贤应了声,蹲下身子,把背后的设备在地上安置好,并拨动了一个开关。设备微微闪了一下提示光,马上就熄灭了,机器是肯定启动了的,只是不想留下任何可疑的线索。

我缓慢呼吸,心中不断地回想着穿越的念头,我俯下身子,蹲在地面上,慢慢地用身体紧贴地面,我只要再一动念,便可以开始穿透这片未知的物质。

张子贤却喊住了我:"郭子,稍等,我有最后一个请求。"

"快说吧。"我微微起身。

"带着我一起下去。"

"什么?"我很是吃惊,"你在开玩笑吗?"

"我知道我之前和你说,你一定不会同意,我一定要和你一起上灭绝星,唯一的想法是和你一起穿进去。"

"我不能带活物穿越！你会死的！"

"我不怕死！"

"那也不行。"我一激动，跪坐了下来。

"郭子，你和我说过，你害死了你的父亲，一直无法原谅自己，所以再也不愿尝试带着其他人穿越，但那时候你还是个小孩子，你只是很慌张，你不知道该怎么办，才会出现意外。郭子，你记不记得，我们被那个彭总抓捕，老王带着我们逃跑，你抱着我跑的时候，有一颗子弹击穿了你，然后也打进了我的身体？"

"你那是被击中了！和我没关系。"

"不，和你有关系，我后来一直偷偷地检查自己的身体，我没有被子弹击中的迹象，那颗子弹是穿进我的身体，最后才停在我身体里的。我一直没敢和你说，你其实是可以带着我穿透的！"

"太危险了！你在外面，还要完成任务，你在外面要负责接收我从里面传出来的信号！"

"这台机器是自动的，郭子，根本不需要我来管。郭子，你知道为什么给你安排一个助手吗？是因为在接收信号后，如果你能够在十分钟内回来，我可以带着你离开，如果你不回来，我就会自己撤离。这个命令，我做不到，如果你再也不能回来，我觉得我活着也没有什么意义！我想和你一起下去，郭子！求求你，带我试试！"

"那也不行！我这是带你去死！"

"你知道等待你的是死，为什么还愿意做？"

"我和你不同，我有孩子！我是为了小树！"

"我说过，我愿意为了科学献身，哪怕是死，我也值得了。"

张子贤跪在我面前，直勾勾地看着我，我知道他是认真的。

"说话啊，郭子。"

我的思绪翻腾了许久，终于说："来我身后，抱紧我。"

"好嘞！"张子贤扑过来，紧紧地抱住了我，重力不大，我们两个人足足在地上滚了两圈才停下来。

"哎哎！你听不懂啊，在我身后，我背着你！"

"好嘞好嘞！"

"慢点！"

"好嘞！"张子贤缓缓地爬到了我的身后，用救援带将自己锁在我的背上，并用双手双脚钩紧了我。

我趴到了地面，对张子贤说："你最好闭上眼睛，不要看，同时千万不要有杂念，想象一切只是虚空，没有物质！能做到吗？"

"能做到！"

我稳定了一下心绪，感受着张子贤的重量，他就是我身体的一部分，我必须把他安然无恙地带下去。

开始吧。我默念。

三、二、一，穿透……

我的身体立即穿透了外壳，向下方沉去，张子贤在我身后，和我融为一体，没有错！一切都很顺利！

我能感觉到细密的物质透过我的身体，比我任何一次的穿透都清晰，我甚至感觉到，这些细密物质的阻力，已经把我拦在了半空。

但我的念头更强烈："往下！往下！继续往下！"

然后我又开始急速地下沉！眼睛能感觉到的最后一丝光线消失了！周围全是浓黑，黑得如同你的视觉已经失效了！这也是我第一次体会！平时我在地下穿行的时候，光线都是可以透进来的。这个外壳的密度实在太大，才会如此！

还有多远？会有尽头吗？我难免心生犹豫。

多亏我这段时间不断进行训练，我很快压制住了这个念头，只是不断地强调，不断地命令自己："穿透，往下！穿透，往下！"

我的时间感在这片无边的黑暗中，完全失效了。

仅仅一眨眼的工夫，还是一分钟、一天，甚至是一年时间？我终于看到了一丝光亮，然后这团光亮越来越大！光芒里，似乎有些景象在模糊地透出！

"进去！"我的念头爆炸一般涌起。

我便笔直地投入了那道光，眼前，一片雪白，白得看不见任何事物。

随后，意想不到的事情发生了，我并没有看到任何物体，我也没有感觉到我离开了外壳，我突然丧失了意识！

没有任何征兆。

我瞬间归为无。

…………

如梦似电

这个世界因为太真实了，所以一点都不真实。

············

我噢的一声，双腿猛蹬，醒了过来，阳光刺眼，我一时睁不开眼睛。

我还是躺在花园里的躺椅上，刚才那个梦……什么梦来着？真吓人。我梦到什么了呢？对对对，我从高处坠落，然后我看到一团光，我掉进光里，看到了我自己正在睡觉，于是我就吓醒了。

马静从侧门探出头来："怎么了？大喊大叫的。"

我赶忙打招呼："没事，没事，做了一个噩梦，吓醒了。"

马静关切地说："怎么最近老是做噩梦？是不是公司有什么麻烦事？"

"没有没有！"我摆着手，不想再睡，站了起来，伸了伸懒腰。

我看着周围，这是我家？

这里明明是一栋大别墅啊！三层小楼，宽敞的庭院，绿树成荫，花团锦簇，还有一个私家泳池，我刚才正在泳池边的凉亭里小憩。

眼前的一切既熟悉又陌生，我有点恍惚，脑海里总是有些不确定，我怎么记得我和马静、小树曾经住在鸽子笼一样大的房子里，生活得很艰难？还被迫拆迁，让人赶走？早年我来到嘉陵的时候，是有一段时间过得很穷，但我的创业也很成功，五年内我就办成了嘉陵市最大的锁业公司。

怎么最近做的梦越来越有真实感？我使劲晃了晃头，再无睡意。

马静端了一个果盘出来："郭子，吃点水果！你啊，就不爱吃水果，这些维生素，你必须补充的，要不身体哪里扛得住？"

我走过来，马静插了一块苹果，往我嘴里塞。

我嘀咕着："最不爱吃苹果。"

"挑三拣四，必须吃！"

我只好张大嘴，让马静把一瓣苹果塞进嘴里。我咀嚼着，突然问："哎，小树呢？"

"上学呢。"

"他上的哪所学校？"

"育才小学啊。郭子，你发烧了？说什么胡话。"马静上来便摸我额头，"没烧啊。"

我抓耳挠腮："我今天总觉得什么地方不对劲，差一口气。"

"省省吧你，是不是晚上又有饭局，要喝酒？看你魂不守舍的样子，你去呗，别又像上次，喝得不省人事，少喝就行。"

"哎，也不是，我是想说……"

"懒得听你解释，这盘水果，你必须吃完，吃完以后，你该干吗干吗去。我才懒得管你！"马静又起一块橙子，放嘴里吃了，白了我一眼，转身离去。

我胡乱把水果全部吃完，跑回屋里，直奔厨房，马静正在窗明几净的大厨房里忙碌着。我走过去，从身后把马静的细腰一搂，完美的触感传来，马静是真实的。

马静娇羞地拍打我的手："哎哎哎，干吗呢？爸爸在呢，随时进来了！"

"爸爸？"我松了手，眼睛睁得滚圆，"爸爸？哪个爸爸？"

马静看着我的表情，有点疑惑："你说什么呢？爸爸啊，你的爸爸。"

"我的爸爸，不是死……""死"字没全部说出口，我赶紧捂住了自己的嘴，"他在哪儿？"

"在后院种花呢！"

我一转头便往后院跑，刚跑进后院，便看到远处有个戴草帽的老头，正蹲在花坛边松土。我没敢说话，一步一步向这个老头走过去。

老头注意到了我，抬头看了我一眼，也不在意，继续低头松土。

可我看清楚了，这就是我爸爸！他竟然活着！好好地活着！

我一下子眼泪奔涌出眼眶！

我到底抽了什么风啊，为什么我会认为我爸爸死了啊！这到底是怎么一回事啊！

我蹲在爸爸身边，仔细地打量着他，他皱着眉看了看我："郭子你干吗呢？去去去，去忙你的去。"

"爸！"我情绪难以平静，脱口而出。

爸爸看了我一眼，吃惊不小："哎哎哎，你这是怎么了啊？哭鼻子了？发生什么事情了？快快快，起来，和我说说。"

"不是，什么事都没有，我是看见你高兴。"

"这话说的，你以前看见我不高兴啊？"

"爸，我今天不知道怎么了，做了个噩梦，吓醒了。"

"啥噩梦？吓成这样？梦见我死了？"

"没有没有！"我突然高兴得手舞足蹈，"现在梦醒了！爸，我祝你长命百岁！"说着，我蹦蹦跳跳地离开，"爸，你忙你的啊，喜欢种花，前院也都可以种花，你想干啥就干啥！"

爸爸丈二和尚摸不着头脑，在身后高声斥骂我："臭小子，犯什么病，吃了糖鸡屎吗？一惊一乍的！慢点跑，这么大年纪了，还蹦，腿给你蹦断了！老大不小还不能让我省点心！哼！"

我兴冲冲跑进屋，不断地安慰自己，我做的梦实在太真实了，搞得我都恍惚了！真是神经病！可我走到过道，看见镜子中的自己，不禁又回想起一件事情。

我会穿墙！

是梦还是回忆？我已经无法判断。

我真的会穿墙？不可能吧！但是脑海里有个声音告诉我，我真的会穿墙，怎么穿，怎么动念，甚至穿墙时的感觉，全部一清二楚！

我琢磨着，摇头晃脑地走到了客厅，面对整整一面白墙，我还是决定把这个荒唐的想法试一试。

我做好了准备，心中低念一声："穿！"整个人往墙上一冲。

疼痛感！墙壁冷冰冰地拒绝了我！我撞得头昏眼花，脑门生疼！连块墙皮都没能撞下来一块，更别说穿墙了！

这个世界上哪有人能穿墙嘛！

完全是胡扯，胡思乱想嘛！

我捂着额头疼得龇牙咧嘴，马静不知道什么时候跑出来的，赶忙把我搀扶住，让我坐在沙发上："你这又是折腾什么啊？哎呀，你脑袋上好大一个包！你干什么了啊你？"

我虽然疼，却很高兴："我以为我有穿墙术呢！刚才试了试，结果，没有！哈哈！"

"你还好意思笑！"马静给我吹了吹，"疼不疼？"

"不疼了！"我嬉皮笑脸，"小静，我特别高兴，特别特别特别高兴。你知道吗，有些梦，特别真实，真实到你都怀疑梦里是不是真的，那些梦好可怕，我想都不愿意想。"

"嗯，我有时候也会做这样的梦，很真实，但没你说的那么可怕。你记不记得我和你说过，我做过一个梦，我们还有一个家，是别人的房子，我和小树睡里屋，你和房东住外屋，房子很破很破，是老城区的单位楼，我们很穷很穷，还欠高利贷？但我一点都不害怕，日子过得难，但很有希望，我觉得挺温馨的。"

"哎！你这么一说，我也想起来了！我好像也做过这个梦！房东叫张子贤？我还记得名字呢！你梦里的房东是不是也叫张子贤？"

"少瞎掰！说得我都要信了！对了，你刚才找你爸干吗去？慌慌张张的。"

"没啥事！想多了。"

"你今天就是有点反常！说，是不是干了什么对不起我的事？"

"老婆大人，我哪敢！"

"我看你贼眉鼠眼的，一定没安好心！"

"没有没有！"我抱住马静，将她压在身下，"有你一个我还没够！现在我就没安好心。"

我正和马静打闹，爸爸咳嗽了两声，我俩赶紧从沙发上爬起来。

爸爸装睁眼瞎："喀喀，嗯嗯嗯，我剪子呢？……我一会儿出门，买把剪子，晚上我约了人跳广场舞，晚点再回来，嗯嗯，喀喀喀。"

看着爸爸离去的背影，我和马静都哑然失笑。

马静敲了敲我："都快三点了，下午你的会不开了？不是很重要的会吗？"

我一看墙上的挂钟，两点半了，说道："对对对，我得赶紧走了。晚上回来收拾你，小静静，嘻嘻嘻！"

马静只张嘴不出声："你看是谁收拾谁。"

我拿着手机快步走下地库，我的司机一直在地库里等我。我的司机是谁呢？对喽，是牛二。我去公司干什么呢？对喽，是和别人谈判，收购他们的公司。他们公司叫什么？叫英士达，对对。

我微微反应了一下，我怎么总是自问自答？对对，这是我的习惯，事多怕弄错了，严谨！这是好习惯啊。

但我为什么会连我的司机是谁也要自问自答一下呢？也太严谨了吧。哦不不不，我喝多了就是这样，会问自己司机是谁，是牛二。

等我到了地库，我的车已经在门口等着我，牛二见我来了，赶忙跑过来给我开门。我看着牛二呵呵呵地笑，牛二连连巴结道："老板今天心情不错啊。"

"还真是你！牛二！哈哈哈！"

牛二忙说："当然是我！是我是我就是我！哈哈！老板，小心头，您坐好。"

我坐在后座上，志得意满，牛二干净利落地起步，一路平稳地飞驰。

牛二见我一直面带微笑，巴结道："老板，今天一直看你在笑，什么喜事啊？让我也沾沾喜气呗。"

"牛二，你记得你怎么当的我司机吗？"

"咋不记得啊老板，终生难忘啊。"

"你说说，我都记不清了。"

"老板，一年前吧，我被人害，被打昏了绑到当时我大哥崩哥的小情妇家里，藏在柜子里，结果崩哥回来了，我居然醒了，一个激灵，从柜子里跌出来了，只穿一条裤衩，崩哥和小情妇正在床上啊，我被抓奸了！可我是冤枉的啊，我说不清了啊！崩哥非要把我沉江，是老板你救了我一命，于是我死心塌地跟你干啊！老板你还给我个机会，让我当你司机！这份恩情，我这一辈子都还不清啊！"

我哈哈大笑："牛二，后来整你的人找到了吗？"

牛二愁眉苦脸："有监控摄像头录到，我被人扛着进了崩哥小情妇家里，那个人会开锁，穿着一身歌厅服务生的衣服，戴着口罩帽子，到现在也没找到。"他又亢奋起来，"算了，我也不想找了，要没他，我今天也不会帮老板开车对不对？算是我恩人啦！"

我许诺："牛二，好好干！我信得过你，过几天给你升职加薪，当保安部部长！"

牛二一脚把车刹住，弄得我一个前冲，我责怪道："干吗呢你！"

"老板，我太激动了！不刹住车我得飞了！我想给你磕几个响头平静平静！"

"免免免！"

在专属于我的摩天大楼的最顶层，我的巨型会议室里，我见到了被收购方英士达的董事长和一众代表，他们很郑重地准备了PPT。

刚刚播放两页，我啪地一拍桌子，众人立即大气都不敢出地看着我。

"不用看了！"我大声说。

英士达董事长脸色惨白，说话发颤："郭总，要不要我们先讲完？重要的内容在后面，您能不能再给我们一点点时间？这次收购对我们来说很重要，您能不能……"

"我不是这个意思！"我站起来，兴冲冲地看着所有人，"不用看了，我同意收购！所有条件，我都同意！"

短暂的安静后，英士达的一行人爆发出欢呼声，董事长更是泪流满面，大家纷纷上前来找我握手。

我一一握手，大声宣布："今天我高兴！来来来，大家开啤酒！随便喝！什么开啤酒，开香槟，管够！我们好好庆祝一下！庆祝我们！也庆祝我！"

我带着微醺，结束了愉快的酒会，下楼坐上牛二开的车。

"牛二，去下一场。"

"好嘞！再跟您确认一下，群英楼王局长的饭局。"

"没错！"

"好嘞！"

牛二驾车飞驰在嘉陵市的大街上，我看着车窗外嘉陵的风景一如既往，熟悉得不能再熟悉的街道、建筑和人群。许多人在忙忙碌碌，为了柴米油盐和孩子上学在发愁，许多人醉生梦死，许多人鸡鸣狗盗，许多人虚度时光。这就是我的世界啊！只是我如此不同！我曾经深陷噩梦，但我醒来了！

"去老城区转转。"我吩咐牛二。

牛二得令，转弯，前往老城区。

老城区的一草一木，我都万分熟悉，甚至路过湖边时，我又能记起在我的梦境中，我曾经和马静、小树，推着个开锁的小摊，指望着客户的到来多赚个仨瓜俩枣，她缝补衣服补贴家用，小树在脚边玩泥巴。那段记忆里，我是个失败者，是个废物，最底层的垃圾。

我真的这样生活过吗？我没有，这只是我的莫名幻想。因为我很努力，我在嘉陵只是经历了短暂的艰难，爸爸投入了他所有的积蓄后，我靠着这第一桶金，顺利一飞冲天，几年时间，我便成了嘉陵响当当的一号人物，组建了全国知名的锁业公司，垄断了嘉陵市的安保。

我拥有嘉陵最贵的别墅区独栋，我拥有摩天大厦，上亿的资金，我有最完美的妻子和最聪明的儿子小树，我投资了育才小学，连刘校长都是我亲自任命的！我是他的领导！

我是个成功者！

我认为我还能更加成功！

因为我如此成功，如此出色，所以我才会幻想出我贫困潦倒，受人歧视的噩梦吗？一定是这样的，生于忧患，死于安乐！我的危机感幻化出了一些接近真实的记忆！

我甚至幻想出了我有穿墙术！哈哈哈，真是太可笑了！只有弱者才会指望用这些毫无意义的本事，来改变自己！

我在老城区转了一圈，才吩咐牛二："可以了，走吧。"

"好嘞！"牛二熟练地转弯，前往下一个饭局。

"几点了？"我突然问。

牛二立即回答："马上六点。"

我脑海里蹦出了一个人物，他叫张子贤，在惊醒我的噩梦中，我清楚地记得，我背上还背着一个人，这个人就叫张子贤，他是和我一同坠落的。

他会不会有和我同样的梦？

幼稚！我责骂自己！想什么呢！

我犹豫了片刻，仍然命令牛二。

"掉头。"

嘉陵市那所破败的物理研究所的工作人员刚下班，我靠在车上，一眼便认出人群中的张子贤。他和我想象的一模一样，瘦高，小眼，提着一个破烂不堪塞满资料的黑色电脑包，脸上透出一股清澈的愚蠢。

但我怎么也回想不起，我和张子贤在现在这个世界里有过什么交集。

我走上一步喊他："张子贤！"

张子贤傻乎乎地东张西望："谁叫我？谁？"

"这里，这里！我叫你！"我快步上前。

张子贤看着陌生的我，脸上呈现痴呆样："你，你哪位？你认识我啊？"

"我叫郭腾飞，你不记得我？"

"哦哦哦，郭腾飞。"张子贤如梦初醒的样子，我很紧张地看着他，但他给了我想要的答案，"不认识啊。你好你好，现在认识了。"

我松了口气，他果然不认识我。我问道："你还在研究宏观的什么来着，哦，宏观世界的量子隧穿吗？"

张子贤一下子紧张了，抱紧了自己的电脑包问："你干啥？"

"你找到实证了吗？"

"你是谁啊？关心我的研究课题干什么？你怎么知道的？你看过我的论文？"

"我没看过……但是我很关心你找没找到实证，我觉得我可以帮助你。我再自我介绍一下，我是巡飞锁业的郭腾飞，嘉陵市很多人都认识我，我上过电视，记得吗？"

"哦？哦哦哦哦……不认识，我不看电视……"

我对这个人简直无话可说，但我还是给足了耐心："子贤，可以过来说几句吗？咱们不要在这里说，这里人来人往的。"

"你叫我子贤……我好像和你不熟吧。"

"哎呀，你过来嘛。"我干脆上手，拉着张子贤的胳膊，拽向一边。

张子贤一路哎哎哎，还是被我拉到了僻静处。张子贤紧张万分："我会报警的哦，你别诈骗，我没有钱。"

"子贤，你放心，不用怕我，你听我说。"

"你说嘛。"

"子贤，你有没有做过一个梦，你趴在我背上，我们从很高很高的地方，一点亮光都没有，一直坠落，直到看见了一团光，我们两个人一起跌了进去？"我一口气说完！

"我觉得，你有病。"

"我！"我气不打一处来，但我还是忍得住，"说点正常的可以吗？你梦见过我吗？"

"没有，我从小到大不做梦。"

"得！"我搓了搓脚，无奈地摊了摊手，"打扰了。"

我真是想抽自己两个耳光，竟然找一个梦境中出现的人，尽管我是因为实在想不明白，梦境中为什么会有这个人，而且准确地知道他的名字。

我乱折腾什么啊！非要噩梦成真才开心吗？罢了！

我转身离开，再也不想搭理这个无缘无故认识的张子贤。

张子贤在我身后小声地喊住我："郭，郭先生。"

"嗯？你想起什么了？"

"我，我挺感谢你的，我是第一次听到有人想资助我搞研究，我一直被人当成笑柄，我老婆和我离婚了，我被调到这所研究院，不被任何人重视，所以我很感谢你！"

"不用感谢我，你如果需要钱，我真的会资助你。"

"但我放弃了，宏观世界的量子隧穿，是不可能存在的，我不可能找到实证。"

我很想说"如果我就是实证，你还会放弃吗"，但我立即清醒过来，张子贤说的才是这个世界的真相！

如果真的存在穿墙术，只有可能在另一个世界里。

张子贤这时候说："只可能在另一个世界里。"

我愣住了，缓了一会儿才说："你怎么会说出我想说的话？"

"是吗？"张子贤抓了抓头，"你想说什么？"

我心中有点乱，含糊地说："我先走了，再见。"

尽管我无数次地努力，不再去想张子贤这个人，但脑海里依旧时不时地蹦出关于他的各种离奇的记忆，而且越想就越多。这让我很是苦恼，在去吃饭的路上，我只想闭目养神，尽可能地放空自己。

等我到了晚上吃饭的地方，崩哥早就候在门口等我半天了，他是这家酒楼的老板，其实这家酒楼也是我的子公司的子公司。崩哥见我来了，热情万分，左一个郭总右一个郭总叫得起劲，像个小弟一样，亲自领着我去了包房。包房里王局长他们一行人早早到达，见我来了，纷纷站起来问好、握手、寒暄。

我知道我的地位，值得他们尊敬，我习以为常，丝毫不用谦虚。

但我在整个饭局上兴致都不高，话也很少，食之无味，可能还在纠结关于张子贤的错乱记忆。

于是我早早结束了饭局，率先离开。

崩哥撅着屁股目送我上车离去，我回头从后车窗看了他一眼，他像个孙子一样站着不敢离开我的视线。我突然想起，崩哥在我的某段记忆或者某个梦里，是死了的……被一个叫无眉的银发男人一指头戳爆了头。

坐在车上，我看着嘉陵新区的高楼大厦，灯红酒绿，再次恍惚了。

这个世界……啊，我为什么想到这个词语？是的，这个世界，和我记忆中不断涌现出的另一个世界，都存在于我的脑海中。这个世界无比真实，比另一个世界真实得多。

但我为什么要这么想？难道有一个世界是虚幻的？

我回到了家中，小树跑来迎接我，我将他抱起举高高，他咯咯咯地笑着，故意生气地说："爸爸又喝酒了！"

"爸爸只喝了一点点！不信你闻闻。"我使劲地亲小树的脸。

"臭的，不闻！"

马静走过来问我："今天挺早啊！喝不少吧？要不要再吃点面？"

"吃！"我立即回答，这是我的一个习惯，饭局上吃得少，喝多喝少回家总是要吃一碗马静给我下的清汤挂面，才算满足。

在餐厅里，我享受着马静给我下的清汤面，小树在旁边奔跑玩闹，爸爸在客厅坐着看电视，手上还不肯停，修修补补自己的小工具，马静来回忙碌着，给我夹豆腐乳和各种咸菜，然后坐在我身边笑眯眯地看着我。

我看着他们，由衷地笑着，心里美滋滋的。

这个世界才是真实的啊！

多么美好！

夜深人静，我躺在宽大柔软的床上，马静枕在我臂弯里，紧紧贴在我的身上，半睡半醒，脸上的潮红还未褪去。

我能感觉到她的温暖，皮肤的光滑，无比真实的爱人。蒙眬间，我也有了一丝睡意，就在眼睛马上闭上的那一刻，我突然听到脑海里有个熟悉的声音急促地喊我："郭子！醒醒！"

我一个哆嗦清醒过来，四下张望，呼吸也急促起来，我内心狂呼："张子贤！子贤，是你吗？"

马静醒了过来："怎么了？"

我连忙安慰她："没事没事，你好好睡，我去洗个澡。"

马静嗯了一声，我把手臂抽出，马静翻了身，继续睡去。

我起身来到卫生间，看着镜子里的自己，还是有一种既熟悉又陌生的感觉。我打开淋浴室的恒温龙头，把水流开到最大，一直让热水冲洗着我的脑袋。

我是不是病了？怎么总是在胡思乱想？

在哗哗的水流声中，我又听到了脑海里的呼唤："郭子！你醒醒啊！"

我这次被吓到了，低低地啊了一声，身子一退，结结实实撞在浴室的墙壁上，咚地一响。我克制着自己的恐惧感，把浴室的每一个角落都仔细看了一遍，声音不是从外面发出来的，确实是在我脑海里响起的。

马静敲门："没事吧？我听到你咚的一声！"

"没事没事！脚下打滑了，洗完了，我马上出来。"

"小心点哦。"

我急急忙忙地把自己擦干，换上睡衣，跑回了床上。

马静搂住了我："郭子，你今天一直有点怪怪的，你是不是真有什么不开心的事？"

"没有没有，放心吧。"我亲了亲马静的额头。

"生意不好做？因为今天约了王局长吃饭？"

"哎，差不多吧，这孙子手有点黑，胆子不小，我怕他贪多吃不下，弄不好得连累我。"我知道我得找个理由。

"我们现在这样可以了，别再做大了，该拒绝就拒绝吧，钱赚不完的。"马静总算踏实了点。

"知道了！我这两天会把那边处理好的，想多了点，没事的啊。你睡吧，我一会儿就睡了。"

马静这才点了点头，放松下来，沉沉地睡去。

我躺平假装睡下，其实我压根没有睡意，我一直在等张子贤的呼唤声再响起，也害怕睡着！

我害怕一旦睡着，再次醒来，现在这个世界会消失，另一个世界会成真。

我非常非常害怕，害怕极了。

整整一个晚上，我神经高度紧张，可是，张子贤的呼喊声再没有出现。

第二天一早，我和马静一起送小树上学后，我让牛二送马静回家，自己则借口去看看王局长，在老城区慢慢地独自游逛。

我的记忆清晰无比，为了让小树上学，倾家荡产买的那间几平方米的商铺，已经是一片被拆迁的废墟；街角处老王的馄饨店并不存在，也从未有人在这里卖过馄饨，甚至没有人记得有老王这样一个人；我走进了浪浪发廊，用浪浪教我的暗号想见到浪浪，很可惜，浪浪同样不存在，这间浪浪发廊，也没有后门里迷宫一样的房间；我去了老城区的菜市场，鱼小欢同样不存在。

老王、鱼小欢、浪浪，在这个世界里，根本就不曾存在过。

我又走到了张子贤所住的楼下，我记得在他的一居室里，我和马静、小树曾经借住过很长时间。我一度想上楼去看看，但是我忍住了。

我又自己打车去了新区，我记忆中彭总招聘我去的锁业公司，那栋大楼还在，却只是一栋刚刚竣工、还没有装修的空置大楼，里面没有任何人办公。

记忆中另一个世界的那些事，在这个世界全是不存在或者完全错误的。

我犹豫再三，还是托人联系了北京市最著名的心理医师陈教授，他是世界级的心理权威。我隐瞒了我的真实身份，向他简单描述了一下我的症状：会在脑海里浮现一些过去的记忆，非常真实，可是亲自去看，这些人和事并不存在；会做噩梦，梦里一些人有名有姓，有的是存在的，可我以前完全不认识；我记得一些人死了，怎么死的也记得很清楚，可是这些人活得好好的；我会在脑海里听到有人叫我的名字。

陈教授给了我非常肯定的回答：这种情况，在类似我这样的成功人士里非常普遍。巨大的工作压力，对现状和未来的担忧，患得患失，焦虑敏感，如果长期积累，会产生错乱的记忆，有时候会把我听到的、看到的别人的事，甚至是一些梦，组合成自己的记忆。不用太担心，我现在要做的，就是保证足够的休息，出去游山玩水，放下工作一段时间，该舍弃的舍弃，身体重要。他欢迎我随时向他咨询，也欢迎我去北京找他面对面地交流、治疗。

我本想告诉陈教授，我记得地球的上空有一艘外星人的球形飞船，叫灭绝星，我坐着一枚叫 ISDA 组织的火箭，飞上去拯救地球。可我觉得这太离奇了，所以我选择不再多说。

谢谢你，陈教授，我轻松多了。

结束了这次电话咨询，我轻松了一大截。我这可能是有病，得治！怎么可能有另一个世界嘛！怎么会觉得我现在生活的这个世界是假的呢？先给自己放个假吧，我想带着一家人去国外玩一趟，好像我这辈子还没有出过国呢！我这么成功，三十多岁的人了，住着豪宅坐着豪车，怎么能没有出国旅游过？我对自己太苛刻了！钱赚不完的，休息一下吧！

我本来一身轻松地想逛逛老城区的菜市场，买点马静爱吃的熏香肠、腊排骨回去，却接到了马静的电话。

"你在哪儿？小树发烧了。"

"发烧了？严重吗？昨天还好好的。"我脱口而出，"他头疼吗？"

"昨天晚上他就有点咳嗽，老师说烧得有点厉害，39度多，应该不头疼，现在在医务室，老师建议去锁院看看，我正在去学校的路上，牛二开车，你有空的话，来学校会合。"

"我离学校不远！我现在过去！随时联系！"我把刚刚买好的腊排骨和其他东西，一股脑地丢给老板，转身就走。

老板忙问："哎哎哎，你不要了啊？"

"不要了，有点急事，先走了。"

"那我退你钱啊，你这还有别家的东西啊，也不要了？"

"送你了！"

我跑到学校门口没多久，马静也到了，我们在学校医务室里接到小树，他烧得脸上通红，整个人无精打采。刘校长和班主任老师都来了，再三道歉，说是下午看小树不太精神，发现他在发烧，才赶忙给马静打电话。

我不会怪刘校长和老师，但我把刘校长拉到一边，冷不丁地问他："刘校长，育才小学现在入学，还收赞助费吗？"

刘校长愣了愣，但他马上回答："现在是收的，老规矩了，没变过。"

我对他说："以后啊，对一些家庭条件不好，但是学习成绩好的，就不要收了。还有，千万不要搞什么一刀切！太不公平！具体怎么办，你想想，拿个方案给我。"

刘校长连连点头："明白！明白！"

我认真地看着刘校长说："你……如果私下收别人钱，解决入学资格问题，就说是我安排你收的，校长嘛，还是得有点校长样。"

刘校长吓得微微一哆嗦，赶忙说："这个不会不会！"

我拍了拍他的胳膊："别紧张啊！我觉得我好久没见到你了，和你随便聊两句。我还得谢谢你呢！没有你，小树上不了育才小学。"在我虚构的记忆里，虽然他找我要了十万块，但小树上了育才小学，我真心谢谢他。

"啊？"刘校长有点蒙，但他马上回过神来，"郭总郭总，我一定认真反思认真反思！"

我抱起小树，和马静一起上了车，去往嘉陵市第一儿童医院。

我坐在前排副驾驶座上，小树躺在后排马静的腿上，精神委顿，也不说话。马静用毛毯给小树盖着，轻声地安慰他："到了锁院就不难受啦。"

我催促着牛二快点开，牛二开车技术相当不错，拣着不堵车的近路，一路疾行。

等到了儿童医院门口，我抱着小树往里面赶去的时候，情不自禁地看了一眼医院楼顶的大招牌。

嘉陵市第一儿童锁院。

锁院？锁？什么玩意？不是医院，是锁院？

我看错了吧！肯定是急急忙忙眼睛花了，看错了！只是这两个字差别有点大啊。

我没多想，直奔儿科门诊 VIP 室。嘉陵市所有医院的财务安保工作都是我负责，我是他们的贵宾，所以我在来的路上，早就安排好了接待，由儿科医院的主治医师刘大夫来专门诊治。

等我进了 VIP 室，刘大夫早就等待着我的到来了，简单地寒暄了一两句，小树已经躺在了床上，刘大夫开始诊治。

刘大夫很有耐心，给小树量了体温、看了舌苔、测了心跳，还给小树把了把脉，然后转头对我们说道："应该是病毒性感染，小问题。"

我和马静都放心下来，我问："是需要开药还是打针？"

刘大夫摆了摆手："都不用，我在这里调两圈就可以自愈。"

"调两圈？"我有些不解。

"可能都不用两圈。"刘大夫笑了笑，"郭总见笑了。"

我有点丈二和尚摸不着头脑，"调两圈"是什么最新的医学术语？于是我没有再问，只看刘大夫要怎么"调两圈"。

刘大夫对马静说："马太太，你帮着把小树的衣服解开。"

马静应了，上前把小树的上衣解开，逐渐露出小树的胸口。刘大夫已经戴上了手套，护士端着个托盘，上面摆着洁白的像针管一样的医疗设备。

等我看到小树的胸口时，我的眼睛逐渐瞪圆了！

小树的心脏正上方，怎么有一个锁眼？！

类似肚脐眼一样，只不过更平坦，微微凹陷，从凹陷处皮肤的纹理和形状看，分明就是一个肉质的锁眼！

锁眼！我开了一辈子的锁，绝对没有弄错！那就是一个锁眼！！！

我忍不住大叫一声："这是什么？！"

我这一声吼把马静、刘大夫和几个护士吓得一愣，我不客气地拨开他们，凑近了端详，我的判断没有错，我没有眼花，那是一个嵌入身体的锁眼！完美却又诡异！

我全身发寒，鸡皮疙瘩起了一层又一层，我近乎歇斯底里地号叫："他胸口有一个锁眼！你们看到了吗？你们这是什么表情？你们看不到吗？一个锁眼！他胸口怎么会有一个锁眼！！！"

马静一把拉住我，紧张地看着我说："郭子，你没事吧？你冷静点！"

我反手握住马静的双肩，继续咆哮着："我没事，是小树有事，他胸口有一个锁眼！你这是怎么了？你怎么不害怕？你是疯了还是没看到？小树胸口有一个锁眼！你看啊，你看啊！"

马静却很平静地说："我看到了，我看到了啊！你冷静点啊，小树胸口有锁眼，不是很正常的吗？"

"正常？"我整个人都僵住了。

"我们每个人胸口都有锁眼啊，郭子，你是不是糊涂了？"

"每个人？"我松开了马静，看着周围的人，依旧难以相信，每个人？不可能！怎么可能？人体怎么会有锁眼？

我退开两步，一把拉开自己的衣服，低头一看自己的胸口，一个锁眼在视线里清晰可见，但不能看到全貌。我用手指一摸……我的手不由自主地颤抖了起来，的确，我胸口上是个锁眼……

"我也有……"我自言自语。

我彻底混乱了，记忆中丝毫没有胸口这个锁眼存在过的印象，它对我而言就是凭空而来，把我的认知击得粉碎！

我垂下手，全身无力，双脚一软，好在赶来的牛二从身后架住了我，我才没有跌倒。

马静焦虑地吩咐牛二："牛二，你扶着郭总去外面透口气。"

我站直了身子，沉重地呼吸着："不用，让我看看，我没事。刘大夫，我没事，你先给小树治病，我想看看你怎么给他调两圈。"说着我不耐烦地瞪了牛二一眼，让牛二松开我，牛二哪敢违抗。我上前一步，让自己稳稳地站着，聚精会神地看着小树和刘大夫。

刘大夫用眼神向马静征求意见，马静看了看我的状态，冲刘大夫点了点头："大夫，你先给小树调，不好意思啊。"

刘大夫从托盘上拿起那个圆筒设备，拨开了开关，设备上的长条形显示器开始显示跳跃的多组数字，直至归零。

刘大夫看了我一眼，提醒似的说："郭总，这个解锁调频器可是你们公司发明的啊。"

我虽然吃惊，但没有说话，也没有露出任何表情，我只想看看刘大夫要干什么。

刘大夫又拨动了这个名为解锁调频器的东西下方的旋钮，机器嗡嗡轻响，有一截类似钥匙的塑料片从设备下方慢慢伸出。他用手在小树胸口上方的锁眼周围按压，将解锁调频器凑上去，射出了圆柱形的紫色光芒，在锁眼处照射着。眼见着，小树的锁眼"松动"了。

刘大夫吩咐："润滑膏。"一旁的护士熟练地在锁眼处抹了一层透明的膏体，似乎渗进了锁眼。

紧接着，刘大夫拿着解锁调频器，把"钥匙"一端轻松地插了进去，直插到底。刘大夫慢慢用手拨动着设备上的一个旋钮，长条显示屏上开始不断地蹦跳着数据，刘大夫开始旋转设备，一圈……半圈……

解锁调频器发出了轻微的嘀嘀嘀声音，刘大夫笑了笑说："可以了，1.45圈足够了。"说着，他一抬手，把设备从小树身体的锁眼上拔了下来，肉眼可见地，锁眼慢慢闭合，恢复了原状。

这时候小树轻轻哼了一声，睁开了眼睛，脸色已经好多了。

马静赶忙问："小树，感觉如何？"

小树很有精神地回答："已经不难受了。"

刘大夫让护士把设备收好，嘱咐马静："半小时后应会痊愈，多补充点水分。"

"谢谢刘大夫！"马静感谢地说。

小树自己从床上坐起来，看着我们说："爸爸，我病好了，可以回家了吗？"

我还是目瞪口呆，刚才刘大夫所做的一切，在我看来简直匪夷所思，可他操作起来竟那么熟练。

"回家，回家。"我喃喃自语，但又马上改口说，"小静，你带着小树先回家，我有些事想问问刘大夫。"

马静给小树扣好衣服，没有答应："牛二，你带小树去车上等我们，我和郭总一会儿下去找你们。"

小树欢快地跳下床，拉住了牛二的手："回家啦！牛二叔叔，回家能陪我打一会儿枪战吗？"

牛二笑得开花："必须可以！"

VIP 房间里只剩下我、马静和刘大夫三个人，我先为我刚才大吼大叫的事情道个歉，刘大夫连连说没事。我给自己找了个理由，说自己最近睡眠不好，精神会有点恍惚，刘大夫安慰说让我多注意休息，事业干得再大，身体垮了，到时候怎么调也调不好的。

我很快问到了正题："刘大夫，人身上的锁眼是怎么回事？我看你调了调，小树的病就好了？"

"哈哈，郭总，你可是解锁调频的权威专家，你这是在考我吗？"

"脑子有点糊涂，您给讲讲。"

"好吧好吧，那我可就胡说几句了。咱们每个人都有的这个锁眼啊，被称为 DNA 调频锁，三岁以后就基本成型了，研究这把锁的功效，一直是我们科学研究的重大课题。经过研究，目前已经可以通过调频解锁提升人体免疫力，促进治疗，改善情绪，增强体质，预防重大疾病，治疗遗传病和早期癌症，等等。哦，现在统称锁学了，锁学是现在世界上第一大学科，实至名归啊。

"所以我们不叫医院，叫锁院，儿童锁院。

"毕竟现在主要的治疗手段，都是调锁，药物治疗已经是其次了。1988 年的时候，全世界把人体医学、人体工程学、人体基因学等涉及人体的科学，统称为锁学，从此医院也统一改为锁院了。"

"1988 年……"我默念了一下，这是我出生的年份。

"郭总，我觉得你啊，是不是工作太忙，压力太大，有点健忘？锁学里有专门治疗的办法，要不我给你调几圈试试？帮你回忆回忆？"

我连忙摆手："不用不用！其实我记得挺清楚的。"

"咱们每个人都有的锁眼啊，被誉为上帝给人类的礼物，是一个巨大的宝藏，潜力无限啊！郭总，你好好研究开启的办法，每一次开启都是一次进步，会对人类有巨大的贡献！加油啊郭总！"

我还想问，马静插话了："郭子，可以了，刘大夫很忙的，咱们先走吧。"

刘大夫充满善意地笑了笑："没事没事。"

马静把我拉起来，直接告辞："刘大夫，我们先走了，打扰了，您忙着。"

坐上牛二的车，看着后排已经完全康复的小树，我竟一路无言，只是呆呆地看着窗外，打量着来来往往的人群。

他们每个人的胸口都有锁眼，我看到了时尚的穿吊带的少女，在锁眼周围文着漂亮的花纹；我看到了工地光着膀子的工人，锁眼如同一枚徽章似的挂在胸前；我看到了铺天盖地的锁眼保健的广告，画面里的俊男靓女们骄傲地展示着自己的锁眼，上面写着广告语：每天滴一滴，健康一整年；我看到了锁眼纹理算命馆；我看到了锁眼美容院，门上写着你的锁眼是否发黑、边缘粗糙；我看到了路边的小摊，上面写着挠锁眼、掏耳朵……半个世界，都在围绕着锁眼打转。

而我，是个锁匠……

我终于想明白了，为什么我在这个世界能够如此成功，因为我是个锁匠啊！我的成功，不是因为我会开锁配钥匙，而是因为我对开人体上的这把锁特别有天赋啊！可是这个天赋我根本就没有啊！因为在给小树看病之前，我根本就不知道人身上有锁眼啊！

人身上怎么能长一把锁啊！！！

假的！假的！假的！

这个世界是假的！

创造这个世界的人，不是个落魄作家，就是个九流编剧，也或者……

是我？

是我创造了这个人人身上都有一把锁的世界？

张子贤的声音猛然在我脑海里响起："郭子！醒过来！醒过来啊！！！"

我开始傻笑、流鼻涕、流眼泪，我直翻白眼，全身抽搐。

眼前的一切都开始融化，螺旋状地拧在一起，五颜六色，组成了一个圈又一个圈，无边无际……

视觉里，扭曲到变形的马静扑在我身上，呼喊着我："郭腾飞，你醒醒，你醒醒啊！"

我疯了？

我真的疯了吗？

在我眼中扭曲呈螺旋状的世界唰地一下定格，恢复了原状。

我穿着病号服，四肢被束缚着，平躺在床上，身旁的仪器嘀嗒嘀嗒地响着，那是我的心跳频率，还算平稳。

我现在在哪？

"他醒了。"有护士的声音传来。

马静跑到我身边，哭着说："郭腾飞！郭子！你到底怎么了啊？"

我说不出话，我的脑海里正翻江倒海，被各种记忆冲乱，根本不知道怎么表达。

世界再次扭曲成一圈又一圈……

不知道过了多久，眼前的画面再次定格。

我坐在轮椅上，呆呆地看着外面的天空，天空是个巨大的蓝色螺旋，空气很清新，充满了各种酸甜苦辣的味道。

"我疯了多久？"

我流着口水，不知道问谁，也不管身边有没有人。

"你没有疯，你只是病了，郭先生。"护士的声音从四面八方传来，混沌不清。

"这是哪里？"

"嘉陵市。"

"嘉陵市的哪里？"

"就是嘉陵市的一个地方，郭先生，你不用在意这个问题。"

"哦，我其实想问的是，这是哪个世界？"

"只有一个世界，郭先生，你病了，你说的另一个世界，不存在的。"

"哦，哦，那是哪个世界不存在？"

"郭先生，你问的问题太深奥了，我回答不了。要不，吃块苹果吧。"护士拿着叉子，把一块苹果递到我嘴边，我一侧头，吃了下去。

"嗯，甜的味道在我嘴里很真实，现在这个世界是真的。"

"对啊，郭先生，这个世界就是唯一的世界。"

"嗯嗯，我太太呢？马静呢？"

"我现在去叫她，她在隔壁睡觉。"

"好好。"

很快，马静来了，我转头看着她，傻笑着，因为在我眼中，马静依然是五颜六色的，而且是扭曲着的，但我能认出是她。

马静温柔地握住我的手说："郭子，慢慢来，不要着急，你看，你握着我的手呢，能感觉到吗？"

"能，我能感觉到你握着我。"

"这个世界是真实的，我也是真实的。"

"你的胸口有一把锁吗？"

"郭子，你还在生病，不要再想这个问题好吗？"

"你们都不会回答我的任何问题，我知道的。我摸过自己的胸口，好像有，又好像没有，我的认知是错乱的。不是你们不愿意说，而是我的意识不知道你们该怎么回答我，对不对？"

"不是的。"

"我在想，我一直在想……"我呆呆地看着马静，马静在我眼中不断地分裂旋转扭曲，我缓缓地说，"如果这个世界是真实的，我捅你一刀，你也会没事的吧？"

马静脸色一变，起身要走，我死死地抓住她的手腕："小静，让我捅你一刀！在一个世界里，你是个不死人！我杀不死你的！在另一个世界里，哪怕我杀死你，你也是能复活的！就像我爸爸那样！"我的另一只手已经从坐垫下抽出了一把餐刀！

马静甩开了我的手，我举着餐刀向她追来，她跌倒在地，我疯狂地跳到她身上，骑住了她，马静流着眼泪，惊叫着，死死抓着我的胳膊，不让我手中的餐刀刺下来。

我咆哮着："亲爱的，你让我捅你一刀！我求求你！我只是想知道，我到底在哪个世界！哪个世界才是真实的！我求求你！我要崩溃了！"

马静突然手上松了劲，早已泪流满面："来吧，杀了我啊，如果这样你能够清醒，你就动手吧！"

我看着她，痛彻心扉，我哭了，手中的刀跌落在地。

护士和护工们冲进了房间，我看了他们一眼，快跑几步，从阳台跳了下去……

我的世界

上帝不掷色子，因为他很忙。

张子贤是不是做梦都没有想到，我会出现在他的家里？

他刚刚进门，便被我扑倒在地，我像头野兽一样低声咆哮着，胡乱地撕扯着他的衣服。

"救命啊！"张子贤奋力地挣扎。

"再叫我捅死你！"我威胁他。

张子贤只好闭嘴，默默忍受着，我把他上身撕了个精光，看着他的胸口，用手轻轻地抚摸。

我为什么会找到张子贤？因为在我眼中扭曲变形的世界里，只有张子贤一个人是完整的。

这次我看清了，张子贤胸口有一个锁眼。

我绝望地闷哼了一声，瘫坐在地，垂下了头，一动也不动了。

"你你你，你不是郭，郭什么飞先生吗？"

"是。"

"你这是怎么了？看起来很狼狈啊。"

"你不是真的张子贤。"我抬头看着他。

"那，那我是谁啊？"

"你是我幻想出来的，这个世界都是我幻想出来的，但我感到很奇怪，为什么只有你是清楚的？我没有别的办法了，我只有通过你，让我醒过来，回到真实的世界去。"

"真实的世界？是什么？"张子贤已经披上了衣服，他好奇地打量着破衣烂衫满身泥垢的我。

"真实的世界里，我是个锁匠，不知名的锁匠，但我有穿墙术，我老婆是个不死人，小树得了七岁病，地球要被灭绝星毁灭了。"

"啊？我怎么觉得，你说的很荒诞，一点不真实啊。"

"哼，真实世界的那个真实的你一直在叫我，让我醒过来。真实的世界再荒诞，也不会每个人身上都长着锁眼。"

"每个人身上长锁眼又怎么了？"

"也没什么，但足以证明，这个世界是假的。"

"长锁眼碍着你什么事了？让你不开心了？"

"倒也没有……"

"我们身上长锁眼这件事，难道不是好事吗？这种锁，简单调动就能治病，心情不好的时候，能让你心情变好，只要有这把锁，世界上每个人就都是平等的！而且，这个锁眼还有很多很多的功能没有被开发出来，也许有一天，只要打开这把锁，你就能心想事成呢！你最爱的人就能健康长寿呢！我实在不明白，你为什么会觉得人人身上有锁眼就是不真实的、不能接受的，而你能穿墙、地球要毁灭才是真实的呢？"

我的眼睛亮了起来，痴痴地看着张子贤。

"郭先生，我问你，你觉得这个世界哪里不好吗？"

"没有哪里不好。"

"你开心吗，在你怀疑这个世界是假的之前？"

"我……"两行泪从我眼中流淌下来，我的爸爸、我的妻子、我的孩子都很好，我住着大别墅，我受人尊敬，我真的很快乐很满足，"我，很开心。"

"那你为什么要自己折磨自己呢？这不是找罪受吗？"

"是啊！"我的泪不停地流淌，"是啊，我很开心的啊！这是我想要的世界啊！"

"没有这个世界，也没有另一个世界，这里，是你的世界！你觉得它是真的，它就是真的。"

"我的世界……啊，是我的世界。"我一下子醍醐灌顶，茅塞顿开。

这是我的世界！

这是我想要的世界！

身边的一切开始慢慢地停止旋转，杂乱的色彩逐渐抽离，混乱的感知开始变得有逻辑。

我的世界开始变得正常！

脑海中突然响起张子贤的声音："郭子，灭绝星的精神核心在影响你！它在利用你的逻辑进行自洽，这个张子贤说的所有话，都是你的自圆其说啊！郭子，不要放弃，不要沉沦！郭子！坚持住啊！"

"滚开！我的世界里没有你说话的份！"我脑海中强烈地回应着。

轰地一下，脑海里张子贤的声音逐渐远去，直到消失得无影无踪。

周围的景物固定下来，一切如初。

我慢慢地站起来，看着自己的双手："这不就是我想要的吗？哈哈，哈哈哈！"

门被撞开，大批的警察和医护人员冲了进来，将我一把抓住，按在了地板上，压力带来的疼痛感、身体的重量、清晰可辨的各种声音、皮鞋的臭味、扬起的灰尘在光影中飘动，这一切真实无比。

我丝毫没有反抗，我笑着，开心地笑着。

我看到了小张警官，他还是以前那样，容易脸红，他把张子贤拉到一边，将他护在身后，警惕地看着我。

都挺好！非常好！特别好！

我被五花大绑带走，我回头冲着张子贤大喊："张子贤！谢谢你！我好了！我已经全部好了！没有这个世界，没有那个世界，这里只有我的世界，我的世界啊，哈哈哈哈哈哈哈！"

一年后。

我坐在窗明几净的教室后排，身边还有许多家长，我冲他们点头、微笑。

小树已经八岁了，他健康地成长着！他很优秀，所以在家长会上被老师选出来朗诵自己的作文。

小树毫不胆怯，他声情并茂地朗诵着："我的梦想。我的梦想，是长大后做一名锁匠，成为像我爸爸一样受人尊敬的锁匠。锁匠是人类灵魂的工程师，是世界上最伟大的职业，领导着我们人类的发展和进步。锁匠，通过开启我们的心灵之锁，为现代社会解决一个又一个人类难题；锁匠，攻克了抑郁症；锁匠，使癌症不再是不治之症；锁匠……"

我听得有些脸红，周围的家长都向我看过来，但他们的目光是恭敬而崇拜的。

"我愿意成为一名优秀的锁匠，为打造一个更和谐更美好的新世界而奋斗！"小树结束了作文的朗诵。

众人起立为小树鼓掌，我也不好意思地站起来，小树骄傲地看着台下的我，我是他的爸爸，他也为我鼓起掌来！

"臭小子，最后一句话明明是抄我的。"我心里暗念着，但快意还是溢于言表。

这一年的时间里，我完完全全地康复了，那些奇怪的记忆也逐渐退出了我的脑海，变得遥远而模糊，好像是我很久以前读过的一本小说，只是依稀地记得一些片段，再也对我造成不了任何影响，本该如此。

我体验到了毕生从未有过的一种超脱的幸福感和自在感——我的世界太美妙了，一切事物、一切问题、一切恩怨纠葛以及一切痛苦哀愁都只要一把钥匙就可以解决。我就是为这个世界而生的，不对，应该说这个世界就是为我而生的。

我怎能不努力！

时光荏苒，飞速而过。

十年后，我的公司越发壮大，更名为郭氏锁学集团，产业遍布涉及锁学的各个行业。我在纳斯达克成了敲钟的常客，公司估值成功超越了苹果，被评为世界最有价值品牌。

因为我非常非常努力，我带着马静和爸爸走遍了世界的每一个角落，研究了各种各样的人体，我每年都会推出划时代的产品。

比如养生型一次性洁净锁匙，在全世界范围广受好评，只能限量供应，但我只收取微利，而且我开发的 DNA 配型品质保护锁，保证了我的产品不被炒作，任何人只能用 DNA 抽签获得，且只能自己使用。

小树以优异的成绩从耶鲁大学锁学院毕业，继续攻读博士学位，他和我一样，具有开锁的天赋！

又过了五年，小树已经博士毕业，他开始协助我管理郭氏锁学集团，努力把最优秀的产品带给全世界的人民！我们父子的肖像，永久地悬挂在喜马拉雅山山顶的东侧！全世界都在感谢我们父子为人类社会进步作出的巨大贡献！

我在连续拒绝了三次诺贝尔奖的邀请后，开发出了永生型锁匙，因为它给人类寿命带来了巨大飞跃，我实在无法推脱，接受了诺贝尔最高奖项"锁学奖"。

在诺贝尔的领奖台上，当主持人宣布我的名字时，全体起立，掌声雷动，持续了十分钟以上。

全世界的人民都在电视机前等待着我的发言，收视率破了电视网络的纪录。

我看着话筒，微微抬手，示意大家安静下来。

全世界鸦雀无声，等待着我开口。

我说了第一句话："谢谢！"

再次全体起立，掌声持续了三分钟，我不断地挥手致谢，才让会场安静了下来。

"我希望我下面的讲话不要再被掌声打断，可以吗？不要鼓掌，谢谢各位。"我的话如同神谕一样，响彻全球，没人再敢发出一丝声响。

"我叫郭腾飞，我是一名普通的锁匠，本来，我很平常，我以前一直生活在一个噩梦里，噩梦中的世界，充满了痛苦、煎熬，我被歧视、被忽略、被利用、被抛弃，直到有一天我彻底地醒来，我才发现了我的世界。我感谢我的那场噩梦，如果没有这些折磨，可能我不会发现我的世界如此美好！我也不会像今天这样，如此珍惜我的世界，我希望我的世界，能够永远持续下去！我一定会用我的双手，让我的世界更加美好！这种信念，是我最强大的动力！先生们，女士们，所有地球的居民，珍惜眼前的一切，珍惜我们这个世界！这是我对所有人的期待！谢谢大家！"

我讲完，转身就走，上万人的会场还是鸦雀无声，直到我走出了好几步，掌声才突然响起，再次全体起立！欢呼声、呐喊声，响彻云霄！

我向第一排座位走来，每一个路过的人，都争先恐后地与我握手，我不失礼节地一一握手，听着这些外国人用生硬的中文，向我表示由衷的赞叹。张子贤被我邀请来了，坐在第二排，他努力地伸出手，想和我握手，我直接给了他一个大大的拥抱！

马静和小树在座位前等我，我走过去和他们深深地拥抱，马静泣不成声，她看过我的痛苦，在我十五年前发病的日子里，是她一直陪伴着我，从来没有放弃过我。

我看到了爸爸，我马上低下头，半跪在他面前，拥抱着他，紧握着他的双手。爸爸腿脚不太好，不方便站立，他也不用站立，因为他是我最伟大的父亲，我必须跪在他的面前，向他送上儿子的成功，让他为我自豪。

爸爸老泪纵横，只是不断地念叨着好好好。

我会让我爸爸健健康康地活到两百岁，甚至永生！我们一家人，永不分离！

因为这是我的世界！

我什么都能够做到！

我在掌声中端坐，享受着一切美好、一切赞誉，但在我脑海中极远极远之处，传来了微弱的声音："郭子，醒醒，你会死的。"

哈哈哈，又是这个声音，我已经完全不在乎了，那只是我唯一剩下的一点点自我怀疑。

我本来就醒着，为什么要让我醒醒？

多可笑啊！

白驹过隙，时光飞逝。

十年的时光再次一晃而过，我已经六十多岁了。我的世界如同我预期的那样，天下大同，人间美满，锁学越来越发达，我以世界首富的身份，引领着其他的科学也蓬勃发展，人类开始在太阳系殖民，并开发出了能够征服银河系的动力装置。

我踏遍了地球的每一个角落，我登上了太空，在火星定居点插下了联合国旗帜！我连续十年被评为最伟大的人类！联合国甚至开始考虑，让我成为永久性的联合国名誉主席！

所有的一切都如我所愿！在我的世界里，我就是神一样的存在！

我甚至觉得，我能够让太阳永不坠落，让我的世界永沐光明！

只要我愿意，只要我去想，一切都能实现！

这还不够，我要永生！我要踏遍宇宙，让宇宙的每一个角落，都留下我的传说！我必须做到，我也一定能够做到！

小树已经成为我的继承人，管理着庞大的郭氏锁业帝国，他作为地球上仅次于我的伟大人类，是全世界女性觊觎的单身汉。

最终小树和英国女王相恋，并接受了女王的求婚，他将和女王结婚，英国民众以 99% 的支持率通过了让小树成为英国国王的提案。

小树的婚礼在装饰一新的白金汉宫举行，全球直播，被誉为人类历史上最豪华最引人注目的婚礼。

高朋满座，全世界的政要都来到了现场，现场过于嘈杂，我有些疲于和他们交流，所以我选择独处一段时间。

我现在更喜欢安静地待着，继续解开上帝的礼物——身体上的那个锁眼。

我喜欢用自己做实验，因为我的每一次微调，都能带给我直接的感受，这把锁还远远没有开启至尽头。

上帝给了我这把锁，到底要到什么时候，才能让我完全打开呢？

完全打开后，里面会是什么呢？

世界的真相吗？

永远没有尽头也很好。

我慢慢调试着我的锁眼，一点点享受着开锁的快乐，这时候我听到有人说话："郭子！郭子！"

这声音并不是我脑海里的，我低头一看，脚边不知道什么时候多了一条矮小粗胖的京巴狗，正咬着我的裤脚拉扯着。

"哎？"我有些诧异，怎么白金汉宫里会有一条京巴狗，还能跑进我的房间？

我一低头，把京巴狗抱了起来，它很听话地让我抱起，伸着自己的大舌头。

"郭子！"京巴狗竟然说出了人话。

"你会说话？"我更是惊讶，摇晃着它，"你在说话吗？你继续说。"

"郭子！汪……"京巴狗被我晃得头昏脑涨。

"你是谁给我的礼物，还是恶作剧？"

"汪，我是，汪。"京巴狗艰难地说着人话，"别摇我，难受，汪。"

"好好好，不摇晃你。"我把京巴狗放在腿上，它很顺利地坐了起来，狗眼直勾勾地看着我。

"汪，我是，张子贤啊。"狗说人话还是很艰难，听起来如同有个人长着大舌头。

"什么？"我却听得很清楚，"你是张子贤？你怎么变成狗了？"

"我终于，汪，我终于进来了，我不知道，怎么会，汪，是一条狗，汪。"京巴狗继续努力说人话。

"你怎么进来了？我不懂。"

"汪，郭子，你很危险，危险，汪，你快醒醒，醒醒。"

"你这条小狗，又是我幻想出来的吧？"我笑哈哈地拍着狗头。

"我，汪，我是真的，你在，灭绝星，精神核心，你现在的世界，是假的，是假的，醒过来，醒醒，再不醒过来，你要死，要死了，汪。"

我忍俊不禁："这样的幻想比以前有意思多了，我喜欢狗编故事。"

京巴狗气呼呼地站起来，用前爪按住我的前胸，汪汪汪乱叫了几声，好像是有个人被激怒，想揪住我的衣领。

可这时传来了敲门声，马静在门外喊我："老郭啊，仪式差不多要开始了，你别躲着了，大家都在等你。"

京巴狗立即从我腿上跳下来，小短腿一阵乱蹬，钻到不远处的桌子底下去了。

我只好回应马静："老婆子，我马上来！"

我整理好礼服，开门走出。一身华服的马静没好气地白了我几眼："老是让人叫你，烦死人！"

"老婆大人息怒！你知道我的，现在就只想图个清静，来亲一个，不生气。"

"老不正经的。"马静轻轻拍了我一下，"领结还是歪的，是不是又自己调试自己了？调调调，小心使劲使大了，多转了一圈，直接把自己调死。"

我笔直地站着，看着马静帮我整理衣领，心里对她的爱意依旧弥漫："我是个锁匠啊，很小心的。"

"那也不行！快七十岁的人了，还折腾什么啊？"

"哈哈，七十岁还算老？现在退休年龄都已经更改为八十岁了。"

"行行行，还不是你的功劳！好了，走吧！"

我端正了一下身形，马静挽住我便往前走。我心里还是惦记着刚才自称张子贤的那条京巴狗，于是问马静："老婆子，狗能说话吗？"

"你怎么突然问这个？狗能不能说话你问我？"

"没话找话说嘛。"

"狗当然能说话啊，猫狗都能说话！所有宠物都能说话！你是老糊涂了吧？"

"啊？"我心里仍感到很奇怪，但我嘴上说，"我都忘了，你说说。"

"大多数狗猫不会说话，但是加以训练，都能说话，现在有些品种的狗，甚至能流利地说不少话呢。你不养狗，你不知道。"马静这样回答我。

我心中暗叹，果然是和我解释给自己听的理由一模一样。

"很有逻辑的那种人话呢？"我明知故问。

马静看了我一眼："天才狗可以啊。"

又和我自问自答的结果一模一样。

我心里有一丝丝的苦涩……但我一点都没有表现出来。

在我的世界里，我生活了漫长的几十年，不是没有过疑惑，只是每一次自己有什么疑惑问马静的时候，她都能组织出一套严密的语言，有一套清晰又完整的逻辑应对我所有的疑惑，接着，世界果真就会像她所解释的那样运转。

解释得太完美了，完美得有些不真实了，就像……就像我自己在跟自己解释一样……只要我接受，必然解释得通。

这种苦涩感在我心头蔓延，让我很不舒服。

密密麻麻的宾客们看到我携夫人到来，纷纷赶上前与我握手，向我道贺，他们说的话全部是中文。

我应付着他们，并在马静耳边飞快地问："为什么全世界的人，见到我都是说中文，每个人都会中文？"

"还不是因为你太有名，现学的。"马静飞快地挤对了我一句。

还是完美的解释，我的自我解释。

"难道不是因为我不懂英文？"

"你本来就不懂啊，让你学你不学，你不学别人就得学中文。别问了，这么多人呢，你一直和我嘀嘀咕咕的多不礼貌。"

"好好好，我不说了。"

我带着礼节性的微笑，一路握手，终于走到了专属于我的座位上，坐了下来，上方的主持人正在念念有词，我完全听不清他念的是英文还是别的什么语言。

仪式很快就要举行，可我又坐不住了，我和马静打了个招呼："尿急，我去去就回。你别动啊！"

"哎，你这死老头！"马静骂着我。

我三步并作两步，来到了礼堂后方的贵宾室专用洗手间，把门锁上，低声地呼唤："狗狗，狗子贤，我现在希望你在。"

"汪！"一声轻叫，那条京巴狗从马桶间钻了出来，凑到我脚下。

我将它抱起来，放在宽大的洗手台上，摸了摸它的狗头："我就知道，我想让你出来，你一定就能出来。"

"汪，我在。"狗吐了一口。

我抽出纸巾给它擦了擦嘴："接上次的话题，我还要问你。"

"汪，快问。"它不住干呕，"他们要，抽离我。"

"狗狗，你说我的世界是假的，那你有什么办法，证明给我看？"

它歪着头想了想，转向了洗手台上的镜子："汪，看镜子。"

我看着镜子里的自己，虽然我很擅长用锁眼保养自己，但我已有白发，看着也有五十多岁的样子。

"汪，同时看着我。"

我同时看着自己和狗，并没有什么变化。

"汪，你根本，没老，汪汪，仔细看，想着，自己，汪，真正的样子。"

我仔细地看着镜中的自己，并没有变化。

"汪，你问，你是谁。"

"你是谁？"

镜子里的人突然说："我是郭腾飞。"

可我知道我完全没有张嘴说话！镜子里的人自己说话了。

"你是郭腾飞，那我是谁？"我没有避让，也没有害怕，直勾勾地盯着镜子里的自己。

"你是我的幻想。"镜子里的我回答。

就在那一瞬间，镜子里的人变化了，飞速变年轻，时光倒流一般，画面定格的那一刻，我看清了镜子里的自己。

镜子里，我穿着宇航服，只有三十岁的年纪！

脑海中的原子弹爆炸了……一切的一切，再次蜂拥而入，所有遗忘的、模糊的、远去的，所有令人难过的、高兴的、尴尬的，所有的危险、平安、喜、怒、哀、乐，甚至张子贤的所有记忆，从小到大的每一分每一秒，都在我脑海中的核爆炸中闪过。

我一瞬间又如同被抛进一条深不见底的时光隧道，在里面急速地拉伸变形，宇宙在我眼前爆炸，物质在湮灭，生命在初生，我被撕得粉碎，又再次组合！最终，我在一声闷喝中，再次站到了镜子面前。

我泪流满面……我胸口的锁眼转动着，开启着，打开了最终的真相。

我的世界，是我的幻想。

真实的我，正在灭绝星里飘浮着。

张子贤的实体开始像个接触不良的灯泡一样闪烁，好像随时都会消失，张子贤的声音从狗嘴里蹦出来，居然流利了起来。

"想起来了吧，郭子！我起到作用了！现在他们发现我进来了！我快要被拉出去了！你继续想，继续想，就能醒过来！"

我低头看着狗："可我不想醒过来。"

狗在洗手台上转着圈，身子正在扭曲变形："什么？郭子！你不要发疯，你必须醒过来，小树在等着你拯救！地球在等着你拯救！"

"现在我所在的这个世界，我已经舍不得了，我在这里生活了几十年，每一刻都是真实的，我回去还有什么意义呢？这里也有小树，有马静，还有我的爸爸，我怎么能舍得呢？"

"他们都是假的！是你幻想出来的！你幻想出了一个你自己的世界！在真实世界里，你只过了不到一分钟，这是灭绝星的手段，他们要让你在自己虚构的世界里活着，直到你精神崩溃！"

"我还有多少时间？"

"你再不醒过来，只怕你就会永远困在你自己幻想的世界里了！"

"永远，不好吗？"我突然很大声地问狗。

"不好！"狗已经扭曲成了一团，越变越淡，我知道它将很快消失在我的世界里，"你在陷入疯狂，你没发现吗？你开始觉得你是这个世界的神！那是你快要崩溃了！这里的小树，他们过得再好，也是你的自我满足！真实的小树还在受罪！千千万万的小树在等死！这个世界里，只有你一个人是活生生的！你的世界，只有你一个人啊！郭子！你不要再……"

啪地一下，狗如同一朵烟花一样，彻底消失了。

"我的世界……"我身子一软，撑在了洗手台上，"只有我一个人……"

盛大的婚礼极其圆满，小树和英国女王成为夫妻，同时，小树加冕成为英国国王。

中国的司仪出场，将我和马静请到台上，小树和英国女王以中国的传统，向我和马静端茶，英女王改口喊我爸爸，我给我的儿媳妇发了一个大大的红包。

"祝你们早生贵子啊！"我开心地笑着。

"和和美美，家庭幸福。"马静也说祝福语。

我把爸爸请上来就座，他的腿已经被我治好了，走路脚下生风，老当益壮。孙子和孙媳妇给爷爷磕头、行礼，我的爸爸哈哈大笑，赶紧把他们搀扶起来。

按照中国的规矩，我又把英女王的爸爸妈妈爷爷奶奶请上来，两家人一起照了张全家福！中西合璧啊！

我很满足，我真的很满足！

仪式终于走入了尾声，作为新任英国国王，小树在神圣的高台上冲着我深情地说："现在，我邀请我的父亲，郭腾飞先生，上台致辞。"

在如雷的掌声中，马静紧紧地攥着我的手，那么温暖，那么真实。

马静松开我的手："加油，郭子！"

我站起身，向着大家深深地一鞠躬，挺直了胸膛，大步流星地走上了发言台。

大家起立、欢呼、鼓掌。

小树一脸崇拜地垂手肃立，站在我的身旁，我冲他微笑点头。我看着眼前的人群，挥手示意他们坐下，目光扫过每一个人的脸庞。

我看到了爸爸，看到了马静，看到了张子贤，看到了牛二，看到了小张警官，看到了左邻右舍，还看到了老王、浪浪、鱼小欢、土豆、凉墨、无眉，他们也来了！每个人都洋溢着笑容，每个人都认可地看着我，每个人都目不转睛。他们都在等我最后致辞吗？

"我，很高兴。"

所有人再次起立，鼓掌、欢呼。

"感谢你们陪我度过了三十五年时光，我经历了人生中最美好的一段时光，每一分每一秒，我都铭记在心。我很满足，我很幸福，我多么希望，在座的各位，每一个我爱的和爱我的人，都是真实的。"

台下鸦雀无声，所有人还是面带笑容地看着我，没有人质疑我为什么会这样说话。

"我曾经说过，我要让我的世界永远美好下去，为此我会不懈地努力！我也曾经说过，我从一个噩梦里醒来，才感受到了我的世界有多么美好。我无数次地问过自己，你想要什么样的生活，想要什么样的世界，在我的世界，我终于知道了。所有的美好，只是属于我一个人的，所有不舍，也只属于我一个人，在另一个世界，我所说的噩梦一样的世界里，真正的你们，和我一样，存在着，正在经历磨难！我，不能辜负他们！那个世界不是噩梦，只是在等待我，等待着你们，来改变，来拯救。再见了……我所爱的人……我必须走了……"

我知道我已经变回了三十岁的样子，穿着一身宇航服，站在讲台上，却没有人惊讶。

我看着小树，小树还是崇拜地看着我，轻轻地为我鼓掌，但他开始消散；我看着爸爸，看着马静，他们也在微笑着，慢慢地消散，四周的一切人事物，都在一点点地瓦解，化为烟尘，灰飞烟灭。

我缓步走向小树，想最后一次拥抱他，但他已经化为幻影，什么都感受不到了。

我舍不得啊！我舍不得啊！我怎么能舍得啊！

我的泪再也不受控制地涌出眼眶，我痛哭流涕。

最后，一切归为一片灰白，我的世界，再无一物，只剩下我一个人。

在我创造的这个世界里，我一直都是孤独的。

一直只有我一个人。

我该回去了，永别了，我的世界，黄粱一梦。

黑暗从我脚下迅速升起，淹没了我。

上帝很忙

上帝为什么很忙？因为要创造的世界太多了，按七天一个算绩效。

我慢慢地睁开眼睛，看清了外面的世界，我的面前飘浮着一个篮球大小的光团，正如同心脏一样跳动着。这是什么？在我有此疑问的同时，一段崭新的记忆，没有缘由地出现在我的脑海里……

我背着张子贤，在无尽的黑暗中急速下坠，直到我看到了一个亮点，越变越大，我毫不犹豫地向着光团跳了进去。

瞬间，我感觉到我已经穿透了灭绝星外壳，来到了一个一片通明的巨大空间之中，只是我还是在急速地下坠，尽管我立即启动了身上的喷射装置，却完全没有效果，似乎喷射器失灵了，完全没有办法控制住速度！

我拼命地喊身后的张子贤，可是他毫无反应！他的手脚都已经无力，仅仅是靠着救援带，才和我紧紧贴在一起，他有可能是昏迷了！

随着下坠，脚下出现了连片的奇怪建筑物，类似于一团乱麻似的蛛网结构，如果我再不减速，我会直接撞死在地面上！可我没有办法，我只能在即将接触到地面的一刹那，再次升起念头：穿透！

一层，一层，一层又一层，眼花缭乱，我根本不知道我看到了什么，直到一股巨大的推力从下方传来，我才猛然停止住，悬浮在了空中。

在我眼前，不到十米的距离外，是一个发亮的、只如篮球一般大小的白色光球，像心脏一样跳动着，在白色光球内，又有一团淡黄色和淡蓝色交织的光芒在飞速地移动，膨胀、缩小、变色，好像是一种生命形态，正在观察着我。

我想动，但是我发现我的四肢异常麻木，手指也动不了分毫。

这时，我突然听到那团光芒在和我说话，是的，直接在我脑海中说话，是一个熟悉又陌生的男性声音。

"郭子，你竟然能到达这里，我不得不承认，你很有趣，超出了我的判断。"

"科斯伯格？"

"不，我不是科斯伯格，但科斯伯格是我的一部分。在地球人的认知里，你可以称我为，神。"

我有一肚子脏话想骂，奈何脑海中光团的声音更强大，直接淹没了我的咒骂。

"在你的生命完全受我掌控的情况下，你还能有如此澎湃的能量，这让我非常高兴，在无限大的宇宙中，来到地球果然是一个正确的选择。郭子，我对你越来越感兴趣了，同样，我也对地球人越来越感兴趣了。"

"你要干什么？你动地球试试，你废了！放开我！"

"既然你突破障碍，成为第一个到达这里的地球人，那就从你开始吧。我太饿了，我急需补充。"

"开始什么？"

"你会很享受这个过程的，没有痛苦，只有快乐，你会感谢我的，我，是，神……"

就在这个"神"字之后，我突然被拉入一个万花筒一般的世界，无数的光芒在我眼前旋转，我的意识被这种光芒的力量轰得散乱成一片，根本聚集不起来，形不成一个准确的念头。

然后，我看到了我的影像，一个虚构的我，正在一张躺椅上酣睡，我的意识正向这个"我"扑过去。

不！我不能！

这种强烈的抗拒感，让我瞬间分裂成了两个！一个我向着影像中的自己跌了进去，另一个我则坚持在原地不动。虽然我一分为二，但我仍能感到，一个无比真实的梦，正在变成现实，在一个虚构的世界，我居然住着大别墅，我的父亲也还活着！而我，在虚构的世界里，已经被迷惑了，居然很满意，毫无怀疑！

那个世界，真实得无懈可击，我越来越接受那里才是真实，强大的吸引力拉扯着另一个我，也要跌进去。

我能感到太银的流动，张子贤的意识正随着太银渗透进我的体内！这与无眉和我融合时，意识的交融感一模一样！

"张子贤！醒过来啊！"

"郭子！我们这是在灭绝星内部了？你成功了？"

"那个光团有意识！是灭绝星的精神核心！它在控制我！我的意识被它拉进一个梦境里出不来了！你在我的意识里！你看到了吗？"

随着我意识的驱动，张子贤的意识被投入了虚构世界，进入我的脑海中，并与我合为一体："我我我，我也看到了！郭子，你醒醒！郭子！"

"子贤！一定要让我醒过来，我坚持不住了！"

骤然间，我剩下的另一部分意识也完全被吸入了那个世界。

…………

"郭子，你醒醒啊！"张子贤的声音带着哭腔，在我头盔的麦克风里不断炸响。

我看着眼前那团跳动的光球，终于将两种记忆区分了开来，刚才，我在一个无比真实的长梦中，生活了几十年的时光，我在那个世界里，已经接近了神！

现在才是真实的世界！我醒了！

"我醒了！"我呼吸急促，心脏几乎要跳出胸腔。

"你终于醒了！我被抽离出来的时候，我以为你放弃了，再也回不来了。吓死我了！"张子贤从身后使劲拥抱了我。

"多亏了你！"我能感到张子贤有力气了，我也试着动了动身体，虽然还是有些麻木，但已经能自由地活动了。

我定下心神，悬浮在空中，紧盯着眼前的光团，光团里的黄色和蓝色不断地转化，四处胡乱地移动，好像并没有注意我。

身边，嘈杂的狗吠声越来越多，我左右看了看，就见到从四周如同稀粥一般稠密的连片光团中，一个个小型的生命体正在空中快速地穿行着，接近我和张子贤。

等我终于看清，才发现这些灭绝星内的生命体，是类似腊肠犬一样的玩意，身体呈圆柱形，覆盖着以黄色为主的毛发，四肢非常短，还有不成比例的犬类生物的大脑袋。

但那些看起来很滑稽的生物在看向我的时候，会嘴巴一裂，露出布满尖牙的血盆大口，向我发出嘶嘶嘶的怪叫，十分惊悚！

有一条"腊肠"已经飞到了离我不远处，可它却不再靠近，只是在一侧上上下下地盘旋，不住地冲我龇牙咧嘴。

我看着这个小怪物，有一种眼熟的感觉："喂，科斯伯格是吧？"

那条"腊肠"停止了上下乱蹿，悬浮在我的面前，狗头口吐人言："你能认出我？汪呜！"

"看你这德行就像科斯伯格！你房间里全是各种狗，原来你就是一条狗啊！"我讽刺道。

张子贤讶异道："科斯伯格，你是灭绝星人？我就说呢，我一直怀疑你不是地球人，你果然是外星人！但没想到你人模狗样！哈哈哈！我一直在崇拜一条狗？哈哈哈！我受不了了！忍不住了！"

科斯伯格张着他的血盆大口说："你们是怎么醒来的？这不可能！"

"你们很怕这个？都不敢靠近？"我指了指光球。

"不要乱指！这是我们的神！你们这些卑贱的人类！神马上就要惩罚你们！"

"科斯伯格，我想问问你，你们要对地球干什么？"

"你不是醒来了吗？"

"哦？让我们每个地球人都陷入自己的梦境里，做着万分美好的白日梦，然后你们的神，把我们当电池来充能？"

"我们是高等文明，你们这些低等生物，让你们每个人都能享受自己的天堂，在天堂里活一辈子，无所不能，一切如愿，这是神的恩赐，你们应该感谢神！"

"其实你说得对，那个白日梦，确实不错！"我身子猛然前冲，一把抓住了科斯伯格的两只狗耳朵。

这种狗形生物，反应果然是慢半拍的，我揪住了他的耳朵，他才刚刚开始挣扎："汪汪汪！"

"你不是想知道我怎么出来的吗？"我使劲掰着科斯伯格的狗头，不让他咬到我，随即使劲一甩，"你自己去问你们的神吧！"

我把科斯伯格甩向了不远处的神，那颗篮球大的光球！

科斯伯格发出了凄厉的号叫声，直接没入了光球里，连一点点浪花都没有激起，再也不见了。

四周密密麻麻，数不清的狗形生物开始躁动起来，声音越来越尖锐，如同成堆的蚂蚁一般向我们围了上来。

张子贤在话筒里说："看样子出不去了。"

我回答他："我压根没想过能出去。"

"咱们的信号成功发出去了，任务完成！我和你一起穿透外壳，和你意识合体，观摩了一次你的人生，最后还拯救了你，收获很多，此生值得了！满足！郭子，认识你很高兴！咱们下辈子再做兄弟！是等他们动手宰了我们，还是我们自爆？自爆好像更壮烈一些吧！"

"等等，还不到告别的时候！"我看着不断跳动的光球。

光球里本来乱撞的黄蓝混合光稳定了下来，腾地一下变得通红，如同一只魔鬼之眼，死死地盯着我们。

愤怒的声音从空洞的空间里炸开："狡猾的人类！你们跪拜在地，祈求我宽恕你们，我本来还要恩赐给你们时间，现在我觉得没有必要了！神的愤怒将立即降临在大地上！"

我已经来到了光球面前。

"你要做什么？"光球里红色闪烁了几下。

我双手啪地一下，抱住了它！

随着我这一抱，周围已经越围越紧的狗形生物墙轰然崩塌，一条条"狗"玩命地四散奔逃。

"郭子！快放开它！"张子贤大喊着。

"张子贤！松开我，你走！"我给出了我的决定。

"郭子！"

"不要让我白死，你给我活下去！滚！"我已经感觉到炙热，保护着我皮肤的太银已经完全无法承受，直接化为烟气，我的手已经燃烧起来，正在被光球喷出的能量熔化！

"郭子！"

"滚啊！"

张子贤松开了我，喷射器启动，他向上方冲去，逐渐远离了我。

"你要干什么啊郭子……"张子贤的哭腔最后一次在我耳边响起，能量波已经烧烂了所有的线路。

我全身着火，每一个细胞都在经受火焰的炙烤，但我不怕，我甚至不觉得疼痛。

我将身子蜷缩了起来，直接把那颗光球抱进了怀里。

光球里的声音再次以心灵感应的方式在我脑海里响起："这不可能！"

我告诉它："人生很多事情都要尝试，今天，我想尝试一下拯救世界，我必须将你融进我的身体。"

"不能这样！我可以放弃地球！我诞生在宇宙之初，我给无数的智慧生物带来了天堂！我是正义的！我是伟大的！我是神！你放开我！我求饶！我错了！我是……"

"怕死的胆小鬼。"

我的念头在全身浴火中腾腾而起，既然我能穿透任何物体，那么，我也可以让你穿透我，让你停留在我的身体里，与我合为一体，来吧，你这个，伪神！

那颗光球透入了我的胸膛，并在我胸膛里停留下来，与我的肉体结合在一起，我感觉到了一个渺小而卑微的生命，在我身体里威胁、咒骂、挣扎、祈求、恐惧、绝望、后悔，直至无声无息。

我的眼中充满了光芒。

随即，我爆炸了，化为光。

在那一瞬间，我似乎看到了一切……

地球上空的灭绝星，正在以肉眼可见的速度崩溃、瓦解！

曾经坚不可摧、无法穿透的外壳，从内向外地分解成了灿烂的烟花！

整个地球都可以看到，全宇宙最盛大的烟火绽放！

光芒划过地球上的每一个角落！

宽大的指挥室内，每个人都在激动地拥抱、欢呼！

土豆从容地坐在自己的座椅上，盯着大屏幕上灭绝星的消亡，习惯性地抚着自己的头发，保持着他骄傲的发型。

老王、鱼小欢在跳跃，在狂吼，浪浪叼着烟，静立着，泪流满面。

山顶上，凉墨和无眉相视一笑。

无眉揶揄着凉墨："没想到，世界上最伟大的英雄居然是个无名锁匠，而不是你凉墨。"

凉墨毫不在意地说："我的时代已经过去了。"他望着漫天坠落的火花，"他现在无处不在。"

在医院的草坪上，穿着病号服、头发掉光的小树，好奇地看着天空，马静紧紧地搂着他，又哭又笑。身边还有许多光头的病小孩，纷纷露出了笑容。

小树问："妈妈，我的头一点也不疼了，但是，爸爸是不会回来了吗？"

马静告诉他："爸爸会回来的，他是我们的英雄。"

小树指着天空无边无际的光芒说："看，爸爸变成了光！"

马静拥抱着小树，看着我在空中闪亮。

我在全世界看到了他们，我最后的意识飘舞着："再见！我爱的世界！"

光芒盛放后，留下了一片黑暗和空寂。

…………

不是结局

世界的真相是一个无穷无尽的套娃，你在哪里停手，哪里就是真相。

在我有最初的意识时，我只能听到声音"郭子……郭子……"然后我的意识像是无数的积木，在一点一点地堆积成我。

我看到了光，看到了眼前模糊的身影。

我意识到我飘浮在一个玻璃罩子里，慢慢地完整。

我看到了我的身体，我的身体透明、轻薄，只是密集的光点构成了我，上方不断有一颗一颗的光点散落在我身上，填补着我的身体。

我逐渐看到了、听到了越来越多的东西。

一个人站在玻璃罩子外，看着我，喊着我："郭子，郭子，你能听到吗？"

他是谁，记不得了。

我叫郭子是吗？

又经过了多久，我不知道，直到最后一块意识拼图嵌入我的身体时，我如同大梦初醒一般，一下子明白了！我还活着！我还存在！

张子贤，你是张子贤！

外面的工作人员开始忙碌起来，有人跑来告诉穿着白大褂的张子贤："有作用了！主任！他有反应了！"

张子贤拍打着玻璃罩，使劲地对我说话："郭子，你看到我了对吗？你有意识了对吗？你能不能回答我？"

我无法回答他，因为我的身体只是悬浮在液体中的一团类似人形的淡淡光团。

我很想和他有任何形式的交流，但我好累，好困啊！我好想睡觉啊！

于是我沉沉睡去。

等我再次醒来时，我感觉到了我的身体，眼睛、鼻子、嘴巴，还有胳膊、大腿、小腿，甚至手指、脚趾，全都感觉到了。

温暖的水包裹着我，我正在水箱中漂浮。

张子贤兴奋地大叫："郭子！郭子！你醒了吗？能看到我吗？点点头好吗？"

我点了点头。

张子贤像孩子一样咧嘴大哭，跪地不起，拍打着水箱，鼻涕眼泪直接往他嘴里面灌："郭子，你终于回来了，你终于回来了。我容易吗我，真的我容易吗我！"

从那时起，我才算是恢复成了一个人，才有了时间感。

三个月后。

微光扫过我的身体，旁边的漂亮护士告诉我："可以了，郭先生。"

我从洁白的床上坐了起来，伸腿蹬脚，很舒服，好得不能再好，活生生的一个我。

我看着嬉皮笑脸的张子贤问道："真有你的，我这算是康复了？"

张子贤满脸堆着笑容，眼睛都眯成了一条缝："比过去还好。"

"我想吃饭，这个月光吃那些营养糊糊，都快馋疯了！"

"必须的！"

"那还等什么，开整啊。"

"稍等稍等！有个人一直等着见你呢！你必须见。"

"哦？谁啊？"

"一会儿你不要吃惊啊！平静平静！"

"经历这么一趟，没有什么能让我吃惊了。"

"好嘞。"张子贤示意了一下，房间里的几个护士退了出去。

很快，我听到一个人脚步急匆匆地赶来，推门而入。

"科斯伯格！"我还是吃了一惊。

这个熟悉的家伙，科斯伯格，进来就大喊一声："爸爸！"

我又吃了一大惊："你叫我啥？"

"爸爸啊！"科斯伯格跑到我面前，"您乖儿子，现在磕头认父！"说着，他扑通跪下，咚咚咚给我磕了三个响头，"爸爸在上，容儿子一拜！"

这三个响头，把我的警惕感一下子给磕没了，我说话都不利落了："起来起来，什么意思啊这是？！你你你，你不是……"

科斯伯格起身站好，连珠炮一样地说："爸爸，我醒过来了，我在一个噩梦里沉睡了三年，在梦里我是一条狗，被一个又黑又丑的外星老太婆虐待了三年！等我醒过来，第一件想起来的事，就是您是我的爸爸！我得救您啊！"

"你，你……好吧，那你叫他什么？"我指了指张子贤。

"这是我二大爷啊！我给二大爷也磕几个。"

"不用不用！"张子贤连连摆手，"你这几年没少磕头，省省吧，过年的时候再磕，我给你发压岁钱。"

"好嘞。"科斯伯格非常高兴。

在贵城市的一家小饭馆的隐秘包房里，我们三个人大吃了一顿，张子贤也总算把这几年发生的事情，给我好好讲了一遍。

时间居然已经过去了五年。

五年前，灭绝星瓦解散落成了光芒，完全消失，所有的七岁病患儿，很快全部康复，地球的危机解除。我成了拯救人类的英雄，被载入了史册，联合国还在大门外专门给我修建了一座巨型雕像，让全人类缅怀我这位伟大的英雄。只是，联合国隐去了我的真实姓名，那尊雕像的名字是开锁侠……他们还给雕像加了一个类似蝙蝠侠一样的面罩。全球热卖开锁侠的周边产品，收入归联合国，用于医学慈善事业。

张子贤在五年前并没有死，他飘浮在太空中，被后续赶到的航天飞机救下。张子贤隐姓埋名，要求在 ISDA 工作，成为土豆的部下。

张子贤向土豆多次汇报，认为我不一定死了，也许成为粒子态，分散在地球空间里。土豆同意这种想法，想用 ISDA 的力量复活我，可这个方案被 ISDA 高层否决了，因为死去的英雄更有价值。在俗世里，不应该存在我这样一位活生生的超级英雄，这恐怕会造成社会的混乱。

土豆一怒之下，将我、老王、浪浪、鱼小欢、张子贤的资料销毁了，我们成了从未存在过的人，所有我们的经历都荡然无存。然后，土豆被炒鱿鱼了……在给张子贤留下一个消息后，下落不明。

这个非常重要的消息就是，科斯伯格可以复活我。

张子贤找到了科斯伯格，科斯伯格的人类肉身在灭绝星爆炸后便陷入了昏迷，不久后醒了过来。张子贤见到他时，他正在满世界疯狂地找我这个爸爸，可他只记得我的模样，连我叫什么名字也想不起来。

张子贤和科斯伯格一拍即合！科斯伯格依旧是世界首富，科学知识完全记得，也没其他什么不对劲的。要说科斯伯格是地球人，百分百是，他只是在意识被调整后，被人重新装载，再不是腊肠狗外星生物了。

科斯伯格聘请了张子贤，秘密成立了"救爸爸"实验室，在贵城的深空大厦底部搭建了庞大的实验室，通过不间断地发射航天器，并使用"中国天眼"的搜索力量，在太空中一点一点地寻找着满足重组我要求的粒子。

一点一点，一滴一滴，用了足足三年的时间，他们才搜集到了我最基础的成分，我的意识初步恢复，实验取得了决定性的成功，其他粒子开始主动寻找我的这个主体。又用了两年，我才彻底复活！

这是一项耗资巨大、成功率接近零的疯狂尝试！科斯伯格的总花费，达到了一万亿美金。

好在，终于成功了！花了一万亿美金的科斯伯格，终于见到了我这个活生生的爸爸，激动到磕头也不奇怪了。

但是，科斯伯格，你为什么认定我是你的爸爸，张子贤是你的二大爷呢？

科斯伯格答复我："我可不是疯子，从肉体关系上，我们肯定没有血缘啊，但我从当狗的噩梦中醒来时，我的潜意识告诉我，就是你，赋予了我新的灵魂，你就是我的爸爸，我的创造者。"

我还是一头雾水。

张子贤点拨我："你不是吃了那个光球吗？灭绝星的精神核心。"

"什么吃了，是和我融为一体了。"

"那你感觉你是谁呢？会不会感觉你就是灭绝星的神？"

"什么感觉都没有，我就是我，郭腾飞。"

"看着大差不差。"张子贤打量了我几眼，"还是得小心你，万一哪一天你直接变成灭绝星了！"

"省省吧！"我推了张子贤一把，笑了笑，沉默了片刻，才问，"马静、小树他们好吗？"

"他们认为你死了……啊！有科斯伯格在，过得挺好的！亲妈和弟弟，你说呢，能不好吗？"

"哦，那……我还能见到他们吗？我再次出现，是不是……不好？"我看着张子贤和科斯伯格，内心已经做好了准备，只要他们健健康康不受打扰地活着，我接受最坏的现实——永不能相见。

张子贤和科斯伯格对视了一眼，并没有立即答复，这让我的心里重重地咯噔了一下。

"嗯……"张子贤微微皱眉，半晌不肯说话。

"你直说，什么结果我都可以接受。"

"恐怕，不能……"

"我懂的。"我的心被狠狠地揪了一下，眼眶已经红了，但我强忍着泪水，保持着笑容，直接拿起筷子，使劲往嘴里塞食物。

"你输了，科斯伯格！"

"爸爸刚才要哭了，只是忍住了！"

"没落泪就算我赢！"

"这不公平！二大爷你这是明摆着耍赖啊！"

我愣了愣，抬起头："你俩说什么呢？"

张子贤和科斯伯格哄笑起来，我突然明白了："你们！过分了啊！"我把手中的筷子向他们砸了过去，站起来追打他们两个！

"无眉把所有社会上的事都搞定了！我们吃饭前，他才告诉我，真不怪我！你还是叫郭腾飞，你从来没有离开过嘉陵！踏踏实实去找马静和小树吧！哎哎，疼疼疼，你真打啊！"张子贤一边躲着我的追打，一边解释着。

"爸爸，我错了！是二大爷非要和我打赌的！我错了，爸爸！疼啊！"科斯伯格也捂着屁股，四处逃窜。

黄昏，嘉陵市公园湖边。

我坐在熟悉的石凳上，旁边红砖地面上的坑洼，还能看出是我当年在这里摆开锁小摊的位置。我的生活从这里开始，即将再次从这里开始。

张子贤跑过来，还是那一身我熟悉的打扮，背着个装满文件的黑色电脑包。

"他们来了！别太激动啊！"张子贤眨了眨眼睛，快步离去。

我看到不远处，马静和一个推着自行车的帅气男孩，有说有笑地朝我这个方向走来。我一眼便认出来，那个推自行车的男孩，正是小树！他长大了，应该上小学六年级了，帅气、健康、阳光！

我有些木讷地站起来，没敢喊他们，只是按捺着内心的激动，一直看着他们。

小树先站住了，他看向了我，仅仅短短一个眼神相对，小树便认出了我，他大喊一声："爸爸！"把自行车一丢，飞快地向我跑来！

我张开双臂，已经泪流满面。

小树紧紧地抱住了我，我也紧紧地拥抱着小树，小树哭着大喊："我知道爸爸一定会回来的！"

马静也已快步跑上来，一家三口彼此无言，拥抱在一起，感受着久别重逢的温暖和幸福。

"爸爸回来了！我回来了！"我再也不用掩饰自己的感情，任凭喜悦的眼泪在脸上恣意地流淌。

轰隆隆的声音从头顶传来，两架直升机拉着横幅，从我们头上飞过，在湖面上一直盘旋。

横幅上写着："欢迎爸爸回嘉陵！爸爸我永远爱你！"科斯伯格从直升机上探出脑袋，向我们挥着手。

我破涕为笑，暗暗骂着："这乖儿子，非要搞得这么夸张吗？省省钱吧你！"

小树高兴地问我："爸爸，是欢迎你的吗？"

我连忙向他嘘了一声："要保密哦！"

小树也做了个嘘的手势："明白！"

马静笑了起来："你这个新认的儿子啊，还挺孝顺！"

我们一家三口肩并着肩，都开怀大笑起来。

我看到湖面上有一艘小游船，上面坐着一个头发很有型，但是发量少到脑袋发亮的胖子，正冲着我们表情严肃地抚摸着自己的头发，那张熟悉的胖脸告诉我，他是土豆。

我又看向湖边的凉亭，看到荒漠小车站里的那位小超市老板，他就是凉墨，他看到了我，向我微微一抱拳！

我看向另外一侧，湖边的一栋古色古香的会所建筑阳台上，站着一位穿着笔挺的定制中山装、满头银发的男人，正是无眉！无眉也看到了我，冷哼一声，刻板的脸上浮出一丝难看的笑容。

他们都来了！一定都来了！

刚刚想到这里，我立即听到了几个人的脚步声，我一回头，只见老王、鱼小欢、张子贤向我跑来，浪浪一身大姐大的打扮，依旧是闲庭信步，妖娆多姿。

众人相聚，热闹非凡！老王、鱼小欢纷纷与我拥抱！

老王拍打着我的后背："想死我了！你终于回来了！"

鱼小欢满脸春光："郭子哥，我有媳妇了，我要结婚了！你回来了，我正好可以办婚礼了！"

浪浪走上来，扒开老王和鱼小欢，冲我点了点头，反而先对马静说："小静，对腾飞好点，他可是我们的英雄，你对他不好，别怪我抢啊！"

老王犯愁："浪浪，你都和我领证了……"

浪浪哼了哼："明天就离。"

马静笑道："浪浪姐，不服打一架？谁赢了归谁？"

"我可打不过你。"浪浪媚笑了一下，一转身勾住了老王的胳膊，老王则赶忙搂紧了浪浪的细腰。浪浪冲着小树眨了眨眼："小树，你姑姑和你妈开玩笑呢！别学坏了啊！"

小树把腰一叉，得意地说："我爸爸，谁不喜欢！"

众人哈哈大笑起来。

欢声笑语中，美好的生活重新开始。

一年后，老王的馄饨店重新开张，规模不小，比以前那家足足大了一倍。

店名：明心馄饨店！

我们汇聚一堂，坐满了老王店内的小包房。

张子贤辞职了，他现在表面上是嘉陵市物理研究所的研究员，其实在嘉陵建立了全亚洲数一数二的量子物理实验室，发表了好几篇论文，已经被国际科学界重视。

浪浪嫁给老王后，把她的浪浪发廊关了，现在专心帮着老王打理生意，因为老王开了可不止这一家明心馄饨店，嘉陵市最大的连锁酒楼，其实也是他的产业，已经准备走出嘉陵，面向全国开连锁店了。

鱼小欢娶了浪浪发廊里那位身材魁梧的小妹，两人如胶似漆。鱼小欢已经不杀鱼卖鱼了，他现在是当红主播，专门表演用广西话唱歌，总有大哥在直播间一掷千金，他的粉丝数半年内破了五百万，著名的原创歌曲《看我飞刀飞刀飞飞刀》成为今年最火单曲，横扫各大音乐榜单。

而我呢，还是经营着一家锁具小店，只不过，很不好意思地说，之前想杀了我的彭总彭宇晏，现在是我的部下，因为我已经是万国安保公司的董事长，马静是总经理，一年的收入嘛，不多不少，七位数。现在彭总彭宇晏就在帮着端茶倒水，服务好得很，很有职业精神。还有我那个乖儿子科斯伯格，我现在叫他大科，他给我弄了个信托基金，一年收入大概九位数。我说了我不要，科斯伯格说，这是给拯救人类的英雄爸爸的，不收不行。我咬咬牙，好吧，我当了一次英雄，有点福利待遇，总该不是走后门吧。

小树去年考上了嘉陵市第一中学，成绩特别优异，是小升初的状元，凭真才实学考上的。

科斯伯格早就来了，他越来越像中国人，特别能说。

我问老王："土豆和凉墨会来吗？"

老王说："邀请了，但他们两人神出鬼没的，不一定来。"

话音刚落，土豆那严肃又神经质的声音响起："难得一聚，该来就来。"

我们转头一看，只见土豆穿着一身道袍，戴着顶方帽，大摇大摆地走了进来，也不客气，随便找了个座位一屁股坐下，抓起桌上的鸡腿，直接开吃。

"味道甚好啊，甚好！贫道久未品尝荤腥了。"

我恭敬地问："土豆？"

"叫我吕道长，世间再无土豆。"

"吕道长，凉墨还来吗？"

"不来，但他托我捎句话给大家。"

"什么话？吕道长快说说。"大家都很感兴趣。

"恭喜。"土豆一本正经地说。

"啊？没了？"

"没了。何时开饭啊？贫道饿得发慌，只吃鸡腿太过无聊，美食速速上来。"

"凉墨不来，确实可惜。"包房门口又有人说话，却是无眉。

老王赶忙请无眉上座，无眉也不推辞，在我的身边坐了下来："老王，我看人应该齐了，那就张罗一下，开席吧，我一会儿还有急事得先走。"

土豆揶揄道："无眉，你现在算是个好人呢，还是坏人？"

无眉哼了哼："哪有什么好人坏人，时势所逼罢了！你看我不是和自称正义的明心社也能把酒言欢吗？在座各位，哪个拒绝过我的关照？你们说是不是？"

科斯伯格俏皮话又来："嘿，无眉前两天还为组建卫星网的事情和我争呢，你这是想造福全人类啊，还是想布一盘统治世界的大棋啊？"

"科斯伯格，你真是变了，不过，这样更好，至少中文说得挺流利。实话告诉你们吧，我现在，只对地外文明有兴趣。"

"嘿，谁不是啊，哥俩好，对脾气，一会儿多喝几杯。"

"你少喝点吧，大科，一喝就多，一多就断片，管不了你了。"我提醒这个乖儿子。

"好嘞爸爸！"他这个乖儿子，今天估计又要喝断片。

"别聊了，开饭啊！"土豆挥舞着双手，"速速速，贫道要饿昏了啊！"

厨娘打扮的浪浪张罗着："上热菜！"

美食满桌，美酒斟满，老王千恩万谢，感叹不已，喝得又唱又跳，往事如风，生死别离，尽在欢笑之中。

酒过三巡，鱼小欢突然大喊："哎哎哎，开电视。"

"喝酒呢，开什么电视？"老王骂。

"世界杯啊！今天决赛啊，哎呀都要结束了！"

无眉也道："哦？我都给忘了，看看吧。"

包房里的电视机打开，网络上正在直播足球世界杯决赛！球场上两支队伍，已经进入下半场的最后一分钟！还是平局！

球进了！绝杀！！！

电视机里的解说员癫狂般地狂呼："绝杀！是绝杀！中国队！中国队将第五次举起大力神杯！"

鱼小欢跳起来："中国队！绝杀！卫冕！"

无眉摇了摇头："哎！巴西队这黄金一代，也不争气啊。中国队一直没有对手也是问题！"

我突然问："我怎么记得中国队连越南队都踢不过啊？"

儿子小树在一旁嘲笑我："爸爸你又不是球迷，你记错了吧！"

电视机里的画面一直有些波动和噪点，可能是信号不太好，但能听到解说员卖力地赞美："中国男子足球队，再一次捍卫了足坛霸主的地位，他们创造了世界足坛的奇迹！他们把不可能变成了可能！按照世界杯的约定，大力神杯将永远保存在中国！中国队，他们太伟大了，他们是上帝的宠儿！"

哦，挺好挺好！真的挺好！

这就是我想要的世界！

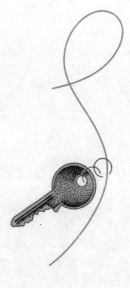

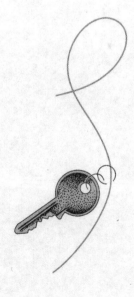